AF235335

RAINER STECHER

TRONG
Gequälte Seelen

Band 2 der Atragon-Trilogie

Impressum:
© Rainer Stecher, 2023
Covergestaltung: Rainer Stecher
Lektorat: Rainer Stecher
ISBN: 9783755701057
Herstellung & Verlag
BoD – Books on Demand, Norderstedt

Berühre die Herzen
der Menschen
und du gewinnst
ihren Verstand.

Handelnde Personen

Anja: Tochter der alten Seherin Meriste
Adinofis: Halbfee, Hüterin der Menschen
Cenotes: Sohn von König Argonat und Königin Terofem, das von Adinofis gesegnete Kind
Centuren: Generäle der Streitkräfte von Atragon
Dalia: Verbündete von Sartos, ehemalige Hohepriostine von Atragon
Die alte Frau
Der Mann der alten Frau
Delf: Sohn der alten Frau
Ensine: Tochter der Seherin Anja
Gill: Gehilfe und Ratgeber von Adinofis und ehemaliger Gehilfe der Feenkönigin Nora
Hesaret: Sohn von Reimer, dem ehemaligen Heerführer von Tauron
Isonde: Kriegerfee, Priostine im Rat der Feen
Krygon: Priostin und Hüter des Volkes der Seher
Loke: Vater von Adinofis
Meriste: Anjas Mutter, Oberhaupt des Volkes der Seher
Nora: Feenkönigin von Atragon, Mutter von Adinofis
Piecock: Sammler und Geschöpf von Sartos, der mit mächtigen Schwingen ausgestattet Menschen sammelt

Reimer: General der Armee des Königreiches Targona

Rona: Tochter der alten Frau

Setre: Befehlshaber des Heeres der Sammler

Sartos: Herrscher der inneren Erdwelt

Sidonis: Amme des Kronprinzen Cenotes und Ziehmutter von Hesaret und Cenotes

Salina: Priostine und Hüterin des Volkes der Waldfaunen

Terofem: Mutter von Cenotes und Königin von Targona

Thyra: Waldfaune und Adinofis' Kampfgefährtin

Wrong: General des Heeres der Wächter

Prolog

Zwanzig Jahre tobten Sartos' Heerscharen, grausam und gnadenlos. Sein unbändiges Verlangen, die Hüter allen Seins zu vernichten und sich selbst allmächtig über das Leben zu erheben, erschuf ein Meer von Blut, in das die Welt von einst versank.

Längst war die Flamme von Atragon erloschen, das Reich der Feen verstummt und das mächtige Tauron, die letzte Bastion der Menschen, ein Skelett seiner selbst. Und dort, wo der Tod seine Sichel geschwungen hatte, vergiftete nun widerlicher Leichendunst die Luft, dass einem der Atem stockte und der Pulsschlag für einen Moment zum Stillstand kam. Es war eine Welt des Schreckens, die zahllose mit stinkendem Wasser gefüllte Lehmgruben aufwies, nur von weiten schlammigen Flächen unterbrochen und wo das Krächzen der Krähen über alte morsche Baumkadaver zog, die mit ihren tiefen Wurzeln gerade noch der Erdschwere widerstanden. Darüber eine undurchdringliche Nebelbank, die jenen Geschöpfen den Blick auf die endlose Weite des Himmels verwehrte, die von Angst und Schmerz getrieben nach jedem Erdloch Ausschau hielten, um sich vor den Sammlern zu verbergen. Doch die Häscher von Sartos trieben lautlos im dunstigen Wind und waren vom Boden kaum zu entdecken. Erst ihr pfeilschneller Anflug brachte den Himmel in Aufruhr, und manchmal waren die Menschenbündel so schwer, dass sie kaum vom Boden abheben konnten. So verging Jahr um Jahr. Die Bündel der Sammler wurden kleiner und ihre Flüge länger. Menschen gab es kaum noch. Ihre Art hatte verloren. Zehntausende lagen zu Eis gefroren in Sartos Nahrungskammern – unfähig, sich gegen den letzten und furchtbarsten Akt ihres Daseins zu wehren. Jene aber, die im Fluchtgetümmel den Sammlern entkamen, die ängstlich und frierend das einzige Schlupfloch durch den Nebel fanden, um im Gebirge von Saragon die schützenden Höhlen des schwarzen Berges Gefos zu erreichen, sie rochen das Blut im Wind, der von Norden kam, aus der Schlachtgrotte von Trong. Verzweifelt wandten sie ihre müden mit Schlamm und Blut verkrusteten Gesichter nach Süden, nach Atragon – ein Ort, um den sich Legenden rankten und der ihren Herzen neue Hoffnung gab.

Kapitel 1

Der Sammler

Unmerklich begann der Tag. In Piecock kam Bewegung. Seine mächtigen Schwingen ausbreitend hob der Sammler den Kopf und sah in die stets bewegungslose Nebelbank am Himmel. Er suchte das Licht der Sonne, um sich zu wärmen und die Kälte der Nacht zu vertreiben.

Seine kleinen Menschenfüße gingen steif und plump. Er schwankte durch stinkende, mit schwarzem Schlamm gefüllte Kloaken, stieg über Geröll und zerfetzte Strohdächer, umging wuchtige Steinblöcke und blieb schließlich an den Überresten einer ehemals mächtigen Mauer stehen. Einst schützte sie Tauron, jetzt diente sie ihm gegen die kalten Nordwinde, die fast täglich das menschenleere Land peitschten und den widerlichen Geruch des Todes mit sich führten.

Wieder sah er in den Himmel, der inzwischen von seinen Artgenossen angefüllt war. Sollte er ihnen folgen? Er, Piecock, der Kleinste unter ihnen, der Schwächste, der um jeden Fang verbissen kämpfen musste? Oft genug hatten sie ihm schon die Beute abgenommen – streunende Menschen, denen die Wächter nicht habhaft wurden, die sich in jedem Loch verkrochen, war es nur halbwegs groß genug. Oder sollte er nach jenem Ort suchen, über den seine Artgenossen so häufig sprachen, den sie selbst aber noch nie gesehen hatten? Ein Ort, an dem es Menschen in Fülle geben soll und Licht, die andere Seite dieser dunklen Welt. Dort wollte er Beute machen, sich den erhofften Respekt verschaffen und die Quote seines eiterbeuligen Herrn erfüllen – jenes allmächtigen Sartos, dessen Geschöpf er war.

Gereizt kroch Piecock hinter die Mauerreste in eine schützende Nische und schlang seine Schwingen gedankenverloren um den nackten Körper: Damals vor zwanzig Jahren, als seine Art in den dunklen Grotten von Trong erwachte, waren noch Tausende dieser zweibeinigen Wesen vor den Wächtern auf der Flucht. Da war es leicht, sie ausfindig zu machen und einzusammeln. Da gab es noch Licht und Wärme. Doch heute? – Die Zeit der Menschen geht zu Ende. Zu Eis gefroren liegen sie als Futter für die Wächter in Sartos' Kammern. Geblieben ist nicht mehr als diese stinkende Finsternis, die tagsüber leicht ergraut.

„Ich sollte diesen Ort suchen, dort über der Nebelbank", flüsterte er mit krächzender Stimme und erhob sich. Er stellte seine Schwingen entschlossen in den Wind und verschwand wenig später im düsteren Grau des angebrochenen Tages. Doch es war nicht leicht, durch den tausend Meter dicken Nebel zu fliegen. Piecock hatte schwer zu kämpfen. Wie ein Spielball wurde er in der oberen Region zwischen heftigen Winden hin und her geworfen. Was er vom Boden aus gesehen hatte, entpuppte sich als ein dichtes Sturmgewölk. Jede Orientierung war dahin, selbst den Schlag seiner Schwingen konnte er nicht sehen. Er spürte ihn nur im Nacken, von wo die Kraft kam, wo der Schmerz ihn mit jeder Minute mehr quälte. Doch er war ein Geschöpf der Finsternis und wollte ins Licht. Nicht weil er Verbotenes gern tat oder, um die andere Seite der magischen Welt um Vergebung anzuflehen. Nein! Er hatte keine Skrupel, das Licht dieser anderen Welt zu verdunkeln. Er war ein Sammler und wollte Beute machen, nichts anderes als das. Und so ertrug er die Schmerzen und die heftigen Winde und die Atemnot. Und tief in seiner Magengrube auch die Angst vor dem Unbekannten, das ihn erwartete. Ein Gefühl, das er vor dem nicht kannte, das aber immer schwerer in ihm wog, je heller der Himmel wurde.

„Schneller", ächzte Piecock im Takt seiner kräftigen Schwingen, die den Nebel peitschten. „Schneller, schneller, schneller!" Sein Atem raste, das Blut hämmerte in seinem grauen, kahlköpfigen Schädel und auf seine dunklen ovalen Augen legte sich im heller werdenden Licht der oberen Luftschichten ein dünner Tränenfilm. Ein paar Mal schüttelte er den Kopf, um wieder klar sehen zu können, da durchstieß er plötzlich die äußere Grenze der Nebelbank. Erleichtert streckte er seinen kräftigen Körper, stellte die Schwungfedern gerade und trieb im Wind nach Osten.

Piecock sah sich um. Alles war ihm fremd. Die Luft, die schwer zu atmen war. Die Sonne, die in graue Düsternis getaucht und doch so helles Licht verstrahlte, dass seine Augen schmerzten. Und diese Stille ringsumher, auch die war neu. Doch nahm er all das hin und ließ seinen Blick bis an den Horizont schweifen, wo Berge hoch in den Himmel ragten und das Leuchten schneebedeckter Gipfel einladend ihm entgegenstrahlte.

„Das ist der Ort", krächzte er und seine scharfen Augen wurden weit. „Das muss er sein." Der mühevolle Flug durch den Nebel war im Nu vergessen, auch der Schmerz und die Angst, dem neuen Ort hilflos ausgeliefert zu sein. Piecock dachte nur an die Beute, die er aufspüren, jagen und zur Strecke bringen würde, und an die neidischen Blicke seiner Artgenossen nach der Rückkehr. Sie alle würden seine Quote bestaunen. Und Sartos würde ihm zur Belohnung gewiss eine „Sammlerschaft" geben. Was könnte ihm Besseres geschehen, als hundert seiner Artgenossen anzuführen? Schon lange träumte er von Macht und Anerkennung, und von Privilegien, die bisher nur wenigen seiner Mitstreiter zuteilwurde.

Während Piecock sich seine Zukunft bildgewaltig ausmalte, sah er plötzlich seltsame Gestalten aus dem Gebirge kommend auf sich zurasen. Noch waren es kleine dunkle Punkte am Horizont, doch ihre Fluggeschwindigkeit war sehr hoch. In dieser Hinsicht hatte er ihnen nur wenig entgegenzusetzen. Zudem flogen sie mit der Sonne im Rücken, und das beunruhigte ihn noch mehr.

Er legte den Kopf ein wenig schräg und blinzelte in das ungewohnte Licht der Sonne, das obwohl dunstig und trüb wie Feuer in seinen Augen brannte. Er wusste, seine Position war denkbar schlecht. Das Fangnetz an seiner Hüfte schien ihm zur Verteidigung nicht geeignet. Es war für Menschen ausgelegt. Diese fünf Geschöpfe waren aber nicht von fester Art, so viel konnte er bereits erkennen. Außerdem war er allein und seine Kraft verbraucht.

Am Besten in der Nebelbank abtauchen und warten, was geschieht, überlegte er.

Kaum, dass er sich dazu entschlossen hatte, jagten die schleierartigen Gestalten mit hohem Tempo an ihm vorbei.

„He, ihr Tölpel!", schrie Piecock wütend und flog eine steile Kurve, um dem gewaltigen Sog der anfliegenden Formation zu entkommen. Die Nebelbank kippte unter ihm weg und blieb zurück. Dann setzte er sich über sie. Ob sie es zuließen oder er nur geschickt geflogen war, um diese für einen Angriff günstige Position einzunehmen, war ihm egal. Er wollte wissen, mit wem er es zu tun hatte. Doch diese seltsamen Wesen taten nichts anderes, als langsam in Keilformation durch die Luft zu gleiten. Eine Gefahr war nicht zu erkennen.

Piecock wollte gerade abdrehen und weiterfliegen, als der führende Schleier plötzlich steil nach oben zog und haarscharf an seiner rechten Schwinge vorbeischoss, während die anderen auseinanderstoben und ihm folgten.

War das eine Warnung? Piecock drehte hektisch eine Rechtskurve und sah ihnen nach, bis sie aus seinem Blickfeld verschwanden. Jetzt spürte er das Zittern seines Körpers, das aber weniger dem kalten Wind als vielmehr der Erleichterung zuzuordnen war, ungeschoren davon gekommen zu sein. Seine Kehle war trocken, jeder Knochen tat ihm weh und seine Muskeln schienen allesamt zu erlahmen. Müde von all der Anstrengung warf er einen Blick auf die Berge von Saragon: *Werde ich dort auf Menschen treffen,* fragte er sich. *Es müssten ja nicht gleich viele sein. Ein oder zwei würden vorerst genügen. In der neuen Umgebung könnte ich meine Fangtechnik an ihnen üben.*

Da hüpfte sein kräftiges Herz in der breiten Brust vor Freude. Vergessen waren die seltsamen Gestalten von eben und die Angst vor dem Ungewissen. Er schlug seine Schwingen durch, mit Kraft und sauberer Luft in der Lunge. So verschwand allmählich sein Kopf im diffusen Licht der staubgrauen Sonne über Saragon, dann seine Hüften, seine Schwingen. Drei mannsgroße Federn blieben zurück und schwebten vom Himmel, bis die mächtige Nebelbank sie verschluckte.

Spurensuche

Wrong, Heerführer von Sartos, lauschte mit gelangweilter Miene dem Aufruf der niederen Generalsränge durch den Protokollwächter.

Nicht, dass ihm diese Zeremonie gleichgültig gewesen wäre, ganz im Gegenteil. Schließlich war es seine Idee gewesen, zur Thronrede anlässlich des 20. Jahrestages der Vernichtung des Feenreiches die Generäle des Heeres einzuladen. Aber ein allzu interessiertes Auftreten würde ihn schwach erscheinen lassen, und das wiederum könnte seine Widersacher leicht dazu bewegen, ihm seine Position streitig zu machen. Allerdings gab es niemanden, der sich im Kampf mit ihm messen konnte. Wrong war zwar ein Emporkömmling aus der niederen Soldatenkaste, hat aber mit seiner ungehemmten Brutalität auf sich aufmerksam gemacht. Zudem beeindruckte er mit seiner überragenden Größe und einer um ein Vielfaches ausgeprägteren Muskelmasse.

Die Generäle brachten sich vor dem Thron des Herrschers halbkreisförmig in Position. Wrong stand vor dem Treppenabsatz des Throns und starrte nervös auf das hinter dem Herrschersitz befindliche Eisentor, das über einen schmalen Gang in die Privatgemächer von Sartos führte. Nur ihm war es erlaubt, dort unangemeldet zu erscheinen. Doch wenn möglich vermied er es, unangemeldet hinter diese Tür zu treten. Man konnte dort schneller sein Leben verlieren als einen Atemzug zu tun, selbst wenn der Grund eine noch so große Bedeutung hatte. Und dass der Herrscher noch nicht vor seine Generäle getreten war, hatte nur eine Bewandtnis: Für Sartos spielte es keine Rolle, wer all diese Speichellecker waren oder welchen Rang oder Einfluss sie in der Truppe hatten. Sie waren stumpfsinnige nützliche Werkzeuge, seine Ziele durchzusetzen und jederzeit entbehrlich.

Wrongs Blick schweifte über die Anwesenden, als er plötzlich eine Veränderung im Gesamtbild wahrnahm. Hinter der Reihe der Generäle stand Setre, der Befehlshaber der Sammler. Eine intrigante und machtbesessene Kreatur, die ihm aber bisher nicht in die Quere gekommen war – noch nicht. In seinem ausladenden grauen Gewand, aus dem sein kahlköpfiger Schädel hervorlugte, wirkte er wie eins der hässlichen Fledermäuse, die sich ungeachtet der ständig lärmenden Arbeitswächter massenhaft in den tiefen Gängen von Trong festgenistet hatten. Nichts war vor denen sicher. Selbst in der riesigen Nahrungsgrotte hingen sie zu Hunderten an der Decke.

Fragend sah Wrong zum Protokollwächter. Dessen hilfloses Schulterzucken verriet ihm, dass auch er nicht wusste, weshalb Setre auf der Gästeliste stand.

„Behalte ihn im Auge", murmelte Wrong nur mit den Lippen. Und während er dem Sammler noch einen verachtenden Blick zuwarf, wurde hinter dem Thron die eiserne Tür aufgestoßen. Nervös sah sich Wrong um. Und als er zufrieden festgestellt hatte, dass alle eine kniende Haltung eingenommen hatten, sank auch er zu Boden, von demutsvoll grunzenden Lauten begleitet.

Zum gleichen Zeitpunkt betrat Sartos in Begleitung seiner zwei Lieblingsfrauen den Thronsaal. Er trug einen bodenlangen schwarzen Umhang mit hohem Kragensteg und goldfarbenen Schlangendekors an Saum und Hüfte. Seine aufragende Größe und die hüftlange wallende Löwenmähne ließen ihn majestätisch erscheinen. Im Gegensatz dazu waren seine Gespielinnen zwar schmal, aber wohlgeformt und trugen schlichte fast durchsichtige lange Kleider.

Wrong kniete wie alle anderen zu Füßen des Throns und der kalten bedrohlichen Macht seines Herrn. Er hielt seinen borstigen Schädel gesenkt und huldigte dieser Macht, indem er seine Exkremente fallen ließ und im weiten Rund des Thronsaales den beißenden Gestank seiner Demut verbreitete.

„Erhebt euch!", dröhnte die Stimme von Sartos durch den Saal, während er Wrong mit einem wohlwollenden Blick bedachte. Dann aber verfinsterten sich seine kleinen glutroten Augen und ein stechender Blick traf den Befehlshaber der Sammler.

Sartos stieg die Stufen seines Throns hinab, seine Begleitung blieb aufreizend sich in Pose setzend zurück, während Generäle und Gäste ängstlich zurückwichen und ihm eine Gasse öffneten. Wie zur Begrüßung öffnete er seine Arme und ging freundlich lächelnd auf den Sammler zu: „Setre, mein Freund, sei gegrüßt. Warum bist du hier?" Kaum, dass er den Satz beendet hatte, packte er den Sammler an der Kehle und zischte: „Seit wann dürfen Maden wie du den Thronsaal betreten?"

Ein amüsiertes Kichern fuhr durch die Anwesenden, war es doch ein erhebender Moment, die Macht des Herrschers hautnah zu erleben und seinem Angriff nicht selbst ausgeliefert zu sein.

„Antworte!", schrie Sartos mit hochrotem Gesicht.

„Ich ..., ich bedaure, Gebieter. Ich muss ..." Setre zappelte wie ein Fisch am Haken.

„Was musst du?" Sartos schien amüsiert.

„Euch Wichtiges be ..." Der Sammler rang nach Luft.

Was konnte es Wichtiges geben, dass sich dieser Niemand unter meine Generäle mischt? Sartos überlegte, sah das Weiße in Setres Augen und ließ von ihm ab.

„Komm!" Mit einem Wink befahl er Setre, ihm zu folgen. Den Rücken wie ein Bogen gekrümmt, schlich dieser mit schmerzverzerrtem Gesicht hinter Sartos her, der wieder seinen Thron bestieg und den Sammler zum Sprechen aufforderte. Setre raffte sein weites Gewand und kniete am Fuß des Throns nieder: „Herr, meine Sammler haben in Tauron Menschen gejagt und das gefunden." Er zog drei Federn, die zur Armschwinge eines Sammlers gehörten, aus seinem Mantelinneren.

„Ja, und?" Sartos gähnte gelangweilt.

„Es ist ein Abtrünniger, Herr. Ein Verräter. Sein Name ist Piecock. Die Rückkehrer berichten, er sei durch die Nebelbank geflogen, die eine Weile später in grellem Licht erstrahlte. Es zuckten gewaltige Blitze darin, begleitet von krachenden Donnerschlägen. Immer dichter werdende Wolkengebilde quollen aus der Nebelbank hervor und sanken zu Boden, während Blitz und Donner anhielten. Und als meine Sammler vor dieser Erscheinung fliehen wollten, löste sich aus dem Schein ein pulsierender Feuerball, der sich nach kurzer Zeit in fünf kleinere Feuerbälle teilte."

Sartos sprang interessiert auf, was Setre irritierte.

„Es soll ein ... wirbelndes Chaos aus Feuer, Blitz und Donner gewesen sein", fuhr er ängstlich fort, „das in hohem Tempo kreuz und quer umherraste."

Sartos hob seine behaarten Pranken, sein Blick ging zu Wrong. Es herrschte Stille im Saal, nicht das kleinste Geräusch war zu hören.

„Schick sie weg, Wrong!", schrie er. Seine Hand fuhr gereizt durch die Luft. „Alle!" Setre rutschte auf den Knien ein Stück vom Thron weg, den Kopf noch tiefer gebeugt. Ihm war klar, dass sein Bericht den Zorn des Herrschers ausgelöst hatte. „Und kümmere dich um dieses erbärmliche Stück Fleisch." Sartos trat den Sammler mit Wucht gegen die Brust, sodass dieser nach hinten überkippte und mit dem Schädel krachend auf den Boden schlug. Sofort zog Wrong sein Schwert aus der Scheide und stieß die Spitze wuchtig auf den steinharten Boden.

„Alles raus", schrie er, dass es von den Wänden widerhallte, „und zwar sofort!" Im Nu war der Thronsaal leer und Wrongs Schwertspitze hing am Hals des Sammlers. In Setres Adern gefror das Blut, sein Atem stockte. Mit glasigem Blick starrte er in die Augen seines Widersachers, die so kalt waren wie der Boden, auf dem er lag.

„Steh auf, du Wurm!", befahl Wrong, der schon zu lange im Dienst des Herrschers stand, um nicht zu wissen, was jetzt von ihm erwartet wurde. Er würde dem Sammler noch einen ehrenvollen Tod gewähren. Manchmal konnte man so selbst ein kleiner „Sartos" sein und besonders unliebsame Gegner loswerden.

Mühsam stand Setre auf, sein Kopf schmerzte, das Blut hämmerte wild in seinen Schläfen. „Vorwärts!" Wrong drängte zum Aufbruch und stieß ihm den Schaft seines Schwertes in den Rücken.

Der Sammler sah sich ängstlich um: „Willst du mich töten? Warum? Wegen des Berichts?"

„Nein, dafür nicht." Wrong grinste verächtlich.

„Warum dann?" Der Sammler blieb stehen, seine Stimme zitterte.

„Geh weiter!" Wrongs Ton blieb unerbittlich scharf. Er zeigte auf eine halb geöffnete Tür, aus der Lärm sich kreuzender Schwerter drang. „Dort hinein!" Wrong stieß die Tür weit auf. Augenblicklich verließen die im Training stehenden Schwertkämpfer den Raum.

Setre, der plötzlich noch bleicher als sonst wirkte, sah sich gehetzt um. Der felsige Boden war zwar eben, aber mit querlaufenden Rillen versehen, damit man bei Schwertübungen den Halt nicht verlor. Rundum befanden sich aus dem Felsen geschlagene Sitzgelegenheiten und an den Wänden hingen Schwerter, Schilde, Bögen für Zielübungen und Lanzen. Durch zahllose Fackeln an den Wänden war der Raum hell erleuchtet.

Ich soll also sterben, stellte Setre im Stillen fest und wischte sich den kalten Schweiß von der Stirn. *Wird er mich einfach niedermetzeln oder töten wie ein weidwundes Tier?* Die Angst schnürte ihm die Kehle zu.

Wrong zeigte auf die Schwerter an der Wand. „Nun hol dir schon eins und fang an. Hab nicht ewig Zeit."

Setre biss sich auf die Lippen. Er sah die Kälte in Wrongs Augen und ahnte tief in seinem Innern, dass es kein Zurück gab und keine Gnade. Nur durch einen Sieg konnte er sein Leben retten. Doch angesichts der unbändigen Kraft und Kampferfahrung seines Gegners würde der Kampf mit seinem Tod enden. Und wie er Wrong kannte, könnte das ein sehr grausames Ende werden.

Langsam drehte er sich um, warf seinen Umhang ab, nahm mit zitternder Hand ein Schwert von der Wand und stellte sich seinem Henker gegenüber.

„Nun fang an, du Memme." Wrong brachte sich in Stimmung. Er wusste, das würde gewiss nicht sein letzter Kampf sein, doch mit Sicherheit der leichteste. Aufreizend spielte er mit seinen kampferprobten Muskeln. Dann sah er Setre mit kalten Augen an.

„Du willst wissen, warum ich dich töte?" Wrong sprang auf Setre zu, der den ersten Hieb geschickt parierte. Die Eisen prallten klirrend aufeinander, und mit jedem Hieb schrie der kampferprobte General seinem Gegner ins Gesicht: „Weil ... du ... entbehrlich ... bist!"

Setre ächzte unter den kräftigen Schlägen, denen er nicht gewachsen war, die er aber parieren musste, wollte er leben. Bereits nach zehn Minuten spürte er, dass seine Kräfte schwanden. Immer wieder versuchte er durch geschicktes Ausweichen, den gewaltigen Hieben zu entgehen. Doch es half nichts. Wrongs Schwert stieß vor und bohrte sich in seine rechte Schulter.

Mit schmerzverzerrtem Gesicht taumelte Setre zurück, während sein Schwert scharrend über den Boden rutschte. In seinen Augen lag das blanke Entsetzen. Mit letzter Kraft presste er seine Hand auf die zerfetzte Schulter, die nur noch an Sehnen und blutigen Fleischfasern hing. Dann stürzte er rücklings zu Boden und sah Wrong mit glasigen Augen an.

„Mach ein Ende", stöhnte er unter Qualen, während sein Blut in Strömen floss. Da stand Wrong auch schon breitbeinig über ihm und lächelte bissig: „Du hast zwei Arme zum Kämpfen. Also steh auf!"

Der Sammler neigte den Kopf zur Seite und schloss müde die Augen. Ihm war längst klar, dass Wrong ihn nicht einfach nur töten wollte. Er würde ihn verstümmeln, sein Sterben hinauszögern und es dabei genießen.

Mit letzter Kraft hob er den Kopf, während das Blut unter ihm eine breite Lache bildete. Ihm war kalt und seine Stimme zitterte. „Warum verhöhnst du mich? Jetzt, wo ich vor dir liege. Was habe ich dir getan?"

Wrong, der ihm den Rücken zugekehrt hatte, wandte sich um. Tiefe Verachtung lag in seinem Gesicht. „Dein Streben nach Macht, Setre, stört meine Pläne. Weißt du es nicht?" Er kniete sich neben den Sammler. „Sartos erschafft eine neue Welt und ich werde daran teilhaben. Ich werde ganz oben stehen, an seiner Seite, und gnadenlos zerstören, was ihn bedroht."

Wrong stand auf und sah prüfend auf sein blutgetränktes Schwert. Ein tiefes Knurren entfuhr seiner Kehle, dann schnellte seine Klinge surrend durch die Luft und teilte Setres Körper der Länge nach in zwei Hälften. Danach verließ er die blutige Stätte. Er achtete nicht auf die warmen und noch zuckenden Körperteile, zwischen denen die Gedärme des Sammlers hervorquollen und den widerlichen Gestank ihres Inhalts verbreiteten. Gelassen wischte er das Blut von seinem Schwert und begab sich nur wenige Meter weiter zum Thronsaal, um seinen Bericht abzugeben.

Kaum hatte er die schwere Saaltür aufgezogen, fuhr er von grellem Licht geblendet zurück. Sartos, der hinter dem Thron in einer Nische wiederholt schwarzes Pulver in eine Schale warf und dabei beschwörende Worte murmelte, hatte das Eintreten seines Generals nicht bemerkt. So drückte Wrong sich in eine Nische neben der Tür und wartete, bis er seinem Herrn gegenübertreten konnte. Für eine Umkehr war es ohnehin zu spät. Jedes Geräusch konnte seine Anwesenheit verraten, was den sicheren Tod zur Folge gehabt hätte. Doch damit wollte er diesen Tag nun wahrlich nicht zu Ende gehen lassen, zumal ihm ein anderes Problem zu schaffen machte. Er konnte kaum atmen, die Luft war zum Schneiden.

Durch den Rauch sah er die Umrisse seines Herrn, der mit dem Rücken zu ihm stand und plötzlich seinen mächtigen Kopf nach hinten warf. Sartos schrie aus voller Kehle seltsame Worte, das Echo wurde von den Felswänden vielfach zurückgeworfen, während eine gewaltige Blase aus der Schale erwuchs und in die Mitte des Thronsaals schwebte. Dann trat Stille ein.

Der Rauch brannte in seinem Hals. Wrong rang nach Luft, seine Lunge schmerzte mit jedem verdammten Atemzug und der Blick seiner Augen trübte sich. Ihm war, als würde eine unsichtbare Kraft seinen Willen aufsaugen. Vehement stemmte er sich gegen das aufkommende Dunkel einer Ohnmacht, in der wieder und wieder Tausende kleine Funken blitzten, während er in der Nische schwer atmend zusammensackte. Noch bevor seine Knie den Boden berührt hatten, wo es noch Luft zum Atmen gab, sah er, wie die Blase zerplatzte und eine mit Kapuzenmantel verhüllte Gestalt freigab.

Sartos ging langsam darauf zu, hob begrüßend die Arme und wartete, dass sie ihre endgültige Form annahm. Nach einer Weile schlug die Gestalt die Kapuze zurück und langes schwarzes Haar fiel über ihre Schultern.

„Dalia!" Sartos' Stimme hallte durch den Thronsaal. „Ich freue mich, dich ..."

„Ach, du freust dich", unterbrach sie ihn wütend. „So viele Jahre habe ich in der Sphäre der Verdammten gehockt und jetzt fällt deinem zottigen Schädel nichts Besseres ein, als: 'Ich freue mich' und so weiter und so weiter? Willst du mich verhöhnen, du Tölpel? Warum hat das so lange gedauert?"

„Wo sind nur deine Manieren geblieben, meine Liebe?" Sartos stand freundlich lächelnd vor der einstigen Hohenpriostine von Atragon und sie fielen sich wie alte Bekannte in die Arme. „Es gab viel zu tun, Dalia, viele Mäuler waren zu stopfen, und noch mehr mussten getötet werden. Ein Reich regiert sich schließlich nicht von allein."

Spott zuckte über Dalias Mundwinkel: „Und Macht teilt sich nicht gern. Ist es nicht so?" Sartos drehte grinsend den Kopf weg, kaum dass er seine innere Anspannung verbergen konnte. „Na wenigstens hast du Adinofis vernichtet und das Geschmeiß im Hohen Rat."

„Jaaa, mein Angriff war gewaltig, ich weiß", huldigte Sartos sich selbst und seine Arme beschrieben einen weiten Bogen im Raum. „Doch nun droht mir ein Ungemach, das mich den Kopf kosten könnte."

„Ungemach", murmelte Dalia leise und zog die Worte spöttisch in die Länge. „Das klingt fast so dramatisch wie: Macht ... verloren. Oder wie, verloren in der Sphäre der Verdammten." Sie warf ihr Haar zurück und blickte Sartos wütend an. Und während sie an ihm vorbei auf den Thron zuging, brüllte sie: „Du verblödeter Troddel! Deine Gier nach Macht hat alles zerstört. Sieh dich um! Die Erde ist eine Schlammwüste und die Menschen liegen in deinen Vorratskammern gestapelt. Du regierst kein Reich, du verwaltest die Mahlzeiten deiner Soldaten und Sammler."

Dalia ließ sich ungeniert in den Thron fallen. Sie demonstrierte ihren überlegenen Geist und genoss es, zuzusehen, wie Sartos die Zornesröte ins Gesicht stieg und er mit heftigen Gesten wilde Flüche ausstieß. Doch für Dalia war das nicht genug. Jahrelang hatte sie zwischen den Seelen von Verbrechern, Verrätern und Frauenschändern, zwischen untoten Bestien und abtrünnigen Gehilfen gehaust. Eine Welt, die finster war, in der sie jede Macht und magische Kraft verloren hatte, in der sie zum ersten Mal das Gefühl von Hunger und Kälte gespürt hat und in der auch die Zeit sie altern ließ. Kurz, das war ein Ort des Grauens. Dafür verlangte sie Genugtuung, und sei es nur dadurch, dass sie Sartos demütigte.

„Deine Macht", fuhr sie gelassen fort, „verschlingt sich selbst. Was bleibt dir denn, wenn deine Vorräte aufgebraucht sind? Nichts als eine stinkende Finsternis."

Sartos stieg gelassen zu seinem Thron hinauf, stützte sich auf die Armlehnen und flüsterte Dalias ins Ohr: „Du hast gewiss einen Plan, oder?"

Die Fee musterte ihn nachdenklich, während ihre Finger in einem Anflug von Mitleid sanft durch seine dichte Mähne glitten. „Schick deine Sammler nach Saragon zum Berg Gefos. In den Höhlen dort verbergen sich Menschen. Ein Sammler hat die Nebelbank bereits durchquert. Wie, das weiß ich noch nicht."

„Der Sammler kümmert mich nicht", entgegnete Sartos. „Es sind die Elemente, die mir Sorgen machen."

„Ich weiß, du altes Scheusal. Auch ich bin ihnen begegnet. Ich finde heraus, was sie vorhaben. Doch hör auf, das Fundament deiner Macht zu zerstören. Lass die Frauen der Menschen frei. Sperre sie in Käfige, tief unten in deinem Berg, damit niemand ihre Schreie hört. Dann bring sie mit den Männern ihrer Art zusammen. Du wirst sehen, wie schnell sich deine Nahrungskammern füllen."

Sartos horchte auf: „Du meinst, ich soll ...?"

Dalia nickte: „Füttere sie gut und lass sie gebären, bis ihre gespreizten Beine im Krampf erstarren."

„Und die Elemente?"

Dalia dachte an den Ring, den sie bei sich trug und der ihr Macht über die Elemente gab: „Wie hoch ist dein Preis, du Halsabschneider?" Gespannt musterte sie Sartos. Sie kannte den Preis und würde sich mit nichts Geringerem zufriedengeben.

„Atragon?", raunte Sartos zögernd.

Die Augen der Fee strahlten, denn das war der Ort, wo man ihre Macht und Würde geschändet, wo man sie erniedrigt und ihrer Pfründe beraubt hatte. Vor ihrem geistigen Auge sah sie Adinofis, Salina, Krygon und Gill. Ihnen galt ihre Rache. Ihnen würde sie das zuteilwerden lassen, was auch sie erfahren musste: Moron, die Sphäre der Verdammten, mit all seinem Dreck, seiner Dunkelheit und Armseligkeit und der Pestilenz der Verderbten.

„Einverstanden!"

Sie schlug ihren Umhang zurück, entnahm einer kleinen Tasche am Gürtel einen silbernen Ring mit acht kreisförmig angeordneten Diamanten und einem mittig gelegenen ovalen Smaragd und streckte ihn Sartos entgegen: „Zu Anbeginn der Zeit haben die Elemente dieses schöne Kleinod nach Moron gebracht. Es ist der Ring der Ewigkeit. Alle Elemente trugen einst einen solchen Ring, jeder mit anderen Kräften ausgestattet. Dieser hier, der für die Welt gefährlichste, schmückte einst den Finger von Sol, dem Element des Lichts. Er brachte ihn nach Moron, denn er sollte nicht in falsche Hände geraten." Dalia grinste hämisch. „In Moron war es nur ein gewöhnlicher Ring und seine magischen Kräfte so tot wie meine. Doch hier in der Welt des Lebens und der Magie ist er eine mächtige Waffe und als solches in der Lage, die Schöpfer allen Seins für lange Zeit auszuschalten ..."

Ein Geräusch ließ Dalia aufhorchen.

„Wer ist da!?", rief sie mit mächtiger Stimme.

Sartos richtete sich auf, stemmte seine Pranken in die Hüften und schrie: „Tritt vor! Dein Herr befiehlt es!"

Wrong trat aus der Nische heraus und ging langsam und mit gesenktem Kopf auf die beiden zu. Er hielt den Knauf seines Schwertes fest umklammert, während er im Gehen den Körper demutsvoll nach vorn neigte. Vor dem Thron sank er auf die Knie: „Verzeiht, mein Herr! Ich ..."

„Sieh mich an!", befahl Dalia mit erhabener Geste.

Sich der Macht dieser Fee bewusst, hob er den Kopf und sah in kalte schwarze Augen. Seine Kiefer kreisten vor Anspannung. Er kannte Dalia und ihre Macht, aber er war ihr noch nie so nah wie heute.

„Das ist Wrong, der Befehlshaber meines Heeres", meinte Sartos und fragte: „Hast du alles erledigt?"

„Ja, Herr! Man reinigt gerade die Trainingsgrotte."

Erneut senkte er den Kopf.

„Du wagst es, dich meinem Blick zu entziehen? Hebe den Kopf sage ich und senke ihn erst, wenn ich es dir erlaube!" Wrong tat wie ihm befohlen und sah Dalia an, die seinen Blick wie mit glühenden Zangen festhielt: „Sag, wieso belauschst du die Gespräche deines Herrn?"

„Hohepriesterin! Ich wollte meinem Herrn berichten, da sah ich Licht im Saal. Als ich eintrat, wurde ich ohnmächtig."

„Du weißt, wer ich bin?"

„Ja!"

„Und woher?" Dalias Finger trommelten ungeduldig auf der Armlehne des Throns. „Sprich!"

„Ich bin euch einmal begegnet. Damals fielen unsere Truppen in Atragon ein. Ich war zum Schutz des Herrschers abgestellt und immer an seiner Seite. Ich erinnere mich an eine Halle, in der ihr meinem Herrn eine Schale mit einer brennenden Flamme übergeben habt. Ich erinnere mich auch an eine Priesterin namens Nora, die plötzlich neben euch stand und dir die Schale entreißen wollte, und an einen vortrefflich geführten Schlag eurerseits, der sie niederstreckte. Seitdem bewundere ich euch und die Magie, die ihr so meisterhaft beherrscht."

31

Wrong verstummte. Er wartete auf eine Erwiderung. Doch die blieb aus. Stattdessen richtete Sartos das Wort an ihn: „Geh! Inspiziere das Heer der Sammler. Einer fehlt, ich will seinen Namen. Weise ihnen einen neuen Befehlshaber zu und treffe Vorbereitungen für einen Angriff der Sammler auf Saragon. Außerdem wünsche ich, dass die Menschenfrauen künftig nicht mehr geschlachtet werden."

„Was soll mit ihnen geschehen, Herr?"

„Bring tausend von ihnen und gleichviele Männer in den Zellentrakt im Keller. Vergrößere die Zellen, gib ihnen ausreichend Nahrung und lass sie sich paaren." Ohne ihn weiter zu beachten, wandte er sich Dalia zu, nahm ihre Hand und geleitete sie vom Thron. Eine Weile stand sie und fixierte Wrong mit einem drohenden Blick, der ihn zu durchbohren schien und sein Inneres in Angst und Aufruhr versetzte. Dennoch wagte er es nicht, den Kopf zu senken.

„Tu, was dir befohlen wurde!", raunte sie mit kehliger Stimme. Und an Sartos gewandt, neigte sie lächelnd den Kopf und sagte leise: „Lass uns gehen, ich bin hungrig!"

Augenblicke später fand sich Wrong allein im Thronsaal, kniend und den Blick ins Leere gerichtet. Die Mächtigen hatten ihn verlassen. Zurück blieben in seinem Gedächtnis nur die kalten Augen der Fee, die in seine dunkle Seele gesehen und die Machtgier darin erkannt hatte. Augen, deren drohenden Blicke in sein Bewusstsein eingebrannt schienen, die ihn schon jetzt verfolgten und die er nicht mehr loswürde. Ja, er fürchtete Dalia. Sie war eine einzige Warnung. Aber noch mehr fürchtete er die Wut seines Herrn, würde er den abtrünnigen Sammler nicht zur Strecke bringen und Saragon, den letzten von Menschen bewohnten Ort, unterwerfen.

Sartos gewöhnte sich indes nur langsam an die Anwesenheit seines alten Bündnispartners. Im Grunde hätte er Dalia lieber in Moron gesehen, als frei und an seiner Seite. Doch aus unerfindlichem Grund schwanden seine magischen Kräfte. Und mit dem Auftauchen der Elemente standen ihm plötzlich Mächte gegenüber, denen er nichts Gleichwertiges entgegenzusetzen hatte. Selbst seine Soldaten waren nicht mehr die unbesiegbare Streitmacht von einst. Fast täglich beschwerten sich die Hauptleute über Ausfälle, die mit der Schaffung einer neuen Brut nicht auszugleichen waren. Dalia und der Ring der Ewigkeit konnten dieses Ungleichgewicht der Kräfte kompensieren. Nur war der Preis dafür zu hoch, wie er fand. Atragon in Dalias Hände zu geben hieße, seine Macht erneut zu teilen. *Und wozu etwas teilen, wenn man alles haben kann*, überlegte Sartos, während er mit Dalia am Arm seine Wohngrotte betrat.

Drinnen war es kühl und geräumig. Ein weites hallenförmiges Rund mit Wänden aus feinster Marmortäfelung und den goldbestickten Standarten seiner sechzehn Heeresteile behangen öffnete sich ihnen. Die Mitte wurde von zwölf Granitsäulen eingenommen, die kreisförmig angeordnet eine hohe kuppelförmige Decke mit reich versehenen Ornamenten aus prächtigen Rubinen und blauen Saphiren trugen. Licht, das von zahlreichen Fackeln in verdeckten Nischen abgestrahlte, waberte über den üppigen Glanz, wurde von den Marmorwänden zurückgeworfen und ließ den Raum hell erstrahlen.

„Diese Pracht hätte ich dir gar nicht zugetraut", sagte Dalia und blieb zwischen den Säulen stehen. Zwei ebenfalls marmorierte Armstühle, die mit weißem Fell überzogen waren und unmittelbar vor dem Säulenrund standen, versperrten ihr den Weg. „Und die?", fuhr sie fort und zeigte auf die Stühle. „Wofür sind die? Für ein Plauderstündchen mit deinen Gespielinnen?"

Sartos schob seine kräftige Pranke um ihre Hüfte und zischte ihr ins Ohr: „Nicht so bissig, Dalia. Die Funktion dieses Raumes werde ich dir später noch demonstrieren.

Doch jetzt komm!" Er wies in eine Ecke der Grotte. „Ich will dir was zeigen."

Erst beim Näherkommen erkannte die Fee drei in die Marmorwand getriebene Rillen, die der Form nach den Umriss einer Tür deutlich machten.

„Ein geheimer Zugang?"

„Warts ab!", entgegnete Sartos und strich über die quer laufende Rille. Die Wand schob sich zur Seite und öffnete den Blick in einen kleinen hell erleuchteten Raum, der mit vielen Annehmlichkeiten ausgestattet war. Ein überdimensionierter Kamin an der gegenüberliegenden Wand verbreitete angenehme Wärme. Weiche mit Fell bezogene Sitz- und Liegemöglichkeiten standen einladend herum. Die marmorierten Wände wurden von zahlreichen dunklen Holzablagen und kleinen Schränkchen beherrscht und in der Mitte des Raums sprudelte eine in den Boden eingefasste kreisrunde Wanne mit einer silbrig glänzenden Flüssigkeit.

„Du badest?", fragte Dalia verblüfft.

„Nein, gewiss nicht", entgegnete Sartos grinsend, nahm einen Trinkbecher zur Hand und warf ihn demonstrativ ins Becken. „Nur ausgewählte Wächter und Sammler dürfen darin baden." Als der Becher in die Flüssigkeit tauchte, stieg zischend Dampf auf und das Metall verging wie Eis in der Sonne. „Das Becken ist eine nimmersatte Bestie", erklärte er. „Es frisst alles, was ich ihr gebe. Selbst den Stahl meines Schwertes würde es mühelos verdauen. Doch zum Fressen braucht es auch eine angenehme Atmosphäre." Sartos rieb sich vergnügt die Hände und führte Dalia zu einer Sitzecke neben den Kamin.

„Setz dich", bat er einladend. „Willst du Weinmoos?"

„Du hast Weinmoos?", fragte sie erstaunt und ließ sich fallen. „Ich erkenne dich gar nicht wieder. So ein edles Getränk."

„Nun, deine Keller in Atragon waren voll davon. Die Fässer bewahre ich hier auf. Ist dir doch recht, oder?" Erneut zog ein spöttisches Grinsen über das Gesicht dieses Ungeheuers.

„Was hast du Gauner noch aus meinen Kellern gestohlen?"

„Na, so einiges: Schilde, Schwerter, Energiekugeln, und magische Dreiecke – obwohl ich die ihrer Winzigkeit wegen eigentlich nicht gebrauchen kann. Und nicht zu vergessen, die Wurfschleier deiner kleinen Bastarde, den Engeln. Die haben meinen Truppen ganz schön zugesetzt."

Sartos kam mit einem Krug zurück. Beim Eingießen beobachtete die Fee gereizt, wie die zähe grüne Flüssigkeit in die Gläser lief. Sartos setzte den Krug ab, nahm sein Glas zur Hand und musterte Dalia mit kühler, selbstsicherer Miene.

„Du Dieb, du hast mich beraubt", presste sie zwischen den Zähnen hervor und stieß das Glas wütend auf den Tisch.

„Und du hast unser Bündnis zerstört", fauchte Sartos zurück. „Von den eigenen Leuten entmachtet und verbannt." Er lachte schallend. „Deine Gardekrieger waren so nutzlos wie die Exkremente meiner Wächter. Ich hätte allen die Wänste aufgeschlitzt und sie anschließend gefressen."

„Wie weit du damit gekommen bist, sieht man ja." Dalias Augen funkelten zornig. „Doch wir sollten nicht streiten. Plaudern wir lieber ein wenig."

Sartos zuckte gelassen mit den Achseln und behielt seine kühle Miene bei. Er wusste, dass Dalias Preis nicht Atragon sein würde, sondern dieses fressende Becken. Aber er fürchtete auch, dass sie das in seinen Gedanken erraten könnte.

„Also, die Elemente bereiten dir Sorgen?"

„So ist es", bestätigte Sartos, lehnte sich bequem zurück und begann über Setres Bericht zu sprechen, von der geringer werdenden Menschenzahl auf Erden, den Pro-

blemen, in die von den Elementen beschützte Welt Saragons vorzudringen, und über die vermutliche Tatsache,
dass seine magischen Kräfte schwanden.

„Hm", meinte Dalia nachdenklich, „dass deine Kräfte
schwinden, wundert mich nicht. Du bist ein Untoter,
wenn auch der erste und zugegebenermaßen ein sehr bös-
artiger, aber eben nur ein Untoter, ein Produkt der Ver-
spieltheit der Elemente. Und von der Bösartigkeit der
Menschen genährt, hast du den Weg an die Oberfläche
gefunden."

„Das ist mir bekannt", erwiderte Sartos genervt, „erzähl mir lieber was Neues. Was ist mit meinem Heer?
Berichten der Hauptleute zufolge erkranken meine
Wächter. Ihre Unverwundbarkeit brachte mir einst den
Sieg über die Königreiche dieser Welt. Und nun liegen
sie da, unfähig zu kämpfen. Sie schleppen sich zur Arbeit
müde durch die Gänge und ihre Haut schält sich vom
Körper als bereite man sie für eine Mahlzeit vor. Und da
die Sammler kaum noch Menschen fangen ... Ich will
wissen, was da vorgeht."

„Es ist das Pulver, das du ihnen vor dem Krieg gegen
Tauron in die Nahrung gegeben hast", entgegnete Dalia
nach kurzem Überlegen, „das Sediment der Unverwundbarkeit. Wie du ist das Pulver ein Produkt der Elemente,

deren Eigenschaften sie kurz nach der Fertigstellung veränderten. Die Wirkung zeigt sich jetzt."

„Woher weißt du das?"

„Aus den Jahrtausendberichten, die in Atragon lagern. Du hättest dich mehr damit beschäftigen sollen, als mit dem Weinmoos in meinem Keller."

Sartos winkte unwirsch ab: „Das heißt also, irgendwann verschwinden meine Kräfte ganz und die Macht, das alles hier zu kontrollieren?"

Dalia sah überrascht auf, nahm ihr Glas zur Hand und nippte nachdenklich daran herum: *Sartos Einschätzung war präzise und eröffnete ihr eine ganz neue Machtkonstellation. Wollte dieser Bastard Hilfe? Ja! Er brauchte sie wie der Baum das Wasser. Ohne ihren Ring wäre er in einigen Jahren nur noch ein Schatten seines Selbst – ein Wurm, den man gefahrlos zertreten konnte. Doch bis dahin warten? Nein! Sie wollte Atragon und ihre Rache. Ein Gericht, das man genießen muss, solange es noch warm ist. Und was dieses schlecht riechende Ungeheuer betrifft, da war nur ein begrenztes Engagement nötig. Einen Konkurrenten baut man nicht auf, man erhält ihn am Leben, solange man ihn braucht.*

„Hast du verstanden, was ich sagte?!" Sartos fuchtelte ungeduldig auf eine Antwort wartend, in der Luft herum.

„Ja, ja! Hab alles verstanden. Deine Macht schwindet, sagst du. Aber sie schwindet nicht nur, sie verschlingt sich selbst."

„Wie meinst du das?" Sartos beugte sich neugierig vor und sah Dalia fest in die Augen.

„Ganz einfach. Über wen willst du herrschen, wenn es keine Menschen mehr gibt? Über deine Sammler oder deine Wächter?" Dalia lachte. „Die brauchst du dann nicht mehr. Keine Menschen, keine Sammler. Oder willst du über deine Wächter regieren? Auch die sind dann überflüssig. Gegen wen willst du Krieg führen, wenn ich über Atragon herrsche. Gegen mich, deinen Bündnispartner?" Dalia sah ihn abwartend an.

„Natürlich nicht", wehrte Sartos schnell ab.

„Siehst du, keine Feinde – keine Schlachten. Früher oder später musst du also dafür sorgen, dass neues Leben entsteht, sonst bist du irgendwann ein Herrscher ohne Volk. Armselige Aussichten, wenn du mich fragst." Dalia nahm ihr leeres Glas zur Hand und goss es voll.

„Willst du auch?", fragte sie und grinste belustigt. Sie spürte Sartos' Verunsicherung und weidete sich an dem Gefühl, ihm überlegen zu sein. Für sie war er ein dummer Klotz, der nicht genug Verstand besaß, um ihrem fein gesponnen Netz aus Intrigen zu entgehen.

„Nein", entgegnete Sartos ärgerlich. „Sag mir lieber, wie es weitergehen soll."

„Damit." Dalia holte den Ring der Ewigkeit unter ihrem Umhang hervor und streckte ihn in die Luft. „Wir werden uns den Elementen nähern und sie in den finsteren Strudel der Zeitlosigkeit sperren. Dann diktierst du ihnen deine Bedingungen."

Sartos runzelte ungläubig die Stirn.

„Aber nur so funktioniert es", beteuerte Dalia. „Der Ring der Ewigkeit ist die einzig wirksame Waffe gegen die Elemente. Nicht umsonst haben sie ihn nach Moron geschafft, wo er seine Kraft verliert. Einmal in Gang gesetzt, kann ihm nichts entkommen."

„So einfach geht das nicht. Die Elemente lassen sich nicht stellen, geschweige denn fangen."

„Wir finden einen Weg sie zu stellen", beschwichtigte Dalia. Ein boshaftes Lächeln zuckte über ihre Mundwinkel, als sie den Ring auf ihren Finger schob und siegessicher darüber strich. „Ich besuche inzwischen Atragon. Schließlich hab auch ich so einiges am Hals, was einer Lösung bedarf. Und du schickst deine grauen Flieger nach Saragon, von dort droht die Gefahr. Unterwerfe die Menschen, aber töte sie nicht. Denk an das, was ich dir gesagt habe."

Kapitel 2

Die Elemente

Über Saragon hing am Morgen eine von dunstigem Nebel
erfüllte düstere Stille. Ensine trat vor die Tür. Schnell
trieb die kalte Luft ihr die Wärme der Nacht unter dem
Kleid davon. Sie warf den groben Wollumhang der Mutter über, schnürte ihn unter dem Kinn fest und setzte sich
neben die Hütte auf eine alte grob gezimmerte Bank. Mit
aufgerissenen Augen starrte sie auf die Nebelschwaden,
die über den Fichten am Steilhang gegenüber aufstiegen.
Der Wind trieb sie lautlos den Berg hinauf, in die kalte
menschenleere Region schneebedeckter Gipfel.

Ensine liebte den Anblick dieser sanft dahingleiten-
den Schleier, die sich jeder Erdschwere entzogen und
scheinbar schwerelos in der endlosen Weite des Himmels
dahinjagten. Für sie waren es Geister, die am Tag den
Himmel bewachten und sie in ihren Träumen manchmal
aufforderten, ihnen zu folgen. Doch das durfte sie nicht.
Sie hatte es der Mutter vor Jahren versprochen. Sie erinnerte sich noch gut an diesen Tag – an das bleiche Gesicht
in ihrer Vision, das lächelte und zu ihr sprach, als stünde
es leibhaftig vor ihr, an ihren seltsam ungewollten Aufbruch ins Tal, um den Berg gegenüber zu erklimmen, und

an die Strafpredigt, als die Mutter sie auf halber Strecke eingeholt hatte. Damals wusste sie nichts von den Wächtern, die unter der mächtigen Nebelbank im Tal lauerten und jedem den Tod brachten, der ihre Welt betrat. Seitdem fürchtete sie diese reglose unheimliche graue Decke, die das Tal von der sicheren Bergregion darüber trennte.

Im Haus waren Geräusche zu vernehmen. Ensine wandte den Kopf und sah Anja, ihre Mutter, die lächelnd im Türrahmen stand und sich die Hände an der Schürze abwischte. *Sie ist einmal hübsch gewesen,* denkt Ensine bedrückt und betrachtet die hagere Figur der Mutter. *Seit Vater im vorigen Winter nahe der Nebelbank von den Wächtern getötet wurde und sie ohne Schutz in dieser kargen Wildnis zurückgelassen hat, altert sie zusehends. Von Monat zu Monat ergrauen ihre Haare mehr, werden die Falten in ihrem Gesicht tiefer und der Blick in ihren Augen trauriger. Ja, ihr Leben ist härter geworden, seit Vaters tot. Zwar bauten wir hinter dem Haus Getreide und etwas Gemüse an, und eine Ziege, die uns vor Wochen von wer-weiß-woher zugelaufen kam, gab gute Milch, um allerlei Nahrhaftes herzustellen, aber es fehlte an Fleisch, das wir dringend brauchten, um den nächsten Winter zu überstehen.*

„Ist dir kalt, Ensi?" Anja sah besorgt auf ihre Tochter.

Ensine schüttelte den Kopf, während sie weiter auf die dahinziehenden Nebelschleier sah. Anja setzte sich zu ihr und zog Ensines Wollumhang fester um ihre Schultern.

„Lass das, Mutter", bat sie, „ich bin kein Kind mehr!"

„Doch!" Anja streichelte Ensine zärtlich über ihr langes dunkles Haar. „Du bist mein Kind. So lange ich lebe, wird das so sein. Mein Herz wird sich um dich sorgen und mein wachsamer Blick Gefahren von dir abwenden."

„Gefahren?" Ensine wandte sich ihrer Mutter zu, während ihre Hand nach Osten wies. „Meinst du etwa die Nebel dort am Berg? Jene Gebilde, über die du nicht reden willst?" Sie sah ihre Mutter verärgert an und wartete auf eine Erwiderung. Es war der Blick eines Mädchens, das zu einer jungen Frau herangewachsen war, die Antworten verlangte, die rebellierte und den Schutz der Mutter verweigerte. Anja spürte das und es schmerzte sie.

„Lass die Nebel ziehen, mein Kind!" Es klang wie eine Warnung. „Ihre Aufgabe ist größer als diese Welt und voller Gefahren."

„Nein, Mutter!" Ensine sprang auf und sah ihre Mutter an. „Das kann ich nicht. Sie sind in meinen Träumen und erzählen von einer Welt ohne Sonne, ohne Blumen und Bäume. Von einer Welt ohne Liebe, die dunkel und mit gefrorenen Leibern angefüllt ist ..."

„Ich weiß, Ensi", unterbrach Anja ihre Tochter und sah mit Bestürzung das Zittern ihres Leibes. „Dort unten lauert diese Welt. Sie hat deinen Vater verschlungen. Und sie verschlingt jeden anderen, der sie betritt. Nur hier oben sind wir sicher. Also sorge dich nicht!"

„Du denkst, ich sorge mich um mein Wohl?" Ensine senkte den Blick. „Nein, Mutter! Darum geht es nicht. Das Grauen dort unten im Tal wird auch uns bald erreichen. Darum geht es. Und wir sollten nicht tatenlos zusehen, wie das geschieht." Ensine stand auf, kroch tiefer in ihren Umhang und entfernte sich einige Schritte. Nachdenklich starrte sie auf den letzten verbliebenen Schleier, der langsam zwischen den Wipfeln hervorkroch und plötzlich verharrte, als hielte er Ausschau.

Ensine wusste, dass ihre Mutter sich irrte. Es gab keinen Anlass zu glauben, die Wächter würden das Dunkel nicht in diesen Teil der Welt bringen. Das Gegenteil war richtig, die Geister hatten es ihr gesagt. Es war nur eine Frage der Zeit. Schweigend sah sie dem kleinen nebligen Gebilde nach, das weitergezogen war und allmählich im Grau des hohen Gipfels verschwand. Dann kehrte ihr Blick zur Mutter zurück, die von der kühlen Luft fest umschlungen reglos auf der Bank saß – den Rücken gebeugt und ihre alten Hände im Schoß liegend, während der

Wind mit den Enden ihrer Schürze spielte und ihr greises Haar zerzauste. Ein Anblick, der Ensines Herz überströmen ließ.

Sie kniete sich vor ihr ins Gras, legte seufzend den Kopf in ihren Schoß und senkte ihre Stimme in den flüsternden Wind: „Erzähl mir doch von diesen Mächten. Lass mich zu ihnen in die Gipfel steigen! Lass mich meinen eigenen Weg finden, Mutter!" Ensine blickte fragend auf und sah ein vielversprechendes Lächeln.

„Denkst du, ich wüsste nicht, was in dir vorgeht, Kind?" Anja beugte den Kopf etwas seitlich und legte ihren Arm um Ensines Schultern. „Ich verstehe sehr gut, dass du ihnen folgen willst. Du bist jung, in deiner Brust brennt die Neugier und du willst Neues erfahren, Abenteuer erleben. Und diese Hütte hier ist dir auch längst zu eng geworden. Glaub mir, Ensi! Ich wäre eine schlechte Mutter, wüsste ich nichts von deinen Wünschen und Sehnsüchten." Seufzend sah sie zum Berg. Es fiel ihr schwer, eine Entscheidung zu treffen. Überall lauerte der Tod. Sie hatte ihm bei seiner Arbeit zugesehen und bis heute nicht vergessen, wie klein die Chance war, seinem Willen zu entkommen: „Es ist kalt, Ensi. Komm ins Haus frühstücken." Anja stand auf und war im Begriff zu gehen, doch Ensine zögerte. Widerwillig zog sie am Ärmel ihrer Mutter, um sie zu einer Entscheidung zu drängen. Anja runzelte verwirrt die Stirn und begann zu lachen: „Willst du dein Frühstück hier draußen einnehmen?"

„Nein, ich will ..."

Der strenge Blick ihrer Mutter ließ sie verstummen.

„Na los, Ensi! Ab ins Haus!"

Ensine biss sich enttäuscht auf die Lippe und stand auf. Und während sie in der niedrigen Holzhütte verschwand, um das Essen zu bereiten, strich Anja nachdenklich die Falten ihrer Schürze glatt.

Es gefiel ihr nicht, dass die Elemente ihre Tochter aufforderten, ihnen zu folgen. Ensines Kräfte waren noch zu schwach, um dieser anderen Welt gefahrlos gegenüberzutreten. Gewiss, sie beherrschte Formwandlungen, als hätte sie nie etwas anderes getan. Auch hatten sich ihre seherischen Fähigkeiten weiterentwickelt. Doch im Umgang mit dem Zeitkristall, da war sie noch so ungeschickt wie ein Schmied, der zum ersten Mal ein Pferd beschlägt. Außerdem gab es da noch ein anderes Problem. Ensine wusste nichts von Atragon und dem Schild, den sie in zwei Tagen über dem Feenberg entfernen würde. Ein Gespräch darüber hatte sie stets vor sich hergeschoben und sich eingeredet, dass es für Ensine noch zu früh sei. Hatte sie vielleicht doch zu lange gezögert, ihre Tochter in die

Geheimnisse von Atragon einzuweihen? *Oh ja! Das hättest du eher tun sollen. Nach der Schlacht gegen Sartos hast du mit der Welt abgeschlossen, hast dich mit Ensine im Bauch in die Berge verkrochen und zufrieden zurückgelehnt. Und nun, da die Vergangenheit dich einholt und auf deine Tochter zugreift, bist du nicht fähig loszulassen.*

Anja lächelte versonnen. Sie dachte daran, wie sehr Ensine ihr doch im Wesen glich. Sie hatte denselben streitbaren Charakter, den auch sie als junge Frau zum Unwillen ihrer Mutter Meriste besessen hatte.

„Kinder." Anja schüttelte den Kopf. „Sie tun immer das, was sie nicht sollen." Sie stand auf und stapfte müde zum Haus, während der Wind ihr fröstelnd über die Haut fuhr. Sie wusste, dass es so nicht weitergehen konnte. Lange würde sie Ensine nicht mehr halten können, sie war nicht gerade die Geduldigste. Und jeder neue Tag, der ihr keine Antworten brachte, machte sie noch rastloser. – Vielleicht ist es doch besser, ihrem Drängen nachzugeben, sie in die Geheimnisse der Elemente einzuweihen und ihre Kräfte etwas feinzuschleifen. Es ist an der Zeit, dass sie ihre eigenen schmerzlichen Erfahrungen mit dieser anderen Welt macht.

Als Anja ihren Fuß auf die letzte Stufe gesetzt hatte und die Tür zum Haus öffnen wollte, erbebte plötzlich ihr

Körper unter dem eisigen Hauch klirrender Kälte, der durch sie hindurchraste, in einer Sekunde, einem Lidschlag. Mit schmerzverzerrtem Gesicht kippte sie vorn über und sah, die Hände auf den Treppenabsatz gestützt, wie sich ein nebliges Etwas über ihren Handrücken schob, den Arm hinauf zum Hals.

Anja rang nach Luft. Ihre Brust hob und senkte sich heftig, als dieses seltsame Etwas unvermittelt von ihr abließ und sich als Nebelblase zwischen ihr und der Haustür aufbaute. Da verging der Schmerz so schnell wie er gekommen war und ihr Atem kehrte zurück. Langsam hob sie den Kopf und sah in ein schleierhaftes bleiches Gesicht, das sie mit großen schwarzen Augen anstarrte. Es war glatt wie ein Kinderpopo und rund wie ein Kürbis, besaß weder Augenlider noch -brauen und auf den ersten Blick weder Nase noch Lippen. Nie zuvor hatte sie etwas Derartiges gesehen. Aber tief in ihrem Innern wusste sie, das war ein Element. Es war ein regloser Augenblick, der nicht länger gedauert hat als das Geräusch eines schnippenden Fingers, der keine Fragen zuließ und keine Antworten gab. Der einfach geschehen war und wieder verging, wie der Platzregen an einem Frühlingstag.

Eine Weile noch stand sie am Eingang, ohne Gedanken und Gefühl. Dann wandte sie sich um und ließ ihren

Blick prüfend schweifen. Doch das Element war verschwunden, wie der Augenblick, der keine Deutung zuließ, dass er jemals stattgefunden hatte.

Als sie das Haus betrat, schlug ihr wohlige Wärme entgegen. Das Zimmer war spartanisch eingerichtet: ein großer Tisch, der mittig im Raum stand, vier Stühle, ein Kamin und eine Trennwand aus Leinen, hinter dem sich drei Betten befanden. Gegenüber der Tür hing ein Zwölfender an der Wand, von Ensines Vater erlegt, und sein altes Jagdgeschirr mit Köcher, Pfeilen und einem Bogen. Im Kamin knisterte das Feuer und verbreitete eine gemütliche Atmosphäre.

Ensine hatte den Tisch mit dem wenigen gedeckt, das sie besaßen, und einen Strauß getrockneter Blumen dazu gestellt. Anja saß ihrer Tochter gegenüber, drückendes Schweigen hing zwischen ihnen. Ensine schob sich ein Stück Brot mit Käse in den Mund und begann lustlos darauf herumzukauen. Sie war nicht hungrig, sie wollte reden, Fragen stellen und die Mutter zu Antworten zwingen, die sie ihr immer wieder verweigerte. Nervös wanderte ihr Blick auf dem Tisch umher, als suche sie auf dieser Platte aus groben Holzbohlen nach einem günstigen Moment, dem Schweigen ein Ende zu bereiten. Doch die Spannung wuchs mit jeder Sekunde, bis sie es nicht mehr aushielt und die Stille brach. „Was weißt du von den Geistern? Mutter, ich will es jetzt wissen!"

Anja unterbrach ihre Mahlzeit und sah auf. Über ihre Mundwinkel zuckte ein schwaches Lächeln: „Ich weiß alles über sie, mein Kind." Sie wischte sich mit einem Tuch den Mund ab. „Deine Großmutter Meriste hat mir von ihnen erzählt, bevor sie ihre große Reise zu den heiligen Quellen nach Lystien angetreten hat."

„Und?" Ensine rutschte unruhig auf ihrem Stuhl hin und her. „Wer sind sie? Was tun sie? Warum sind sie hier?" Die Worte sprudelten wie Perlen aus ihrem Mund. Längst hatte sie Brot und Käse vor sich abgelegt. Abwartend starrte sie in das Gesicht ihrer Mutter, während draußen der Wind durch die Ritzen der Wände blies und den Raum mit einem schaurigen Gesang erfüllte.

„Na ja, sie existieren seit Anbeginn der Welt. Sie sind das, was uns umgibt. Sie haben diese Welt erschaffen: die fruchtbare Erde, Flüsse und Seen, Berge und Täler, die wärmende Sonne und die Luft, die wir atmen."

„Und die Menschen und Tiere auch?"

„Auch die, mein Kind, und noch mehr."

„Was meinst du mit 'noch mehr'?"

Anja schob den Hocker zurück und schlurfte zum Fenster. Sie wischte über die von der Wärme im Raum

beschlagene Scheibe und äugte misstrauisch nach draußen. Aber das Element, nach dem sie Ausschau hielt,
blieb verschwunden. Nicht einmal ein Hauch davon war
zu sehen. Sie schob die Gedanken an den kleinen Wicht
beiseite und sah zum Himmel, an dem eine staubgraue
Sonne hing. Sie überlegte, wann zuletzt sie einen blauen
Himmel gesehen hatte und den strahlenden Glanz eines
Sommermorgens. Doch das Erinnern fiel ihr schwer, immer wieder tauchte das Element vor ihrem geistigen
Auge auf.

Schließlich lehnte sie sich gegen die Fensterbank und
sagte: „Die Elemente waren gut in dem, was sie taten. Ja,
das waren sie wirklich, da gibt es keine Zweifel. Emsig
und gewissenhaft formten Sol, Idro, Terris, Ferra und Aeras Menschen, Tiere und Pflanzen. Berge wuchsen in den
Himmel und in den Seen, Flüssen und Wäldern tobte das
Leben. Dann fügten sie dem Guten das Böse hinzu, dem
Licht das Dunkel und der Geburt den Tod. Alles auf dieser Welt schien ausgewogen, aufeinander abgestimmt
und im ewigen Gleichmaß der Gegensätze zu schwingen.
Doch plötzlich benahmen sie sich wie kleine Kinder, die
ihre häuslichen Pflichten erledigt hatten und sich nun
langweilten. Sie begannen zu experimentieren und stritten darüber, wer von ihnen der Mächtigere sei."

„Haben sie es herausgefunden?"

„Nein! Sie erkannten, dass der eine so mächtig ist, wie der andere und dass sie untrennbar miteinander verbunden sind. Doch es war zu spät."

„Was haben sie getan?", fragte Ensine.

„Nun, sie gaben der Haut der Waldmenschen in Saragon einen grünlichen Schimmer, ihr Fühlen und Denken verbanden sie so eng mit der Natur, wie bei keinem anderen Lebewesen. Zum Beispiel konnten sie das Wachsen der Bäume hören, und sie sahen die feinen Verflechtungen zwischen ihnen. Den Bergmenschen gaben sie seherische Fähigkeiten und das Wissen über Kräuter zur Herstellung eines Getränks zur Formwandlung. Aber die Krönung ihrer Experimente war ein Stoff, es lagert in den Tiefen der Erde, das körperliche Wesen unverwundbar macht."

„Unverwundbar?" Ensine stand auf und ging zu ihrer Mutter. „Wissen die Menschen von diesem Gestein?"

„Nein! Die Menschen nicht, aber diese untote Kreatur, dem Herrn der inneren Erdwelt."

„Und wie haben die Elemente das alles rückgängig gemacht?"

„Solche Veränderungen brauchen Zeit, Ensine. Ich weiß nur, sie öffneten die Sphären der Magie und beriefen Feen zu Hütern der Welt. Nora, die erste Fee, erschuf Atragon, die Heimstatt der Feen – einen dreitausend Meter hohen Berg. Er liegt im Grenzgebiet zwischen den früheren Königreichen Targona und Pragon. Die Ausmaße seines Plateaus sind gewaltig. Auf ihm bauten die Feen ein ausgedehntes Areal von miteinander verbundenen Kuppelbauten, Wohn- und Wehranlagen. Das Zentrum bildet die Cella – eine gewaltige Säulenhalle, in der die Flamme des Lebens aufbewahrt wurde."

Ensine senkte den Blick. Sie saß wie versteinert und schwieg. Nur das Feuer im Kamin knisterte leise und warf flüchtige Schatten auf ihr Gesicht, während Anja plötzlich von Unruhe gepackt wurde. Sie waren nicht allein, das spürte sie. Etwas schien sie zu beobachten, und dieses Etwas war gewiss das Element.

Langsam ging sie vom Fenster weg, drehte sich dann abrupt um und prallte erschrocken zurück. Schwarze Augen starrten durch die Scheibe in den Raum. Und sie, sie starrte reglos zurück. Ihr Herz schlug heftig. Ein Blinzeln ihrer Augenlider, ein kurzes Zucken der rechten Hand, ein flüchtiger Moment und das Gesicht war wieder verschwunden.

Ensine war das seltsame Verhalten ihrer Mutter nicht entgangen. Auch sie hatte das Gesicht und die schwarzen

Augen gesehen. Sie sprang auf, zeigte zum Fenster und begann vor Aufregung zu stottern: „Das war, das war, das war ein ...“

„Element“, ergänzte Anja trocken, während sie sich rückwärts zur Tür bewegte. „Das war ein Element, Ensi. Es ist mir heute Morgen schon am Eingang begegnet.“

Sie packte ihre Tochter an den Schultern und drückte sie auf den Stuhl: „Setz dich und rühr dich nicht vom Fleck!“ Kaum gesagt, wurde die Tür aufgestoßen und kalte Nebelschwaden zogen in den Raum.

Anja fuhr herum und stellte sich instinktiv vor ihre Tochter, ohne den eindringenden Nebel, der sich zu einer grauen Kugel zusammenzog, aus den Augen zu lassen. Die Tür schlug krachend zu, das Feuer im Kamin erlosch und klirrender Frost zog über Wände und Möbel.

Anja sah sich verwirrt um. Alles war in Kälte erstarrt. Doch vor ihr hatte sie haltgemacht. Da war kein Schmerz, der ihren Körper durchströmte, der ihren Rücken krümmte wie vor der Tür, kein nebliges Etwas, das ihren Arm erfasste und sie zu umhüllen drohte. Sie spürte nicht mal ein Frösteln auf der Haut. Schnell warf sie einen Blick auf Ensine. Die eisige Kälte hatte auch sie verschont. So begann sie den Eindringling zu mustern, der einer unförmigen Blase ähnlich zwischen Fußboden und Decke hing. Umhüllt von feinen Nebelschwaden, schien sein Inneres kompakt zu sein, doch waberte es darin wie in einer kochenden Suppe.

Von Neugierde gepackt trat sie an die Kugel heran, steckte vorsichtig ihre Hand hinein und bemerkte, wie das Wabern plötzlich weniger wurde. Ihre Hand zuckte zurück, als hätte sie etwas Heißes berührt. Mit starren Augen stand sie da, den Arm weit zur Seite gestreckt und sah in das Innere dieses Gebildes. Da zog ein spöttisches Lächeln über ihre Mundwinkel: *Zwei Schritte trennen mich von einem Wesen, das ich in meinem Leben wohl nie wieder zu Gesicht bekomme, und mir fällt nichts Besseres ein, als meine Hand dort hineinzustecken?*

„Wie kleingeistig du doch bist", zischte sie scharf und warf sich selbst ihr Unvermögen vor, der Situation nicht mit Ruhe und Geduld begegnet zu sein. Besorgt drehte sie sich um und sah ihre Tochter völlig reglos auf dem Stuhl sitzen und wie in Trance auf die Kugel starren.

„Ensi", flüsterte Anja. „Ensi, was ist los?" Anja kniete sich vor sie und rüttelte an ihrem Arm. Doch ihre Tochter antwortete nicht. Nicht einmal ihr Gesicht reagierte. Nein, etwas Unerwartetes geschah. Ensine wurde leichenblass und ihr Atem begann zu dampfen. *Das ist die verdammte Kälte*, dachte Anja und begann ihren Arm zu reiben. Doch der war warm und weich, keine Spur von Erfrierungen. Prüfend umschlossen ihre Hände Ensines Wangen, auch in ihnen floss das Blut stetig und warm. Ratlos richtete sie sich auf, sah auf die Kugel und erschauderte. – Da waren wieder die Augen des Elements. Augen ohne Farbe, ohne Lider, ohne Brauen. In denen nichts Lebendiges zu sein schien. Die einfach da waren und sie anstarrten. Die Gestalt war durch den leichten Nebel im Raum kaum zu erkennen, aber sie schien die Form eines kleinwüchsigen Menschen zu haben.

„Kopf, Arme, Beine – alles dran", bemerkte sie nachdenklich. „Ist das dein Werk?" Anja zeigte auf ihre Tochter. Das Element nickte, sonst blieb es so stumm und reglos wie alles im Raum.

Anja kauerte sich wieder zu Füßen ihrer Tochter und hielt ihre Hand. „Stell es ab, sofort!"

„Nein!", erwiderte Ensine, für Anja völlig überraschend, hatte sie doch eben noch die bewegten Lippen des Elements gesehen. „Deine Tochter spricht durch mich. Sie ist mein Medium."

„Warum sprichst du nicht selbst?"

„Meine Stimme würde euch töten."

Anja neigte den Kopf zur Seite und sah das Element ungläubig an. *Du kleiner Bastard, dringst du etwa in ihr*

Bewusstsein? Argwöhnisch wanderten ihre Blicke zwischen dem Element und Ensine hin und her, während sie in kindlicher Manier die Unterlippe vorschob.

„Sorge dich nicht", ertönte die Stimme erneut aus Ensines Mund. „Ich füge deiner Tochter kein Leid zu."

„Woher?" Anja wollte etwas erwidern, aber die Frage schien ihr plötzlich unnütz. „Ach, vergiss es. Ich wundere mich nur, wie leichtfertig du mit uns umgehst. – Welches Element bist du eigentlich, falls du überhaupt eins bist?"

„Ich bin Sol, das Licht."

Anja schwieg. Nachdenklich sackte ihr Kopf auf die Brust, als suche sie dort nach Antworten: *Er ist also das Licht. Und er hat einen Namen. Fürs Erste ein guter Anfang. Mit Namen kann man reden, doch mit ausdruckslosen Gesichtern? Da kann ich ja gleich mit dem Nebel im Wald reden. Aber warum habe ich die Begegnung nicht vorausgesehen? Keine Vision, kein Hinweis, gar nichts.*

Anja hob den Kopf und blickte Sol mit verkniffenen Augen an: *Du willst meine Ensi. Richtig? Ihretwegen bist du hier.* „Meine Tochter hatte eine Vision von euch." Sie warf ihm den Satz einfach so hin und hoffte, dass die Antwort diesmal erschöpfender sein würde.

„Ich weiß", entgegnete Sol.

„Und warum bist du dann hier?"

„Um euch zu warnen.“

Anja sprang auf: „Vor wem?“

„Sammler, fliegende Jäger – Sartos' Geschöpfe. Sie jagen die Reste eurer Art, dringen in jeden Winkel, kriechen in jedes Loch und sind äußerst gefährlich.“

„Hier oben? Verdammt!“ Anja erinnerte sich an Ensines Worte: ‚Das Grauen wird auch uns bald erreichen‘. „Hast du die Welt dort unten gesehen?“

„Ja!“

„Wie sieht sie aus, heute nach dem Krieg?“

Das Element legte den Kopf schief, als würde es nachdenken.

„Sag schon“, flüsterte Anja und dachte dabei an ihren Mann, „ich will es wissen.“

„Es wird dir nicht gefallen. Sei gewarnt!“

„Verstehst du nicht?“, schrie sie verzweifelt. „Sie haben mir meinen Mann genommen und meiner Tochter den Vater. Also erzähl es mir!“

„Rot wie Blut fließt das Wasser in breiten Rinnsalen“, begann Sol durch Ensines Mund zu erzählen, und die Stimme war kalt und stoisch, „und Menschen hetzen panisch durch den grauen, windgepeitschten Tag. Sie fliehen vor dem Tod, der über ihnen hängt in kräftigem Gewand, mit Schwingen weit wie Segel. Ein gellend Schrei verrät so manchem dann und wann im Fluchtgetümmel, wie aussichtslos die Hoffnung ist, Sartos' Häschern zu entkommen. Kein Stein ist groß genug, dahinter Schutz zu finden, kein Loch so tief sich sicher zu verbergen. Und geht der Tag zu Ende, verschnüren sie zu Bündel ihre Beute und hängen sie an Bäume – an die kahlen, die noch sind. Die ganze Nacht strömt dann ihr Blut zu Boden und tränkt die Wurzeln, damit sich Sartos' Prophezeiung auch erfüllt und an den Bäumen rote Blätter wachsen. Am Morgen ist das Klagen dann verstummt, der Schmerz und jede Qual in Wahnsinn eingehüllt. Im Fluge werden sie von jedem Ast gepflückt und in den Kältetod nach Trong verbracht."

Dämonische Stille herrschte im Raum, als Sol geendet hatte. Sie war so übermächtig, dass es Anja den Atem nahm. Sie wusste nicht, ob sie schreien, sich verzweifelt zu Boden werfen oder einfach nur weglaufen sollte. Bleich vor Entsetzen sah sie auf und fragte mit starrem Blick, wie viel Zeit ihnen noch bliebe.

„Keine", entgegnete das Element. „Ein Sammler hat die Nebelbank bereits durchquert. Sein Name ist Piecock. Andere werden folgen, euch finden, jagen und nach Trong verschleppen. Schließlich seid ihr die letzten freien Menschen dieser Welt."

„Die Letzten? Sind das viele oder wenige?"

„Noch sind es viele."

Anja horchte auf. Gewiss, sie wusste, dass sich nach der Schlacht vor Tauron so mancher in die Berge gerettet hatte. Doch sie hatte nie den Versuch gewagt, nach anderen Menschen zu suchen. Und diese wohl auch nicht.

Ob allen die Gefahr bekannt ist? Kaum, dass sie sich diese Frage gestellt hatte, kam auch schon die Antwort von Sol: „Ja, sie ziehen sich in die Höhlen von Gefos zurück, so nennt ihr den schwarzen Berg, der den Himmel berührt."

Gefos! Anja wiederholte den Namen im Stillen und wog dabei ärgerlich den Kopf hin und her: „Pass auf, du Wicht. Man liest nicht die Gedanken anderer. Das mit meiner Tochter ist was anderes. Doch willst du von mir was wissen, dann frag mich." Das Element blieb stumm. Nein! Ensine sprach nicht mehr, nur ihr Atem dampfte.

„Was ist?" Anjas Augen funkelten. Sie rieb sich die Hände am Rock warm und sah zu ihm rüber. „Willst du nicht mit mir reden?"

„Ich denke nach."

„Und worüber?" Anja war gereizt. Sie sorgte sich um Ensine und war nicht in der Stimmung für einen Streit, der ihrer Meinung nach ohnehin ergebnislos enden würde. Außerdem hatte sie das alles sichtlich mitgenommen. Müde ging sie zum Tisch, sank auf einen Stuhl und schloss seufzend die Augen. *Ich muss meine Angst um Ensine loswerden. Und ich muss mich auf das Wesentliche konzentrieren – auf Gefos.*

„Ich denke über euch Menschen nach", sagte Sol unvermittelt. Anja hatte gar nicht mehr mit einer Antwort gerechnet.

„Und wieso?"

„Ihr seid so widersprüchlich."

„Wir wägen eben ab, ob was gefährlich ist, ob man es leicht, mühsam oder schnell bewältigen kann, wie das Wetter wird ... Weißt du, als junges Mädchen war ich mal mit meiner Mutter auf diesem Berg. Damals sind wir einen langen und nicht ungefährlichen Weg gegangen, der uns über grasbewachsene Hügel, schmale Pfade und zwischen steile Felsklippen geführt hat. Erst später ..." Anja öffnete die Augen. „Sag mal! Nimmst du Ensine mit?"

„Nein! Deine Tochter kennt den Weg zu uns. Seit Langem warten wir auf sie. In ihr schlummern Kräfte, von denen sie nichts weiß, selbst du nicht. Sie zu wecken, ist unsere Aufgabe."

Ein eisiges Gefühl der Angst durchströmte Anjas Körper. Sie stand auf und ging auf das Element zu: „Was redest du da von Kräften? Sag, ihr werdet sie doch nicht auf dieses Ungeheuer hetzen, oder?" Sofort dachte Anja an Atragon, an die Flamme des Lebens und an eine mögliche zweite Schlacht gegen Sartos, an dem auch ihre Ensi beteiligt sein und sterben könnte. – Alles würde sie ertragen, nicht aber den Tod ihrer Tochter.

„Ensines Leben wird das deine weit überdauern, glaub mir!", sagte Sol.

Anja nickte beruhigt, obwohl die Worte des Elements zu ihrem eigenen Schicksal überaus unheimlich klangen: „Wie soll ich das verstehen, Sol? Werde ich bald sterben?"

„Wenn deine Aufgabe erfüllt ist, dann wird er kommen der Eine, der immer zuverlässig ist, mit seiner Sichel scharf und im Gewand der Nacht. Doch bitte nicht. Kein Wort wird helfen dir ihn anzufleh'n, die Uhr der Lebenszeit zu stoppen, dir Jahre noch zu geben. Denn einen Fehler macht er nicht. Gerechtigkeit, die kennt er nicht. Er nimmt mit, was ihm gehört und hüllt in sein Gewand dein Lebensband."

„Ha, wo gibt es schon Gerechtigkeit?", seufzte Anja und dachte an den Schmerz von Adinofis, als die Fee von ihrer Bestimmung erfuhr: *An dem Tag war der Morgen totenstill. Das Land gebar nur Nebel – düster, schaurig, alles Leben schwieg. Und in den Feldern lag versteckt ein sanftes Windgeflüster, noch. Und dort, wo Adinofis stand, inmitten tausendfacher Ähren, die in den Himmel ragten auf, da hallte ihrer Mutter Stimme durch den Äther nach: „Der Menschen Rettung wirst du sein, nur dafür wurdest du geboren.“*

Da schrie sie auf: „Nur dafür, Mutter, zu mehr nicht? Soll das mein Schicksal sein, meine eherne Pflicht? Was ist mit Glück und Liebe, sprich?! Ist das nur eine Illusion für mich?“

Vom Zorn übermannt, der wie ein Vulkan erbricht seine Glut, entlud sich in ihrem Zepter, das sie gen Himmel hielt in der Hand, der blendend heiße Strahl ihrer rasenden Wut. Und im Widerschein dieser magischen Gewalt zog ein grollend Sturm in dunkle Wolkentürme auf, riss Korn und Bäume, Wurzelwerk und Erdreich mit, zuhauf. Und weit von ihr entfernt die Berge wankten und in die Täler donnernd stürzten Felsgiganten. Flüsse, Seen wogten schäumend an den Himmelsrand und alles war verwüstet, wo ihr Zorn entbrannt.

Reglos stand sie, bleich und stumm. Und tief in ihrer Seele blies ein Sturm, als wollten alle Weltenwinde der Mutter Worte lösen aus dem festen Gebinde. Doch auf der verbrannten Erde, wo ihre Hände, Kleid und Füße

rußgeschwärzt selbst eignem Zorne widerstanden, da
fand sie keinen Ausweg, ihrem Schicksal zu entgehen. So
ließ sie ab von ihrer Wut und des Zepters magischer Glut,
sank weinend zu Boden, fühlte sich trostlos und leer und
die Tränen in ihrem Schoß wogen wie Steine so schwer.
Und als all der Schmerz war endlich verflogen und des
Schicksals Härte sich mit ihrem Herzen hatte verwoben,
entstieg ein Leuchten der kühlen Erde sanft und trug sie
nach Atragon, zu beenden ihren schrecklichen Kampf.

Anja schüttelte versonnen lächelnd den Kopf: „Ich bin bald bei dir, liebste Freundin. Die Zeit ist reif, für einen letzten gemeinsamen Kampf."

Als Sol verschwunden war, besann sie sich auf Ensine, die noch immer zusammengesunken auf dem Stuhl saß. Anja beugte sich über sie und befühlte ihre Brust, die warm war und in der ein kräftiges Herz schlug. Behutsam trug sie ihre Tochter in die Schlafkammer nebenan, wickelte sie in eine warme Decke und wartete, bis sie eingeschlafen war und ihr Atem ruhig wurde.

Als Ensine erwachte, war es bereits Mittag. Eine Zeit, die sich vom Rest des Tages nur dadurch unterschied, dass der Himmel weniger grau und die Luft etwas wärmer war. Doch das interessierte sie heute nicht. Jeder Muskel in ihrem Körper schmerzte und ihr Hals war so rau wie Mutters Reibeisen neben der Kochstelle am Kamin.

Stöhnend versuchte sie sich aufzurichten, doch Arme und Beine wollten ihr einfach nicht gehorchen.

„Bleib liegen, Ensi", sagte Anja, als sie den Raum betrat und am Fußende des Bettes stehen blieb. „Es wird noch dauern, bis der Zauber nachlässt."

„Von welchem Zauber sprichst du?" Müde sank Ensines Kopf in die Kissen zurück. „Was ist denn passiert? Ich kann mich an nichts erinnern. Meine Gedanken sind so schwer."

Ihr Blick schweifte durch den Raum, als suche sie irgendwo zwischen Staub und Möbeln nach einer Antwort. Dann kehrte ihr Blick zur Mutter zurück, die sich neben sie gesetzt hatte und ihr einen großen Becher Tee reichte: „Komm, trink was! Das wird dir guttun."

Gierig schluckte Ensine die kalte Mischung aus Salbei und dem Fruchtsaft der Heckenrose. Dann sah sie zur Mutter auf und flüsterte: „Jetzt weiß ich es wieder, wir hatten Besuch. Stimmt's? Ich erinnere mich an eine graue Gestalt und den Frost an den Wänden und Möbeln." Anja nickte und strich ihrer Tochter eine Strähne aus dem schweißnassen Gesicht: „Ja, deine Vision war sehr real."

„Vision?" Ensines Augen wurden immer größer.

„Na, deine Geister", ergänzte Anja, „die nebligen Gebilde in deinen Träumen. Die Elemente. Erinnerst du
dich, was ich dir über sie erzählt habe?"

„Das war ein ..." Ensine schluckte.

„Genau, das war Sol, eins der fünf Elemente. Er war
hier, um uns zu warnen."

„Vor wem?"

„Vor fliegenden Kreaturen, die keine Gnade kennen,
die Menschen jagen und zur Strecke bringen. Wir sind
ihre Beute, ihre Nahrung."

„Ich hatte recht", flüsterte Ensine mehr zu sich selbst.

„Ja, Ensi! Aber du weißt längst nicht alles."

Anja setzte sich auf dem Bett zurecht und begann ihrer Tochter von jenen längst vergangenen Ereignissen zu
erzählen, die sie ihr bisher immer verschwiegen hatte:
von Adinofis, der Hüterin der Menschen, von Dalias Verrat, von Cenotes, dem auserwählten Kind, und einem
Krieg der Völker und Feen gegen Sartos, der zwanzig
Jahre zurücklag. Und sie sprach von dem Zeitschild über
Atragon und der Hoffnung auf eine Welt, in der das Gute
überwiegt, wo Schlachten längst geschlagen sind und das
strahlende Licht eines Sommertages über die Erde zieht.

Und als sie geendet hatte, lag Ensine wie betäubt da
und versuchte, das Ausmaß dieser schrecklichen Ereig-

nisse zu begreifen. Erst allmählich formte sich in ihrem Kopf ein Bild, das finster und bedrückend durch ihre Adern kroch und ihr die Luft zum Atmen nahm. Sie hatte nicht die Kraft zu schreien. Sie starrte mit weiten Augen ins Leere. Als sie ihren Namen hörte, schrak sie zusammen. Ihre Gedanken kehrten zurück und sie sah über sich das besorgte Gesicht ihrer Mutter.

„Und, können sie ihn besiegen?", flüsterte sie.

„Du meinst, ob die Feen ...?"

„Ja!"

„Ich weiß nicht, Ensi. Ich kenne die Pläne der Elemente nicht. Und Atragon erwacht erst in zwei Tagen. Diese Aufgabe wird uns alle fordern."

Anja sah auf Ensine, die still und teilnahmslos dalag und ihren Blick in der Lehmdecke über sich zu vergraben schien. Die Bilder der Schlacht gegen Sartos – der Angriff seiner Wächter, die gespaltenen Schädel, die abgetrennten Rümpfe und aufgerissenen Bäuche der im Blut versinkenden Leiber, all diese Bilder warfen Anjas Gedanken durcheinander. Nun war es ihr Kind, das den Pfad des Krieges gehen und von Bildern gepeinigt werden würde, die sie längst vergessen glaubte. Ein tiefes Schluchzen entfuhr ihrer Brust, als sie Ensines sanfte Berührung auf dem Arm spürte.

„Wann werden die Sammler kommen, Mutter?"

„Einer ist schon auf dem Weg, mein Kind. Sein Name ist Piecock, sagt das Element."

„Und die anderen?"

„Sie werden bald folgen." Anja streichelte Ensines Wangen. „Nun schlaf, Schatz! Wir brechen morgen auf. Der Weg zum schwarzen Berg wird dir alles abverlangen."

Kapitel 3

Begegnung in Saragon

Der Starke erfüllt seine Pflicht, der Schwache geht in ihr unter. Als Cenotes an diesem Morgen die kahle, windgepeitschte Bergkuppe südlich von Saragons höchsten Berg Gefos erreicht und sich auf einen Felsbrocken niedergelassen hatte, drangen diese mahnenden Worte der Mutter, die sie ihm seit seiner Kindheit vorbetete, unwillkürlich in sein Bewusstsein. Sie passten zu dem wilden Charme des Zwanzigjährigen, mit seinen schwarzen lockigen Haaren, den stechend-grünen Augen und der muskelbepackten Statur eines Kriegers. Er war abenteuerlustig, verwegen und kannte keine Angst.

Vor ihm lag ein breites, dicht bewaldetes Tal. Die Hügel, die es umschlossen, waren dagegen nur dürftig bewachsen und für die Jagd denkbar ungeeignet. Hier oben hatte er als Kind den Falken oft beim Beutezug zugesehen und mit seinem Bogen Zielübungen durchgeführt, wenn sie sich wagemutig in die Tiefe stürzten. Doch heute gab es kaum noch Falken oder Bussarde, geschweige denn Bären oder Wölfe. Man konnte von Glück reden, auf der Jagd überhaupt noch einen Hasen anzutreffen, von Hirschen und Rehen ganz abgesehen.

Cenotes warf einen Blick über die Schulter, zog einen Pfeil aus dem Köcher und prüfte den Zustand der Steinspitze, die eine messerscharfe Kante aufwies und am Schaft mit mehreren Lagen Bast umwickelt war. Zufrieden steckte er den Pfeil in den Köcher zurück.

Vor ein paar Stunden war er in der Hoffnung von zu Hause aufgebrochen, ein paar Kaninchen zu erlegen, bestenfalls eine Gämse. Sein gleichaltriger Bruder Hesaret hatte ihn auf dem Weg hierher ein gutes Stück begleitet, war aber dann aus Sorge um die im Fieber liegende Mutter umgekehrt. Gestern war sie für kurze Zeit erwacht und hatte wie im Wahn von nebelhaften Geistern gesprochen, von einer Warnung und der Flucht nach Gefos – einem schwarzen Berg, der hoch über allen Bergen in den Himmel ragte. Cenotes ging das nicht aus dem Sinn. Nicht dass er den Worten der Mutter keinen Glauben schenkte. Nein! Dazu hatte er wahrlich keinen Grund. Der Tod und die Magie regieren diese Welt – selbst hier, wo die Wächter nicht hinkamen. Alles, was sie ihm und Hesaret darüber erzählte, hatte sich als wahr erwiesen, auch wenn sich ihnen der Sinn ihrer Worte oft erst spät erschlossen hatte. Aber da war noch was anderes. Seit Langem zweifelte er im Stillen an seiner Herkunft – daran, dass Hesaret sein Bruder und Sidonis seine Mutter waren. Gewiss, er hatte mit ihnen nie darüber gesprochen, selbst dann nicht, als er im vorigen Jahr seltsame Kräfte an sich festgestellt hatte. Mühelos konnte er zum Beispiel Felswände oder Berge erklimmen und so scharf wie ein Adler sehen. Mit bloßen Händen brach er Bäume, die so stark waren wie sein Arm, und seine Gedanken bewegten Gegenstände, als hätten sie kein Gewicht. All das war Hesaret nicht möglich, nicht mal ansatzweise.

Seufzend stand Cenotes auf und verscheuchte alle Gedanken. Zum Grübeln war er nicht gekommen. Jetzt galt es erfolgreich zu jagen und mit Fleisch nach Hause zurückzukehren, damit Mutter genesen konnte. Sein Blick ging suchend über den Hang, der nach einer etwa zehn Meter hohen Felswand sanft zum Tal hin abfiel und von breiten, kurzen Grasflächen, Moosen aller Art und niedrigem, dürren Buschwerk überzogen war. Am Fuß des Berges wurde die Baumgrenze sichtbar, zunächst vereinzelt mit weitständigen Kiefern, dann folgte Mischwald und im Tal schließlich ein dunkler Buchenbestand.

Cenotes lächelte, sein Blick war weit und scharf. Zwischen den Baumgruppen entdeckte er den schwachen und von Gras fast überwucherten Abdruck eines Pfades. In seinen Augen flammte der Jagdtrieb auf und seine Haltung geriet unter Spannung. Mit Pfeil und Bogen in der

Rechten begann er den Abstieg. Jede seiner geschmeidigen Bewegung verriet, dass er das Spiel seiner Muskeln liebte und es ihm ein Leichtes war, an der kurzen steilen Felswand hinab zu klettern. Kaum, dass er aber weichen Boden unter den Füßen verspürte, hetzte er auch schon den Hang hinab.

Der Wind griff in sein Haar und warf es wie einen Stander hin und her. Seine Sprünge waren weit. Geschickt wich er dem Gestrüpp aus, überwand alte gefallene Baumstämme, die modrig und von Moos und Gras überwuchert seinen Weg kreuzten, und gelangte schließlich auf den Pfad, der ihn zwischen hoch aufragenden Bäumen ins Tal führte. Der Wald wurde nun dichter. Trockenes Buschwerk drängte sich ihm in den Weg. Dazwischen lag Bruchholz, das er mit größter Vorsicht überstieg. Dann lichtete sich das Unterholz und in einiger Entfernung vor ihm stieg ein Hang auf. Er hatte die Talsohle erreicht und hielt lauschend inne.

Vor ihm raschelte es. Seine Blicke tasteten die Büsche ab, dann den Boden. Da stieß er auf Kaninchenspuren. Deutlich hatten zwei dieser Nager den Abdruck ihrer Hinterläufe im trockenen Erdreich hinterlassen. Sofort legte er einen Pfeil auf den Bogen und setzte die Sehne unter Spannung. Ein leises Pfeifen und das Trommeln der

Hinterläufe auf dem Boden verrieten ihm, dass die Tiere nicht sehr weit waren. Möglicherweise hatten sie Junge und signalisierten damit die drohende Gefahr. Jedenfalls schien ihr Bau ganz in der Nähe zu sein. Zielstrebig folgte Cenotes ihren Spuren, den Bogen im Anschlag. Sein Gang hatte sich verändert, jeder Muskel an ihm war gespannt. Wie eine Raubkatze vor dem entscheidenden Sprung kauerte er sich ins Gebüsch und lauschte den Geräuschen des Waldes, bereit vorzupreschen und den Todesschuss zu setzen. Nichts fiel ihm leichter, als dasselbe zu tun wie seine Opfer. Er tat es nur besser, mit schärferen Augen, besserem Gehör, schnellerem Reaktionsvermögen und wirkungsvolleren Waffen.

Behutsam schob er einige Zweige auseinander, die ihm die Sicht versperrten, als rechts von ihm ein Kaninchen unter einem Busch hervorsprang und Hacken schlagend in seine Schusslinie geriet. Er legte blitzschnell an, die Sehne surrte und der Pfeil drang tief in die Hüfte des Tieres ein. Noch während es mit dem Tode rang, sah er das zweite Tier, wie es flink und wendig zwischen den Bäumen verschwand. Rasch war ein zweiter Pfeil aufgelegt und schnellte durch die Luft. Das Tier schleuderte unter trockenes Gestrüpp und röchelte noch eine Weile, zitternd und mit ausgestreckten Läufen.

Cenotes trat vor, hängte sich den Bogen über die Schulter und sah zufrieden auf die zwei toten Hasen. Über ihm grummelte der Himmel. Wolken zogen auf, das Wetter wurde trübe und ungemütlich.

„Na schön", murmelte er mit einem Hochgefühl in seinem Innern. „Die Zeit drängt. Sieh zu, dass du nach Hause kommst." Mit einem kräftigen Ruck entfernte er die Pfeile aus dem Fleisch der Tiere und band sie sich wie Trophäen an den Gürtel seiner knielangen braunen Lederhose. Dabei schwand sein Triumph plötzlich dahin, als hätte jemand einen Zauber über ihn geworfen. Er war allein, kein Rascheln, kein Vogelgezwitscher, nicht einmal der Ruf einer Eule war zu hören. Nur der Wind rauschte in den Wipfeln, als sänge er ein trauriges Lied von einer sterbenden Welt. Ja, er hatte dieser Welt das wenige an Leben genommen, das sie noch besaß. Aber er hatte keine Wahl. Er war ein Mensch und musste wie jedes andere Wesen überleben.

Cenotes konnte keinen klaren Gedanken fassen. Nachdenklich massierte er seine Stirn. *Nein, das wäre zu einfach. Überleben ist zwar meine Pflicht, aber ich muss auch das erhalten, was mich ernährt. Ist es das, was Mutter mit Pflichterfüllung meint, das Nehmen und Geben?* Grübelnd ging er weiter. Seine Schritte waren schwer, als trüge er eine Last mit sich. Er achtete nicht auf das Bruch-holz, das unter seinen Füßen knackte und die Stille im Wald brach, bis er erneut stehen blieb, den Kopf schief legte und in den Wind lauschte.

Sein Instinkt hatte ihn vor etwas gewarnt. Etwas, das auf ihn zukam und dem er nicht ausweichen konnte, selt-samerweise auch nicht wollte. Er sah in die schwanken-den Wipfel der Bäume, wo der Wind plötzlich dröhnte, als bliese er zum Angriff, lief einige Schritte, machte kehrt und blieb wieder stehen. Um ihn herum krachte schweres Astwerk zu Boden und erfüllte die Luft mit Staub und alten Blättern. Fast hätte er gemeint, der Wald würde ihn daran hindern, seine Beute nach Hause zu brin-gen. Schutzsuchend zog er sich hinter eine mächtige Bu-che zurück. Und als er wieder in den Himmel aufsah, jagte ein riesiger Schatten über die hohen Bäume hinweg.

Cenotes überlegte nicht lange; der Pfeil war längst aufgelegt und schnellte mit hoher Geschwindigkeit hinter dem Schatten her. Ob er getroffen hatte, wusste er nicht. Das Geschoss verschwand zwischen den Bäumen. Er sah ihm nur nach. Und dann, einer plötzlichen Eingebung fol-gend, wandte er sich um und hetzte auf eine Lichtung zu, die ihm eine bessere Sicht für einen gezielteren Schuss bot. Tief hängende Zweige peitschten sein Gesicht und dorniges Gestrüpp riss seine Lederhose und sein schmutziges Leinenhemd auf. Doch das war es ihm wert.

Hinter einer einzelnen Buche brachte er sich in Stellung, keine Minute zu spät. Denn der Schatten tauchte bereits von Süden kommend über den Wipfeln auf. Diesmal zog er einen Pfeil aus dem Köcher, den er gewöhnlich für Großwild nutzte, legte ihn seelenruhig auf und fixierte sein Ziel. – Es war ein seltsames Geschöpf, wie er fand: der Körper aschgrau, kräftig, etwas gedrungen und mit einer breiten Brust – einem Menschen in Jugendgröße ähnlich, aber so abstoßend wie eine blutleere Leiche. In seinem kahlköpfigen Schädel saßen große lidlose Augen, und es besaß weite Nasenlöcher, die mit jedem Schlag seiner ausladenden Schwingen einem Blasbalg ähnlich auf- und zugingen.

Die Kreatur schien ihn bemerkt zu haben. Sie flog auf ihn zu und so gefährlich nah über den Bäumen, dass seine mächtigen Schwingen die Wipfel berührten. Der Angriff begann. Cenotes spürte, wie ihn das Jagdfieber packte.

„Komm", flüsterte er, „noch ein Schlag, noch einen zweiten, einen dritten ..." Seine Augen waren weit, der Pfeil lag im Anschlag. Da berührten die Schwingen der Kreatur die Wipfel. Es geriet ins Schwanken. Der Pfeil schnellte von der Sehne und erwischte das Geschöpf neben dem Flügelansatz in der Brust. Ein lautes klagendes Krächzen drang an sein Ohr. Die Kreatur geriet ins Schlingern. Sie ruderte, ruckte, schlug verzweifelt mit den Schwingen und kippte schließlich über dem verletzten Flügel ab. Ein lautes Getöse erfüllte den Wald, als sie durch die Wipfel krachte. Äste brachen zuhauf und zersplitterten am Boden. Staub wirbelte auf und verharrte zwischen den mächtigen Stämmen wie ein geisterhafter Vorhang. Dazwischen, von Angst und Schmerz erfüllte Schreie. Kurze Zeit später war es still.

Cenotes, der wie in Stein gemeißelt stand und zwischen dem staubigen Vorhang hindurch das angerichtete Chaos sah, traute seinen Augen nicht. Wenige Meter vor ihm lag es am Boden, mit weit von sich gestreckten Flügeln und geschlossenen Augen. Deutlich sah er den Pfeil im Körperansatz der linken Schwinge stecken, aus der in großer Menge fast schwarzes Blut floss.

„Na, da bist du wohl etwas zu hart aufgeschlagen?", fragte er spöttisch und ging langsam auf seine Beute zu. Argwöhnisch betrachtete er das seltsame Wesen, das ohne Bewusstsein schien. „Und mein Pfeil hat dir offenbar auch nicht geschmeckt!"

Nachdenklich rieb er sich die schweißnassen Hände an den Hosenbeinen trocken. Die Frage, wo es herkam, stellte sich für ihn nicht. Aus den Erzählungen seiner Mutter wusste er, dass es nur einen Ort gab, an dem solche Geschöpfe ihr Unwesen trieben: unter der Nebelbank im Schreckensreich von Sartos. Viel interessanter für ihn war die Frage, was das für ein Wesen war und was es in Saragon wollte.

Auf dem kalten Waldboden liegend versuchte Piecock verzweifelt, bei Bewusstsein zu bleiben. Der Schmerz unter seiner Schwinge war unerträglich und das Atmen fiel ihm schwer. Seine Rippen hatten beim Sturz durch die Bäume offenbar auch was abbekommen. Aber da war auch noch dieser Mensch, der ständig um ihn herumschlich und dessen süßlicher Geruch ihm aufreizend in die Nase stieg.

Wieder einmal war seine Lage nicht die beste. Mit aller Kraft stemmte er sich gegen den dunklen Strudel, der ihn langsam aber stetig zu verschlingen drohte, als plötzlich eine Stimme an sein Ohr drang und ihn aus der beginnenden Ohnmacht zurückführte: „Was bist du? Was willst du hier? ... Hörst du, was ich sage? Wach endlich auf!" Cenotes gab ihm einen Tritt.

Piecock tastete den Boden ab als suche er einen Knüppel, mit dem er sich verteidigen konnte. Er öffnete einen

Spalt breit die Augen und krächzte kehlig: „Willst du kämpfen?"

„Ha, dass ich nicht lache", grinste Cenotes triumphierend. „Du liegst halb tot im Dreck und dir fällt nichts Besseres ein, als mich das zu fragen?" Er hockte sich neben die Kreatur auf den Boden und sah sie nachdenklich an. Noch hatte er keine Ahnung, was er mit ihr anfangen sollte. Hierlassen? Oder mitnehmen? Beides schien ihm im Moment nicht sinnvoll. *Diese Kreatur hier zurückzulassen, bedeutete ihren möglichen Tod. Sie mitzunehmen, vielleicht den Tod von Menschen.* Von welcher Seite er es auch betrachtete, er hatte ein Problem am Hals.

„Hast du einen Namen?"

„Piecock, mein Name ist Piecock."

„Und? Was willst du hier ... Piecock?"

„Ich bin ein Sammler."

Cenotes grinste: „Was gibt es denn hier zu sammeln?"

Piecock richtete sich auf und sah auf seinen Flügel, in dem noch der Pfeil dieses Menschen steckte: „Ich jage Menschen, das ist meine Aufgabe."

„So, so! Aber ein erfolgreicher Jäger scheinst du nicht zu sein." Cenotes wies kopfschüttelnd auf die noch blutende Wunde. „Schau dich doch an! Dein Manöver war miserabel, mein Lieber. Jedes kleine Kind hätte dich vom

Himmel geholt, so dicht bist du über den Bäumen geflogen. Hast du dort, wo du herkommst, nicht gelernt, wie
man einen Angriff fliegt?"

„Das war kein Angriff." Piecock berührte das Fangnetz an seiner Hüfte. „Siehst du das? Ich hatte mein Netz
noch nicht mal abgenommen. Ich wollte landen, um auszuruhen. Also, was willst du? Angegriffen hast du, blind-
wütig und ohne Verstand."

„Nun gut. Wie immer du das siehst, deine Verletzung
muss jedenfalls behandelt werden, sonst verblutest du."

Bei diesen Worten zuckte Piecock zusammen, so ungewöhnlich erschien ihm das Ansinnen dieses Menschen,
sein Leben zu retten. In seiner Welt war sich jeder selbst
der nächste und ein verletzter Sammler meist ein toter
Sammler. Menschen würden in ähnlichen Fällen nicht
viel von einem seiner Art übrig lassen.

„Ist das nicht merkwürdig?", presste Piecock unter
Schmerzen hervor, während Cenotes den Pfeil aus dem
Ansatz der Schwinge zog. „Wir sind als Gegner zusam-
mengetroffen und nun brauchen wir einander."

„Ach ja?" Cenotes nahm einige Heilkräuter aus der
kleinen Ledertasche, die an seinem Gürtel gebunden war,
vermischte sie mit seinem Speichel und legte mit dem
Halstuch der Mutter einen Verband. „Hast du vergessen,

wer von uns beiden durch die Bäume gekracht ist?" Er zog den Verband fest, setzte sich einige Schritte von Piecock entfernt auf einen morschen Baumstumpf und legte sicherheitshalber einen neuen Pfeil auf die Sehne. „Was, wenn ich an deiner Stelle hier gelegen hätte?"

Cenotes sah den Sammler, der sich inzwischen an den Stamm einer Fichte gelehnt hatte, grimmig an.

„Na, was? Hast wohl deine Stimme verloren, du Menschensammler?"

„Wären wir Verbündete, dann würde ich dir helfen."

„Das sind wir aber nicht."

„Was willst du, ich verfolge Ziele wie du auch!"

„Ganz sicher tust du das", entgegnete Cenotes ruhig. „Aber deine Opfer sind Menschen."

Piecock winkte genervt ab, lehnte den Kopf zurück und starrte nachdenklich in den Himmel. *Der Mensch vor ihm war anstrengend. In seiner eigenen Welt hätte er mit so einem nicht viel Federlesen gemacht. Dort galt der Grundsatz: einsammeln, bündeln, abtransportieren. Hier schien alles auf dem Kopf zu stehen. Ein Zustand, der ihm nicht gefiel, mit dem er nicht klarkam.* Angst kroch durch seine Adern und trocknete seine Kehle aus. Er schloss einen Moment lang die Augen und hoffte, dass der ganze Spuk beim Öffnen seiner Lider vorbei wäre. Doch das war nicht so. Dieser Mensch saß immer noch mit aufgelegtem Pfeil vor ihm und schien bereit zu sein, ihn jederzeit zu töten.

„Was ist mit dir?", fragte Cenotes.

„Nichts, ich bin nur müde."

„Was seid ihr eigentlich für Wesen?"

„Wir?" Piecock stöhnte hörbar auf. „Meine Gefährten meinen, wir wären Geschöpfe von Sartos. Doch weiß von uns keiner so recht, ob wir eine eigene Art sind oder nur ein Produkt von ihm. Ich weiß es zumindest nicht. Aber ich denke, wir sind ein bisschen von beidem."

„Vielleicht warst du mal ein Mensch", entgegnete Cenotes. „Der Größe nach zu urteilen, könntest du mal ein Knabe gewesen sein."

„Ich weiß es nicht!", polterte Piecock. „Und es interessiert mich auch nicht!"

„Aber mich vielleicht?!", brüllte Cenotes zornig zurück, sprang auf und warf Pfeil und Bogen weit von sich. „Dir gefällt es offenbar, wenn Menschen auf den Knien rutschen und um ihr Leben flehen. Das bereitet dir doch Vergnügen, oder?" Er stand vor dem Sammler und fuchtelte mit den Armen wild in der Luft. „Ist es nicht so?" Der Sammler blickte ängstlich auf. „He! Starr mich nicht so an! Antworte! Gibt dir das ein Gefühl von Macht?"

Piecock senkte den Blick, während Cenotes vor ihm wütend auf und ab lief.

„Sagtest du nicht was von: 'Quote erfüllen'?" Wieder baute er sich vor dem Sammler auf und grinste verächtlich. „Was tust du, wenn es nichts mehr zu sammeln gibt, wenn du deine Quote nicht mehr erfüllst? Was wird dann aus dir, aus deinen Kumpanen? Hast du darüber mal nachgedacht?" Cenotes wandte sich wütend ab. „Nichts als hirnlose Muskelmasse."

Piecock säuberte nachdenklich seine langen Federn vom Schmutz und Cenotes zog sich auf einen Baumstumpf zurück und stocherte mit seiner Pfeilspitze griesgrämig im Waldboden.

„Ich habe das nicht entschieden", flüsterte Piecock nach einer Weile.

Cenotes sah auf: „Was hast du nicht entschieden?"

„Dass ich existiere, dass ich dem Tod näher stehe als dem Leben und dass das Licht der Finsternis weichen musste. Such dir was aus! Und mir die Schuld am Zustand dieser Welt zu geben ..."

„Ach was, Schuld", warf Cenotes unwirsch ein. „Darum geht es doch gar nicht. Schuld tragen alle, die diesem Ungeheuer zur Macht verhalfen, auch wir Menschen. Doch wir können auch entscheiden, ob wir nur zusehen oder uns wehren. Eine ganz einfache Logik: Der Starke siegt über den Schwachen nur, weil der Schwache es zulässt. Ist das etwa klug?"

Piecock schwieg nachdenklich.

„Sieh mal, in diesem Gebirge überleben Menschen, weil eure Wächter mit ihren Klumpfüßen die Berge nicht erklimmen können oder die Nebelbank es verhindert, keine Ahnung. Die Flucht hierher war unser einziger Ausweg, um dem Blutrausch deines Herrn zu entgehen. Flucht ist eine Form, sich zu wehren. Eine andere, der Kampf."

Cenotes sah, dass es Piecock schwerfiel, seinen Worten zu folgen. Und so suchte er nach einem anderen Beispiel: „Bevor wir aufeinandertrafen, jagte ich Kaninchen. Hier, sieh!" Er zeigte auf die erlegten Tiere an seinem Gürtel. „Du musst mit Pfeil und Bogen geschickt sein, um sie zu erlegen. Es sind flinke, wendige Tiere und haben keinen Verstand wie du und ich. Doch sie lieben ihre Freiheit offenbar mehr als wir das tun. Sie wehren sich gegen ihren Tod durch Flucht und kämpfen mit all den Eigenschaften, die ihnen die Natur zum Überleben gegeben hat. Und die Natur stirbt, wie du siehst. Das Leben verschwindet spurlos und die Bäume werden bald nur noch kahle Äste tragen. Trotzdem zeugen diese kleinen

Nager Junge und ziehen sie auf. Haben wir Menschen mit unserem Verstand da nicht mehr aufzubieten? Offenbar nicht, denn wir hüllen uns in ein Gewand aus Angst und Hoffnungslosigkeit und warten geduldig auf den Tag unseres Todes. Dumm sag ich dir. Das ist sehr dumm. Meinst du nicht?"

Piecock starrte gedankenverloren in das tiefe Dunkel des Waldes. *Er lebte. Die Wunde in seinem Flügel begann zu heilen. Und was der Mensch da vor ihm sagte, war zwar einleuchtend, gab ihm aber im Moment nichts. Er war es gewohnt, für den Tag zu denken. Jetzt fühlte er sich wohl, die Schmerzen hatten nachgelassen und diese fremdartige Welt vor ihm war auf den zweiten Blick doch recht angenehm. Mehr wollte er nicht wissen.* Gierig sog er die mit angenehmen Düften angefüllte Luft in seine großen Nasenflügel und lauschte dabei dem Wind, der in den hohen Wipfeln leise rauschte. All das gefiel ihm. Ja, er war entschlossen, diesem Menschen zu folgen.

„Was ist, Sammler?" Cenotes hatte seine Sachen geordnet und blies zum Aufbruch. „Kannst du gehen?"

Piecock nickte und stand auf. Vorsichtig faltete er seine verletzte Schwinge auf dem Rücken zusammen, streckte prüfend seine Menschenglieder und stapfte noch etwas steif und unbeholfen hinter Cenotes her.

Es ging nur langsam voran. Die Lichtung zu überqueren war für den Sammler nicht schwer, obwohl er mehr an das Fliegen als an das Laufen gewöhnt war. Kaum, dass sie in der Talsohle die letzten paar Baumbestände erreicht hatten, wurde es für ihn schon schwieriger, sich mit seiner verletzten Schwinge schadlos an den knochigen Baumstämmen und dem dazwischen wachsenden Gestrüpp hindurch zu schlängeln. Manchmal blieb er an einem Ast hängen, dann hallte ein krächzender Schrei durch den Wald und Cenotes blickte besorgt hinter sich. Doch schließlich hatten sie die etwa zweihundert Meter breite Talsohle durchquert und stiegen den Hügel hoch, auf dem Cenotes eine Stunde zuvor abgestiegen war.

„He, Piecock!" Cenotes ging leichtfüßig etwa zehn Meter voraus. „Tötet ihr die Menschen? Ich meine, wenn ihr sie jagt?"

„Wenn möglich, nicht", erwiderte Piecock. „Wir legen sie in große Eiskammern, damit sie frisch bleiben. Du verstehst? Nur wenige widersetzen sich. Die töten wir dann, bevor sie uns verletzen."

„Oh!" Der Gedanke, in die Fänge dieser Kreaturen zu geraten und eingefroren zu werden, trieb Cenotes einen Schauer über den Rücken. „Und wenn sie in den Kammern liegen, was geschieht dann mit ihnen?"

„Ich weiß nicht." Der Sammler rang nach Luft. „Lauf langsam, ich bin für sowas nicht geschaffen!" Er deutete auf den Hang.

„Ist mir egal, für was du geschaffen bist. Beantworte meine Frage." Cenotes drehte sich um und setzte sich. Er sah Piecock mit scharfem Blick an. „Ich will, dass du es sagst."

„Wir essen sie. Bist du jetzt zufrieden."

„Wie jetzt, ihr esst sie lebendig?" Mit zusammenge-kniffenen Augen musterte er den Sammler, der sich zwei Meter unterhalb von ihm auf einem Baumstumpf nieder-gelassen hatte und verstört zu Boden sah.

„Nein, nicht lebendig. Meine Gefährten unterhielten sich mal darüber. Und so habe ich es von ihnen gehört."

„Erzähl es mir!" Cenotes bemerkte die ängstliche Zu-rückhaltung des Sammlers. „Dir geschieht nichts."

Unsicher sah Piecock auf und fragte, ob er das wirk-lich wissen will. Cenotes nickte. Da begann der Sammler zu erzählen. Und er sprach mit gesenktem Kopf und so leise, als würde er eine Schuld mit sich tragen und kein Fangnetz, mit dem er eigentlich seine Quote erfüllen wollte: „Die Wächter hängen sie an Haken, die in der De-cke der Schlachtgrotte angebracht sind. Nach einer Weile tauen sie auf, dann beginnt das Jammern und Schreien.

Sie flehen um ihr Leben und versuchen, sich loszureißen. Die Wächter mögen das. Sie lachen und machen ihre Witze darüber, während sie um die Weibchen feilschen, deren Schenkel voller Fleisch und deren Brüste zart sind. Dann schneiden sie ihnen die Hälse auf und sie bluten aus. Das Schreien wird allmählich leiser, während der Boden sich rot von Blut färbt."

„Genug!", brüllte Cenotes aufgebracht und wandte sich von Piecock ab. „Genug davon!" Tief bestürzt ging er weiter. Der Sammler folgte ihm in sicherem Abstand. Er spürte die Wut des Menschen und fürchtete, dass er sie an ihm auslassen würde. Doch Cenotes ging stumm seinen Weg, ohne sich umzusehen. Die Worte des Sammlers hatten sich in sein Bewusstsein gebrannt. Das Blut rauschte in seinen Ohren. Ihm war, als hörte er die Todesschreie derer, die gerade dort ihr Leben ließen, und die geifernden Laute ihrer Peiniger. All das quälte sich so finster und bedrückend durch sein Hirn, dass ihm übel wurde. Und als es ihn überkam, kniete er nieder und erleichterte sich. Zurück blieb nur ein dumpfer Schmerz in der Magengrube. Er stand auf und spürte kalten Schweiß auf Stirn und Rücken. Am liebsten hätte er sich umgedreht und Piecock in Stücke gerissen. Doch sein Stolz verbot es ihm, zumal klar war, dass der Sammler nur das

Werkzeug einer grausamen Macht war, die alles Leben dem Stärkeren unterwarf.

Auf der Hügelkuppe angekommen sah er sich um und erblickte in der Ferne die Nebelbank, durch die der Sammler seine Welt betreten hatte. Wie ein weiches Bett aus feinen Daunen hing sie bewegungslos zwischen den Bergen. Die Welt darunter blieb den Menschen in Saragon verborgen. Und wenn der Sammler ihn mit seinem Bericht beeindrucken wollte, dann war ihm das durchaus gelungen.

Die Gedanken tummelten sich in seinem Kopf als wären es Ameisen, die ihren Bau vor Eindringlingen verteidigen müssten. Wortfetzen verwoben sich mit grausigen Bildern und lösten sich wieder im Nichts auf. Schließlich wandte er seinen Blick auf die in der Ferne liegende bewaldete Hügelkette, hinter der das Haus seiner Mutter lag. Piecock, der nach ihm den Hang heraufkam, keuchte heftig. Seine kleinen Füße, die er in seinem bisher kurzen Leben kaum benutzt hatte und künftig auch kaum benutzen würde, machten ihm das Laufen und Klettern schwer.

Cenotes sah nachdenklich hinter sich. Langsam schoben sich die breiten klauenartigen Hände des Sammlers über die schwarze Felskante, dann kamen die kräftigen Unterarme zum Vorschein, der Kopf. Und als er endlich auf dem Plateau stand, schüttelte er vorwurfsvoll den Kopf: „Wir hätten fliegen sollen, das wäre nicht so anstrengend gewesen."

Cenotes Blick streifte die Klauen des Sammlers, die lang und gebogen waren. Und für einen flüchtigen Moment sah er sie im Geiste in Blut getaucht und mit den Überresten einer Menschenjagd behaftet. Nervös zuckte sein rechtes Lid, was Piecock bemerkte.

„Du hasst mich, stimmts?"

„Ob ich dich hasse?" Cenotes holte tief Luft. „Ich weiß es nicht. Sag mir lieber, was passiert, wenn deine Kumpane kommen?"

„Nun, sie werden euch jagen – alle, möchte ich betonen. Sie lassen keinen aus, das haben sie noch nie getan. Und dann bringen sie euch nach Trong."

„Wie viele seid ihr?"

„Viertausend."

Viertausend! Cenotes dachte besorgt an seine Mutter und seinen Bruder und an die anderen Familien in Saragon, während Piecock teilnahmslos neben ihm stand.

„Na gut, du großer Menschensammler, so sehr scheint dich das ja nicht zu berühren." Er drehte sich um und zeigte verärgert nach Osten: „Siehst du den schwarzen Berg dort?" Piecock nickte. „Das ist Gefos, der höchste

Berg in Saragon. Davor erstreckt sich eine Hügelkette, hinter der das Haus meiner Mutter steht. Da will ich hin." Der Sammler sah panisch auf seine Füße.

„Das ist zu weit für mich!"

„Eine Stunde Fußmarsch, nicht mehr."

„Drei, wenn ich mitkomme", entgegnete Piecock. „Ist dir eigentlich aufgefallen, dass ich zum Laufen nicht geschaffen bin?" Er zeigte auf seine Füße.

„Was schlägst du vor?"

„Fliegen!"

Cenotes lachte: „Du glaubst ernsthaft, ich würde mich auf deinen Rücken setzen?" Der Gedanke erschien ihm so abwegig wie verwegen. „Nein, nein, nein!" Er schüttelte energisch den Kopf. „Denk mal an deine Schwinge und die kaputte Rippe in deiner Brust."

Piecock legte den Kopf schief und verzog die Mundwinkel zu einem spöttischen Lächeln: „Du hast Angst; ich kann das riechen. Der Sturz durch die Bäume hat mich zwar ordentlich durchgeschüttelt, aber meine Verletzungen heilen bereits. Das geht schnell bei uns, muss es auch. Also steig auf!"

„Und du wirst das auch wirklich schaffen?" Der Gedanke von einem Sturz in die Tiefe ließ Cenotes nicht los.

„Aber ja, nun mach schon!"

Cenotes umfing den Hals des Sammlers, schwang sich auf und presste die Schenkel ganz fest gegen seinen Brustkorb. Piecock stöhnte auf: „Kannst du nicht aufpassen, das war meine kaputte Rippe?"

„Tschuldigung", flüsterte Cenotes kaum hörbar und schloss ängstlich die Augen. Da stürzte sich der Sammler auch schon über den Rand des Plateaus. Ein paar Mal schlug er seine Schwingen durch, während aufsteigende Winde ihn höher und höher trugen. Als er eine tragfähige Windströmung erreicht hatte, stellte er seine Schwungfedern gerade und ließ sich vom Wind nach Osten treiben, auf jene von seinem etwas ängstlichen „Fluggast" beschriebene Hügelkette zu.

Erst jetzt öffnete Cenotes die Augen und ließ seinen Blick über die Landschaft schweifen. In der Ferne ragten die Ausläufer von Gefos überraschend steil auf. Felshänge glänzten dunkel und an manchen Stellen leuchtete Schnee. Unter ihm jagten kahle, teils mit Gras und Moos bewachsene Hänge dahin, an die sich kleine Talkessel und Hügel mit dürftigem Baumbestand anschlossen.

Das alles sah er mit dem verklärten Blick eines Kindes, dem ein neues Spielzeug in die Hand gegeben wurde. Er öffnete den Mund und fing die feuchte, windige Luft. Und zum ersten Mal spürte er die berauschende Weite des Himmels. Es war eine Freiheit, die keine Grenzen zu kennen schien. Doch dieses erhebende Gefühl konnte ihn nicht darüber hinwegtäuschen, dass unter der Nebelbank, die Saragon vom Rest der Welt trennte, das Grauen lauerte. Ein Ort, wo finstere Mächte ihr Unwesen trieben und so seltsame Kreaturen wie Piecock hervorbrachten. Wie hatte seine Mutter zu ihm gesagt? Cenotes versuchte, sich zu erinnern: ‚*Sie türmen Leichenberge zuhauf, bauen Macht und Einfluss darauf auf und knechten und rauben, um dem Joch die Ewigkeit einzuhauchen'*.

Oh, er fürchtete diese Welt sehr. Und je länger er über sie nachdachte, umso bohrender wurden seine Fragen: *Was würde geschehen, wenn diese Sammler zu Tausenden in Saragon einfielen, wenn die Luft vom Dunst des Todes vergiftet würde und der Pulsschlag des Lebens zum Stillstand käme? Wer würde den Kampf gegen die dunkle Macht des Sartos aufnehmen, wer die Leichen begraben? Nein! Das durfte nicht die Zukunft der Menschen sein. Niemals würde er sich zu einem Eiswürfel verpackt in eine Kammer legen lassen, um später als Mahlzeit auf dem Tisch eines Wächters zu enden. Nein! Sie mussten Gleichgesinnte finden, Pläne schmieden und gegen dieses scheinbar unvermeidliche Schicksal kämp-*

fen. Vielleicht könnte Hesaret ihm helfen? Er war zwar kein großer Kämpfer, aber ein Stratege, wie es keinen zweiten gab. Und der Sammler ...? Cenotes kehrte mit seinen Gedanken in die Realität zurück, denn Piecock steuerte gerade auf eine Hügelkette zu, hinter der Rauch aufstieg.

„Da qualmt was!", schrie der Sammler und zeigte mit seiner Flügelspitze nach unten.

„Ich sehe es, Piecock. Mal sehen, was da los ist."

Im Sturzflug hielt Piecock auf die Stelle zu. Über der Hügelkette ging er in den Gleitflug und kreiste einige Male ruhig über den Wipfeln einer dicht bewaldeten Senke, in deren Mitte eine kleine Lichtung zu sehen war. Dort lagerte eine Gruppe Menschen um einen brennenden Holzstoß. Cenotes kannte die Lichtung – etwa 50 Meter im Durchmesser, vor Wind und Wetter gut geschützt, und im Umkreis gab es je nach Jahreszeit eine Menge nahrhafte Pilze.

„Flieg sie tief an, dicht über den Baumkronen. Wenn sie uns zu früh entdecken, feuern sie aus Angst vielleicht Pfeile auf uns."

Im Schutz der Bäume machte Piecock sich an die Menschengruppe heran. Cenotes behielt das Terrain im Auge. Um das Feuer herum bildeten alte Baumstämme ein unförmiges Dreieck, auf denen zwei Frauen und ein Halbwüchsiger saßen.

Eine Familie? Was macht die in dieser Wildnis? Er hatte in der Nähe keine Hütte gesehen, nur sein Zuhause. *Und das Familienoberhaupt? Gewiss ist das nicht weit weg und lauert in irgendeinem Gebüsch oder hinter einem Baum, bereit vorzupreschen und jede Gefahr von seiner Familie abzuwehren.* Cenotes hatte die Gedanken noch nicht zu Ende gedacht, als eine der Frauen sie erblickte und zu schreien begann. Die andere Frau sprang auf und rief etwas in Richtung des Feuers, während Piecock etwa zwanzig Meter entfernt von den Menschen zur Landung ansetzte. Als Cenotes vom Rücken des Sammlers sprang, bemerkte er, wie ein grimmig aussehender bärtiger Mann mit einem brennenden Stock in der Hand aus dem Qualm der Flammen hervortrat und einige Meter weiter stehenblieb. Offenbar hatte er im Feuer herumgestochert und auf den Schrei dieser Frau reagiert.

Cenotes ging langsam auf den Mann zu, behielt ihn aber im Blick. Er war kein Mensch für dramatische Auftritte. Doch mit dem Sammler im Hintergrund und Pfeil und Bogen in der Hand, dazu sein wildes, schmutziges Äußere ... Er legte ein strahlendes Gesicht auf, um die Fremden nicht noch mehr zu ängstigen und möglicherweise eine Reaktion hervorzurufen, die alle Beteiligten hinterher bedauern würden.

Als er die Menschen erreicht hatte, spürte er ihre abschätzenden Blicke. Er fühlte sich wie ein Eindringling, der ungebeten ihr Haus betrat. Gewiss, was er hier vorfand, war kein Haus. Der Wald, das Gebirge, das ganze Land Saragon – diese Insel der Freien – gehörte allen, die darin Zuflucht suchten. Und überall dort, wo ein wärmendes Feuer brannte, hatte man sich ein Heim geschaffen, selbst wenn das Dach nur der Himmel war. All das schoss Cenotes in Windeseile durch den Kopf, als die alte Frau, die sie schreiend erblickt hatte, plötzlich das Wort an ihn richtete: „Sei willkommen an unserem Feuer, Fremder. Setz dich!" Die Alte wies mit ihrer knöchrigen Hand neben sich. Cenotes starrte der Frau sekundenlang ins Gesicht. Er sah ihr die Last der Jahre an: graues Haar, das nach hinten zu einem halblangen Zopf gebunden war, umrahmte ein mit tiefen Falten zerfurchtes Gesicht. Ihr Blick war streng und zeugte von der Ruhe und Gelassenheit eines langen und erfahrungsreichen Lebens. Was sollte dieser Frau noch begegnen, was ihr nicht längst begegnet war?

„Ich danke für die freundliche Einladung." Cenotes fand zu sich selbst zurück, sein Blick streifte prüfend über die anderen – das junge Mädchen, das vielleicht in seinem Alter war und eine schöne, straffe Haut und weiße Zähne besaß, den kräftig gebauten Halbwüchsigen, der vielleicht der Bruder des Mädchens war, und den grimmig dreinblickenden Alten mit dem Bart eines Weisen. Der Alte hielt als Einziger den Blick gesenkt, während seine breiten, runzligen Hände auf den Schultern der Kinder ruhten, die dicht gedrängt vor ihm standen.

Was mag diese Familie bewogen haben, ihr Zuhause aufzugeben und mit ihren Habseligkeiten durch die Wildnis zu ziehen, fragte sich Cenotes, während er die Einladung der Alten annahm und sich setzte.

„Ich kann nicht lange bleiben", sagte er. „Meine Zeit ist knapp bemessen."

„Wo kommst du her?"

Cenotes sah den Halbwüchsigen an und wies auf die erlegten Tiere an seinem Gürtel: „Von der Jagd."

„Und wer ist das?" Das junge Mädchen zeigte auf Piecock, der mit gefalteten Schwingen unweit des Feuers an einer Kiefer gelehnt das Geschehen beobachtete.

Cenotes zögerte seufzend: „Ein Freund. Nun ja, so was Ähnliches jedenfalls."

„So was Ähnliches, sagst du", murmelte die Alte, raffte ihr braunes, zerschlissenes Gewand im Schoß zu einer

Kuhle und gab dem Bärtigen mit den Augen einen Wink. Offenbar verstanden sie sich wortlos, denn gleich darauf schlurfte er zum Feuer und holte mit erstaunlicher Wendigkeit heiße braune Knollen daraus hervor. „Das gibt es nicht. Nicht in dieser Zeit. Entweder er ist ein Freund oder ein Bastard."

„Warum so hart?", fragte Cenotes. Der Bärtige kam mit den Knollen, die einen köstlichen süßen Duft verströmten, und legte sie der Alten in den Schoß. „Jeder hat eine Chance verdient, oder auch eine zweite. Vertrauen wird nicht vergeben wie ein Stück Brot oder diese Knollen in deinem Schoß. Es will erworben sein, und das braucht seine Zeit."

Die Alte hatte still zugehört, während die heißen Knollen durch ihre Hände wanderten und sauber und geschält an die Umstehenden verteilt wurden.

„Er kommt aus dem Nebel", flüsterte sie. Es klang wie ein Urteil, das einmal gefällt unabänderlich war. „Hab ich recht?" Sie sah zu Piecock hinüber und ihr Blick war hart.

Cenotes nickte stumm.

„Es gehen Gerüchte um", fuhr sie fort, „dort im Korsaktal, wo wir herkommen."

„Du meinst, König Lans Schloss? Das sind fast zwanzig Kilometer."

Die Alte nickte: „Ja! Es ist der tiefste Punkt in diesem Gebirge, ich weiß. Die Nebelbank ruht wie ein Teppich darüber. Die Hänge ragen weit darüber hinaus. Dort, im Schutz der Fichtenwälder, befinden sich einige Hütten, windschief und von Holzwürmern zerfressen. Vier Familien haben dort gehaust. Manchmal kam Bewegung in den Nebel und kahle Schädel wie dieser dort am Baum", wieder sah sie zu Piecock, „tauchten daraus hervor. Doch sie vertragen wohl das Licht nicht. Jedenfalls wagten sie sich nicht weiter vor und verschwanden gleich wieder."

„Wie viele habt ihr gesehen?"

Die Alte zuckte mit den Schultern, während sie sich das Stück einer heißen Knolle in den Mund schob. „Ich weiß nicht, habe nie welche gesehen. Die anderen erzählten davon, eines Tages waren sie alle fort."

„Wo sind sie hin?"

„In die Höhlen von Gefos. Ich war einmal auf diesem Berg, aber das ist Jahre her. Die Luft da oben ist so dünn, dass man kaum atmen kann. Da gefriert einem die Spucke im Mund, wenn man nicht aufpasst. Aber die Höhlen sind wenigstens sicher."

„Das stimmt", entgegnete Cenotes und fragte nach einer stillen Weile, wann sie aufbrechen werden.

„Morgen, in aller Früh."

Cenotes sah besorgt in den Himmel, der ungewöhnlich klar war und an dem allmählich der Tag zu Ende ging: „Es wird kalt heute Nacht. Ganz sicher. Mein Haus befindet sich hinter dem Kiefernwäldchen dort." Er wies mit ausgestrecktem Arm in die angegebene Richtung. „Ihr könnt im Stall übernachten. Wir haben genügend Stroh, das wärmt. Früher hielten wir dort eine wilde Sau mit ihren zwei Jungen, auch eine Ziege hat mal eine kurze Zeit darin verbracht. Heute ist der Stall leer und das Fleisch ist Stück für Stück in unsere Bäuche gewandert."

„Nimmst du den mit?" Die Alte zeigte mit ernster Miene auf Piecock, der bemerkt hatte, dass Bewegung in die Menschengruppe gekommen war.

„Weißt du, alte Frau." Cenotes strich sich mit dem Handrücken den Schweiß von der Stirn, den die Hitze des Feuers aus seinem Körper getrieben hat. „Ich habe eine kranke Mutter im Haus und einen Bruder. Ich liebe beide sehr. Denkst du, ich würde ihn mitnehmen, wenn ich mir nicht sicher wäre?" Er stand auf. „Also, wenn ihr wollt, dann löscht das Feuer und folgt mir."

Die alte Frau hatte sich längst entschlossen, ihrem Gastgeber zu folgen. Ohne die Zustimmung ihrer Familie einzuholen, offenbar brauchte sie das auch nicht, begann sie ihre Bündel zu packen. Und während der Alte und die

Kinder das Feuer auseinanderrissen und die glimmenden Scheite mit Erde bedeckten, bemerkte Cenotes die eingetretene Dunkelheit. Augenblicklich fiel ihm seine Mutter ein und er begann, sich im Stillen für sein langes Fernbleiben zu schellten. Aber da waren auch die Worte der Alten, die ihm nicht aus dem Sinn gingen. Doch was konnte es Schlimmeres geben, als das eigene Zuhause gegen eine windgepeitschte eisige Höhle eintauschen zu müssen. Eine Tortur, die nur die Kräftigsten überstehen würden. Und seine Mutter gehörte wahrlich nicht dazu.

In seiner Brust brannte die Sorge um ihren schlechten Gesundheitszustand. Mit weiten Schritten eilte er vor den anderen her durch das Kiefernwäldchen. Das Keuchen der Familie, die ihm folgte, hörte er nicht. In seinen Augen schwamm dichter Nebel – Tränen, die niemand sehen sollte, aber seinen Kummer erträglicher machten. Er stolperte über Wurzelwerk, überstieg alte, gefallene Bäume, umging dorniges Gestrüpp und folgte seinem Instinkt, der ihm die Richtung gab, den Weg zu seinem Haus. Es war stockfinster, als Cenotes und seine Begleitung das Haus erreichten.

„Hesaret", rief er schon von Weitem, „ich bin wieder zu Hause. Mach Feuer und häng den Kessel in den Kamin, schnell!"

Kaum, dass er seinen Fuß auf den Treppenabsatz gestellt hatte, wurde die Tür aufgerissen. Eine Fackel leuchtete Cenotes ins Gesicht.

„Du kommst spät", erwiderte Hesaret barsch. Er sah müde aus, die schwarzen Haare hingen ihm wirr über der Stirn, und er gähnte fortwährend.

„Was ist los?", fragte Cenotes. „Hast du geschlafen?"

Hesaret nickte. Seine Miene wurde ernst, als er die Leute hinter ihm entdeckte: „Wer sind die? Wir haben selbst kaum genug und du bringst noch Gäste mit?"

Cenotes warf einen kurzen Blick auf die Familie hinter sich. „Sie saßen in der Mulde hinter dem Wäldchen und brauchen ein Dach über dem Kopf. Im Stall ist mehr als genug Platz. Meinst du nicht?"

„Wenn sie mit Stroh und Ratten zufrieden sind, solls mir recht sein."

Cenotes winkte der Familie einladend zu: „Kommt rein und trinkt mit uns Tee. Das wärmt auf."

Während die Alte mit ihrer Familie eintrat, blieb Piecock unschlüssig auf dem Treppenabsatz zurück: „Du auch, komm!" Er nickte dem Sammler aufmunternd zu und schloss hinter ihm die klapprige Holztür.

„Ein schönes Heim", murmelte die alte Frau anerkennend, während ihr Blick durch den Raum schweifte. „Es vermittelt einem das Gefühl von Wärme und Geborgenheit."

Die Mitte des Raums wurde von einem wuchtigen runden Holztisch und mehreren Stühlen beherrscht. An einer Wand hingen Bilder und kleine Regale mit kunstvoll geschnitzten kleinen Holzfiguren. Darunter stand ein langer hüfthoher Schrank, der die ganze Wandbreite einnahm und offenbar auch als Ablage diente. Im Kamin, gegenüber der Eingangstür, hing ein brodelnder Kessel und verströmte den Duft von Salbei und Myrrhe, Kräuter, die Sidonis mit viel Mühe in einem kleinen Beet hinter dem Haus gezogen hatte.

Hesaret verschwand mit den erlegten Kaninchen hinter einem ledernen Sichtschutz in einem angrenzenden Zimmer und kam kurz darauf mit Tee und einer Anzahl Trinkgefäßen zurück.

„Setzt euch", sagte er und wies mit ernster Miene auf die Stühle. Cenotes spürte, dass Hesaret über sein spätes Erscheinen und die unerwarteten Gäste nicht erfreut war. Er wusste, dass die Sorge des Bruders einzig der kranken Mutter galt, der es offenbar schlechter ging.

„Willst du mir deine Gäste nicht vorstellen?", begann Hesaret mit gespielter Freundlichkeit nach einer Weile des Schweigens. Im Grunde lag ihm nichts daran, den

Ärger auszuweiten. Cenotes hatte gewiss seine Gründe, den Fremden ein Obdach anzubieten. Nur wollte er nicht gerade jetzt darüber reden.

Zögernd trat die Alte vor. Der Unmut der Brüder war ihr nicht entgangen: „Verzeiht unser Eindringen. Eure Mutter ist krank, deshalb wollen wir uns auch nicht lange aufhalten. Morgen früh ziehen wir weiter." Sie zeigte auf ihre Angehörigen. „Das hier sind meine Tochter Rona, mein Sohn Delf und mein Mann. Er hört schwer, also seid so freundlich und sprecht etwas lauter."

„Und wer bist du?", fragte Hesaret den Sammler.

Piecock räusperte sich nervös: „Ich bin ..."

„Das ist Piecock, ein Sammler", kam Cenotes ihm zuvor. „Aber dazu später mehr! Ich will erst sehen, wie es Mutter geht."

„Sie schläft", entgegnete Hesaret und sah hinter Cenotes her, während dieser hinter dem Sichtschutz verschwand. Seufzend wandte Hesaret sich seinen Gästen zu. „Die Nacht wird nicht länger, wenn wir warten. Außerdem wird der Tee kalt und dann schmeckt er nicht. Später bereite ich dann eure Schlafstätte im Stall vor."

Als sich alle die Stühle zurechtgerückt hatten und vor jedem ein dampfender Teebecher stand, griff die Alte in ihr Bündel und legte einen halben Leib Brot, etwas Käse und reichlich braune Knollen auf den Tisch. Hesaret blickte verwirrt auf die Nahrungsmittel, in die Gesichter der Familie und dann in die Augen der alten Frau. Es waren warme Augen, wie er fand. Augen, die Ruhe ausstrahlten, die seiner Mutter ähnelten.

„Ich war sehr unfreundlich. Verzeiht! Damit habe ich nicht gerechnet." Er zeigte auf das Essen. „Aber die Sorge um meine ..." Er verstummte bekümmert, nippte an seinem Becher und setzte ihn langsam auf dem Tisch ab. „Ich danke euch jedenfalls für eure Güte."

Die Alte lächelte: „Wie kann ich helfen?"

„Ich weiß nicht. Sie hat hohes Fieber und redet Seltsames, als wäre sie dem Wahnsinn verfallen. Sie spricht von nebelumwobenen Kreaturen und von einer Flucht in die Höhlen des schwarzen Berges." Er sah in das Gesicht der alten Frau, das plötzlich einen Ausdruck bekam, als wüsste sie, was ihn bekümmern würde. Er drehte den Kopf und sah lauschend auf den ledernen Vorhang.

Das Familiengeheimnis

Das Zimmer, in dem Sidonis im Fieber lag, war spartanisch eingerichtet. An einer Wand stand das Bett, an der anderen ein Tisch mit zwei Stühlen. Ein weißes und mit kleinen Tieren besticktes Deckchen schmückte die hölzerne Tischplatte, auf der eine Schüssel mit kaltem Wasser stand. Auch hier hing der süßliche Duft von Salbei und Myrrhe in der Luft.

Cenotes nahm die Schüssel vom Tisch, setzte sich ans Kopfende vom Bett und wischte der Mutter den Schweiß aus dem Gesicht. Wiederholt tränkte er das Tuch und legte es ihr auf die heiße Stirn, als sie plötzlich erwachte.

Sie lag im Bett, ohne von ihm Notiz zu nehmen. Aschgrau war ihr Gesicht, die weit geöffneten Augen vom Fieber gerötet. Ihre Stirn lag in Falten. Kleine Tropfen perlten an ihnen entlang, über die Nasenwurzel, an der Wange herunter und hinterließen in der Farblosigkeit ihres Anblicks eine dunkle Spur. Sie sahen aus wie Tränen. Vielleicht waren es auch welche oder sie waren mit Wassertropfen vermischt. Cenotes wusste es nicht. Er fühlte nur, wie ihm das Blut in die Schläfen schoss und es darin zu hämmern begann. Mit zittriger Hand strich er über ihre Stirn und das Gesicht. Er fühlte den Puls an ihrem Hals und flüsterte mit sanfter Stimme: „Was soll ich tun, Mutter? Was soll ich nur tun?" Doch Sidonis rührte sich noch immer nicht. Wie in Trance lag sie da und ihre Augen starrten ins Leere. Ratlos schlug er die Decke zurück und sein Blick fiel auf einen ausgemergelten, bleichen Körper, der kaum wiederzuerkennen war. Ihr Brustkorb unter dem Nachthemd hob und senkte sich heftig. Und nach jedem Atemzug strömte die Luft mit einem pfeifenden Geräusch aus ihrem Mund.

Cenotes fürchtete das Schlimmste.

Behutsam deckte er Sidonis wieder zu, als ein tiefes Stöhnen ihrer Brust entfuhr. Sie wandte den Kopf. Ein glanzloser Blick traf ihn: „Cenotes, mein Junge. Dein Bruder, hol ihn her!" Ihre Stimme war so leise, dass er sich über sie beugen musste, um ihre Worte zu verstehen. Sanft küsste er ihre Stirn und ging stumm aus dem Zimmer. Nirgends kannte er sich besser aus als in diesem Haus. Doch jetzt verschwamm der Weg zu Hesaret vor seinen Augen. Von Weinkrämpfen geschüttelt taste er sich an Türrahmen und Nischen entlang. Dann stand er plötzlich vor ihm.

„Komm!", schluchzte er. „Mutter will uns sehen." Es war als zerrissen diese Worte das Herz seines Bruders. Aber man sah ihm den Schmerz nicht an. Er fraß den Kummer auf und schluckte ihn wie einen harten Brotkanten, der schwer im Magen liegt und Schmerzen bereitet. Doch dieser Schmerz wog schwerer als alle anderen Schmerzen, er quälte ihn, nahm ihm die Luft, schwächte seine Kraft und raubte ihm fast den Verstand.

Vom Kummer gezeichnet schleppten sich die Brüder zum Bett der sterbenden Mutter und knieten nieder. Sidonis öffnete ihre Augen, die müde und mit dunklen Schatten unterlegt waren. Das Lächeln fiel ihr schwer, nur ihre Mundwinkel schoben sich etwas nach oben.

„Hadert nicht mit dem Schwarzen, der uns alle überdauert", flüsterte sie kraftlos. „Er ist meine Erlösung. Ich habe ihn im Traum gesehen, und auch das Licht, das seit vielen Jahren für mich brennt. Bald erlischt es. Dann nimmt er mich mit, und dabei werde ich lächeln und mit Stolz auf eure Taten blicken." Sidonis hustete und würgte den Schleim herunter, der sich in ihrem Mund angesammelt hatte. „Sie werden kommen, schon bald. Tausend Schwingen werden sie tragen. Vertraut meinen Worten. Erklimmt den schwarzen Berg. Doch folgt nicht den anderen in die Höhlen. Besteigt den Gipfel! Dort oben erwarten euch die Elemente des Lebens, kleine neblige Gestalten. Sie brauchen euch." Sidonis schloss erschöpft die Augen. Ihr Atem ging flach. Cenotes beugte sich über sie und seine Hände umschlossen zärtlich ihre Wangen.

„Mutter", schluchzte er, „geh nicht, geh nicht fort!"

„Ich muss, mein Junge." Noch einmal öffnete sie die Augen und ihr Blick ging zu Hesaret. „Meine Zeit geht zu Ende, Hesaret. Du warst mir immer ein guter Sohn, wie dein Bruder auch. Leider wurdet ihr nicht in meinem Schoß geboren. Nein, Hesaret! Du bist der Sohn des Reimer, des tapferen Heerführers von Tauron. Finde ihn, so er noch lebt, und achte auf deinen Bruder, denn er ist von edler Geburt. Er wird die Menschen im Kampf gegen Sartos einen. Das wurde prophezeit."

„Von wem?"

„Adinofis. Sie ist eine Fee und die Hohepriesterin von Atragon. Die Elemente werden euch alles erklären." Ihr Blick ging zu Cenotes. „Und du, Cenotes, du bist der Sohn von Königin Terofem, der rechtmäßige Thronfolger des Königreiches Targona. Rettet diese Welt. Helft mit, das Böse zu vernichten. Sucht die Elemente. Nur sie haben die Macht ..." Ihr Atem verging, wie der Schlag der Zeit. Augenblicklich sackte Cenotes zu Boden und vergrub sein Gesicht zwischen den Händen. Seine Schultern bebten im Schmerz, der mit ganzer Wucht über ihn hereinbrach. Hesaret sah mit starrem Blick, wie sich sein Bruder in der Trauer verlor. Wortlos griff er um seine Hüfte, zog ihn zu sich hoch und brachte ihn in seine Kammer, wo er über den Kummer einschlief.

Als er an das Totenbett zurückkam, sah auf seine Mutter und erinnerte sich ihrer letzten Worte. Eine Welle des Schmerzes und der Trauer durchströmte ihn. Krampfhaft

umschlossen seine Hände das eiserne Gestell am Fußende des Bettes, bis das Weiße an seinen Knöcheln hervortrat. Und plötzlich war die Stille des Raumes von einer Stimme erfüllt, die ihm fremd und farblos erschien.
Eine Stimme, die Abschied nahm: „Es ist nicht wichtig,
wer wir sind oder wo wir herkommen, Mutter. Viel wich-
tiger ist, wer uns liebte, wem wir vertrauten und wer für
uns da war. Du warst uns Mutter und Vater, du hast uns
geliebt, umsorgt und warst der Quell unserer Kraft. Nun
liegt es an uns, etwas daraus zu machen." Hesarets trüber
Blick streifte durch den Raum, als suchte er irgendwo
Halt, während ein Fluss von Tränen über seine Wangen
liefen. „Wir brechen morgen zum schwarzen Berg auf
und werden dich Stolz machen, Mutter. Dann wirst du
auf uns blicken und lächeln. Und wir werden dir zuwin-
ken und sagen, dass wir dich lieben." Hesaret setzte sich
aufs Bett und blieb bei ihr, bis der Morgen graute.

Kapitel 4

Flucht nach Gefos

Die Berge schienen auch an diesem Morgen wie ausgestorben. Langsam schob sich die noch schwache Sonne über den fernen Rand der Erde. Über die Gipfel und Täler Saragons zog ein feiner dunstiger Nebel, verschluckte jedes Geräusch und kroch in jeden noch so kleinen Winkel des Gebirges. Ensine und Anja, die sich seit dem frühen Morgen über Wiesen und Hügel quälten und das Gefühl hatten von Gefos weiter weg zu sein als vor ihrem Aufbruch, sahen weder Rauchwolken noch Spuren anderer Menschen. „Nichts als Felsen, leblose Täler, dichte Wälder und glitschige Hänge", schimpfte Ensine und trat keuchend neben ihre Mutter, die vor ihr einen Hang erklommen hatte und wie in Stein gehauen reglos auf der Kuppe stand. Ensines Kopf und Glieder schmerzten noch immer. Sie hatte sich schon vor ihrer Abreise am gestrigen Abend mehrmals erbrochen und fühlte sich auch jetzt nicht besser. Überdies behinderte sie ihr knöchellanges Leinenkleid beim Gehen, und das Bündel auf ihrem Rücken wog schwer.

„Soll ich dein Bündel tragen?", fragte Anja und zog ihre Tochter sanft an sich.

„Nein, Mutter!" Ensine lehnte erschöpft den Kopf gegen die Schulter der Mutter. „Es geht schon! Aber eine Rast wäre gut."

Anja sah sich um: „Dort unten im Wald können wir rasten." Sie zeigte ins Tal. „Die Bäume bieten uns ausreichend Schutz, um auszuruhen und um etwas zu essen. Und regnen wird es wohl nicht", ergänzte sie flüsternd.

Sie sah in den Himmel, der wie jeden Tag in ein leichtes Grau gehüllt war, mit einer matten, farblosen Sonne, die ohne Kraft und Wärme auf sie herabblickte. Der feuchte Dunst hatte den Boden unter ihren Füßen aufgeweicht und tiefe Abdrücke hinterlassen. Spuren, die jeder Sammler lesen und verfolgen konnte. Anja hoffte auf einen ordentlichen Regenguss, der alles verwischen und die bedrückende Stille ringsum mit Leben erfüllen würde. Doch wie es aussah, hatte der Himmel nicht vor sich zu verändern. Überhaupt schienen sie die einzigen Wesen in dieser Einöde zu sein. Dabei hatte Sol davon gesprochen, dass viele Menschen auf der Flucht zum schwarzen Berg seien. – Von Angst und Ungewissheit ergriffen sah sie zum Horizont, als suche sie eine Gefahr von dort abzulesen. Aber sie suchte eine weit entfernte Anhöhe, hinter der sich die steilen Felswände von Gefos erhoben. Das war ihr Ziel, dorthin wollten sie.

„Komm, Ensi, steigen wir ab. Im Tal werden wir uns stärken."

Anja, die vor ihrer Tochter ging, folgte einem aufgeweichten, fußbreiten und von Gras überwucherten Pfad, der sich den Hang hinabschlängelte. *Sicher haben ihn Gämsen einmal benutzt*, überlegte sie, *und nun, da es kaum noch Leben gibt, versinkt er mehr und mehr in den Armen der Natur.* Besorgt sah sie hinter sich, doch Ensine folgte ihr, wenn auch etwas bleich und mit unsicheren Schritten. Bereits vor einer Stunde hatte sie Ermüdungserscheinungen bei Ensine festgestellt. Immer öfter war sie zurückgefallen. Manchmal blieb sie einfach stehen und rang nach Luft oder ließ sich kurzerhand ins Gras fallen. Anja hatte das alles mit Sorge beobachtet. Aber sie war froh, ihre Tochter bei sich zu haben. So konnte sie immer noch ein Auge auf sie werfen und mögliche Gefahren von ihr abwenden.

Anja unterbrach ihre Gedanken. Sie hatten das Tal erreicht. Hier unten war es dunkel und kalt. Anja zog ihren Schal enger. Unmittelbar vor ihr erhob sich der Wald wie eine gewaltige Mauer in die Höhe. Die Geräusche der Tiere waren verschwunden. Nur der Wind rauschte sanft weit oben in den Wipfeln. Mit weiten Augen trat sie zwischen die mächtigen Giganten. Sie achtete nicht auf das

Bruchholz, das unter ihren Füßen knackte. Sie bahnte sich den Weg durch dichtes dorniges Gestrüpp und stieg über altes schweres Astwerk, das ehrfürchtig unter Gras und Farn versank, während ihr Blick über alles schweifte, was sie umgab: Wild blühende Rosenbüsche waren da, deren Farbenpracht einst Scharen von Schmetterlingen und Bienen angelockt haben muss. Dazwischen lagen Dutzende gefallene Pilze mit schmutzig-braunen Kappen. *Ein Zeichen für Leben?* Sie atmete tief den Wohlgeruch des Waldes ein und begann, sich mit weit ausgestreckten Armen im Kreis zu drehen. Auch wenn es kühl war, aber sie fühlte sich angenehm wohl. Und während ihr Blick in den Kronen der Bäume hing, rief sie ihre Tochter zu sich: „Ensi, komm und atme diese herrliche Luft. Sieh die schönen Rosen und lausch dem sanften Rauschen des Windes. Ist das nicht wunderbar?"

Anja blickte zurück und sah, dass sich ihre Tochter am Waldrand auf einen Findling gehockt hatte und ihren Kopf hängen ließ. Sofort warf sie das Bündel mit den Vorräten von der Schulter und eilte mit weitgreifenden Schritten zu ihr.

„Was ist los, Ensi", schrie sie mit starrem Blick und befühlte ihre Wangen, dann ihre Stirn. „Du glühst ja. Das Fieber muss weg." Hastig nahm sie das Bündel ihrer

Tochter und warf es sich über die Schulter. Dann packte sie Ensine an der Hüfte und zog sie mit ganzer Kraft vom Stein herunter.

„Zwischen den Bäumen habe ich eine flache, grasbewachsene Mulde entdeckt. Dort schlagen wir unser Lager auf. Ich werde ein Feuer machen, ja? Das wärmt. Und ich werde dich in meinen Umhang hüllen und dir einen Sud aus frischen Kräutern kochen. Der schmeckt zwar bitter, aber er hilft." Ensine nickte müde, während sie zwischen den Bäumen verschwanden.

Nach einigen Metern hatten sie die Mulde erreicht. Es war eine ansehnliche Fläche, in deren Mitte ein dicker Baumstumpf aus dem Boden ragte, mit kräftigen Wurzeln, die wirr und regellos um ihn herumrankten.

Anja bettete Ensine zwischen die ausladenden Wurzelstränge, deckte sie mit ihrem wollenen Umhang zu und machte Feuer. Um den Baumstumpf herum lagen zu Hauff abgebrochene Äste, Wurzeln, Bruchholz, herausgerissene Sträucher und aus den Wipfeln gefallenes Blattzeug. Alles deutete darauf hin, dass sich hier etwas Seltsames ereignet hatte. Sie ging einen weiten Bogen und untersuchte das chaotische Durcheinander. Ein Großteil der Äste war frisch gebrochen. Sie stammten offensichtlich aus den Baumkronen. Doch wenn das der

Fall war ... nachdenklich ging ihr Blick in die hohen Bäume, dann hatten sie ein gewaltiges Problem am Hals. Vögel gab es schon lange nicht mehr, seit Jahren war der Himmel so leer wie zuweilen ihre Vorratskammer zu Hause. Außerdem würde ein Vogel, fiele er einfach so vom Himmel, was zudem höchst unwahrscheinlich war, niemals derartige Verwüstungen anrichten. Hier aber war etwas Großes und Schweres durch die Bäume gekracht. Etwas, das über diesem Ort mit weiten Schwingen und einem kräftigen Körper geflogen und aus rätselhaften Gründen abgestürzt war. Fieberhaft kreisten Anjas Gedanken um Sols Warnung, während ihr Blick immer wieder über den verwüsteten Waldboden strich.

Da entdeckte sie unweit des Baumstumpfes die Spuren eines Menschen. Die Abdrücke waren glatt, wie von ledernen Sohlen, und führten aus dem Wald heraus. Suchend hob sie den Kopf und stieß einige Meter entfernt auf andere Spuren. Vor diesen kniete sie nieder, um sie näher zu betrachten. Sie waren kleiner als die Vorherigen, hatten aber breitere Abdrücke hinterlassen, mit fast verkümmerten zehenartigen Vertiefungen am Rand. Ein Fuß, der zum Gehen höchst ungeeignet war, mit dem man bestenfalls stapfen konnte. *Aber wozu laufen, wenn man kräftige Flügel besitzt,* überlegte Anja. Ihr war klar, dass

Sols Warnung sehr real war. Einer der Sammler musste den Weg hierher gefunden haben und auf einen Menschen gestoßen sein. Und die Spuren der beiden deuteten darauf hin, dass sie gemeinsam den Wald verlassen hatten. Eine weitere Tatsache, auf die sie sich keinen Reim machen konnte.

Gereizt hockte sie sich auf den Boden. Sie fühlte sich allein und ohne Kraft. Sie hatte keine Antworten, weder auf Ensines Krankheit noch auf das dunkle Geheimnis der Spuren. Indizien reichten aber nicht, um sich vor Gefahren zu schützen. Und die Giganten des Lebens gaben auch keine Antwort, sie standen so still und reglos wie vordem. Nur dass diese Stille eine andere zu sein schien. Sie war bedrückend, als würde sie sich jeden Augenblick in ein gewaltiges Getöse, in Geschrei und jähes Entsetzen verwandeln. Alles erschien ihr nun eng und bedrohlich, von einem dunklen, alles in sich verschlingenden Wald umschlossen. Selbst der Geruch der Bäume glich plötzlich dem faulenden Lockduft der Venusfliegenfalle und das leise Rauschen des Windes in den hohen Wipfeln empfand sie wie eine einzige durchdringende Warnung. In Anjas Augen lag ein gejagter Ausdruck. Sollte sie ihre Vermutung um die Existenz des Sammlers ignorieren und Ensine hier im Wald gesund pflegen?

Sie eilte zu ihrer Tochter, schnürte hastig ihr Bündel mit den Vorräten auf und kramte nach einer kleinen dunklen Flasche, die den Sud einer nur ihr bekannten Rezeptur zur Formwandlung enthielt. Doch mit einem prüfenden Blick auf Ensine, deren Körper von heftigen Fieberkrämpfen geschüttelt wurde, verwarf sie den Gedanken wieder. Es würde Stunden dauern, bis der Sud seine Wirkung zeigte.

Anja steckte die Flasche zurück und entnahm dem Bündel ein Leinentuch, um es in Wasser zu tauchen und Ensines Fieber zumindest herunter zu kühlen. Eine kleine wasserführende Vertiefung genügte, eine Lache oder eine Pfütze, selbst den Tau der Rosensträucher hätte sie nicht verschmäht. Sie sah sich um. Doch nirgends war das kostbare Nass zu finden. Nur ein junges Kaninchen rannte wie vom Blitz getroffen durch ihr Blickfeld.

Als sie ihm hinterher sah, hätte sie vor Schreck fast das Tuch fallen lassen. Im nebligen Dunst zwischen den Bäumen fiel vom Himmel ein deutlich sichtbares langes und in allen Farben glitzerndes Band herab, das einem Regenbogen glich. Von unbekannter Hand gelenkt fand es seinen Weg auf seltsame Weise und schwebte zwischen den Bäumen langsam auf sie zu. Anja saß wie gelähmt und starrte mit Verzückung auf den etwa zwei

Meter breiten farbenprächtigen Strang, der vor ihren Füßen zum Stillstand kam. Kaum hatte sie sich von dem Anblick gelöst, drang eine vertraut klingende Stimme in ihren Kopf: „Nutze das Band, Seherin! Es ist deiner ...“

„Sol? ... Bist du das?“

„Ja! Hast du vergessen?“

„Was?“ Anja lachte erleichtert. „Was meinst du?“

„Dass ich stets bei euch bin. Schließlich ist deine Tochter der teuerste Schatz dieser Welt.“

„Dann weißt du ja, wie dringend sie deine Hilfe braucht. Hast du das Band geschickt?“

„Ja, es bringt deine Tochter zu uns. Ihre Kräfte entwickeln sich schnell, daher das Fieber und die Erschöpfung. Aber sorge dich nicht, alles wird gut.“

Anjas Unterlippe bebte. Sie sah auf das Band, das mehr und mehr hinter ihren Tränen verschwand. Und mit ihm verschwand das Bittere auf ihrer Seele: die Sorge um Ensine, der Verlust ihres Mannes, die qualvolle Pflicht gegenüber Atragon und die heimliche Angst zu versagen. Sie sah auf Ensine, die von allem Irdischen entrückt, zitternd und mit schwerem Atem vor ihr lag. Sie wagte es nicht, ihre Tochter zu wecken. Das Werden und Wachsen ihrer Kräfte zu unterbrechen, was immer es auch für welche waren, konnte ihr vielleicht Schaden zufügen. Ein zu hohes Risiko, nur um einen Blick von ihr zu erhaschen. Nein! Sie zog Ensines kraftlosen Körper an sich und küsste ihre geschlossenen Lider, die Stirn und die heißen Wangen.

„Ich bringe sie zu dir", flüsterte Anja.

„Nein", hörte sie Sols Stimme in ihrem Kopf, „das Band bringt sie zu mir auf den Gipfel von Gefos. Du kennst deine Aufgabe. Geh nach Atragon und erwecke das Volk der Feen. Dir bleibt nicht viel Zeit."

Anja nahm Ensine auf den Arm – ein Körper, der noch längst nicht ausgelitten hatte, der nicht wusste, was ihn erwartete und der doch so zart und zerbrechlich war. Ihre Umarmung war fest und innig. Dann legte sie ihre Tochter sanft auf das Band – ein vages Stück Hoffnung, das sich anfühlte wie weicher Flaum, der nachgab und sich an Ensines Körper schmiegte, als läge sie in einem himmlischen Bett aus Daunen. Mit Tränen in den Augen trat sie zurück, während das Band langsam in den Himmel aufstieg. Sie blickte ihm nach, bis es im ewigen Grau der Ferne aus ihrem Blickfeld allmählich verschwand.

Am selben Tag steuerte Piecock mit seiner Menschenfracht den schwarzen Berg Gefos an. In seinen Fängen hielt er einen Korb, in dem Hesaret und die Familie des

Alten saß. Starke Windböen bliesen ihm entgegen, sodass der Korb ein um das andere Mal heftig ins Schlingern kam.

„Das Fliegen ist den Vögeln bestimmt, nicht den Menschen!", brüllte Cenotes wütend gegen den Wind.

„Was ist?" Piecock krächzende Stimme war kaum zu hören.

Cenotes zeigte auf den Korb. „Die Leute dort unten sind grün im Gesicht. Sie werden bald nichts mehr haben, was ihnen aus dem Gesicht fallen kann. Flieg ruhig!"

„Der Wind ist zu stark. Ihr dürft nur nicht nach unten sehen." Für diese Warnung war es allerdings längst zu spät. Hesaret steckte bereits mit dem Kopf zwischen den groben Maschen des Korbgeflechts und entleerte krampfartig seinen Magen. Und als der alte Mann ihn halten wollte und sich hilfreich zu ihm beugte, geriet der Sammler erst richtig ins Schwanken. Trotz ausgleichender Flügelschläge pendelte er im Wind hin und her und drohte über den Schwingen abzukippen. Das Gewicht des Korbs war bei dem Wind einfach zu groß.

„Dort neben der Schlucht werde ich landen", schrie Piecock und begann mit dem Sinkflug. Da drang ein gellender Schrei an Cenotes Ohr. Als er nach unten sah, stockte ihm der Atem. Der Alte war zwischen den weiten

Maschen des Korbes nach draußen gerutscht und zappelte wie ein Fisch am Hacken. Delf und Hesaret hielten seine Handgelenke und versuchten verzweifelt, ihn wieder in den Korb zu ziehen.

„Du kannst nicht landen!", rief Cenotes.

„Ich muss aber. Ich kann euch kaum noch halten."

„Der Alte wird am Boden zerschmettern."

„Dann zieht ihn endlich hoch!"

Cenotes schrie nach unten und ruderte mit den Armen. Doch im Korb waren alle irgendwie mit der Rettung des Alten beschäftigt.

„Delf", keuchte Hesaret, „halt ihn fest! Ich beug mich nach draußen und pack ihn am Hosenbund. Und dann, kräftig ziehen." Delf nickte.

„Beeilt ..." Sekunden später setzte Cenotes instinktiv seine wundersamen Kräfte. Woher er sie hatte, wusste er nicht. Auf einer Bergbesteigung, als Hesaret abzustürzen drohte, hatte er sie an sich entdeckt. Da war alles zusammengekommen: Angst um seinen Bruder, Reaktionsschnelle, Entsetzen und tiefe Konzentration auf Hesarets Fall in die Tiefe. All das vollzog sich auch jetzt in seinen Gedanken, übertrug sich auf seine Hände und brachte die Luft in eine immer schneller rotierende Bewegung, bis sie einen weiten Trichter um den Körper des Alten bildete. Wenig später schwebte er neben dem Korb. Und so sanft wie Piecock sie alle auf der anderen Seite der Schlucht absetzte, sank auch der Alte zu Boden, ohne den geringsten Schaden zu nehmen.

Hesaret und die anderen krochen aus dem Korb. Sie hatten den Zauber miterlebt und noch immer stand ihnen der Schreck ins Gesicht geschrieben. Grün vor Angst und Übelkeit lagen sie da und schnauften, während Cenotes vom Rücken des Sammlers sprang und wütend auf den alten Mann zurannte. Seine Frau sah ihn kommen und stellte sich ihm in den Weg.

„Wage es nicht ...", stöhnte sie, ihre Augen funkelten drohend.

„Ich hätte nicht wenig Lust, ihn zu verprügeln", schrie Cenotes sie an. „Was hat er sich nur dabei gedacht? Dieser Leichtsinn, wir hätten alle drauf gehen können." Er drehte sich um und fuhr mit dem Ärmel über seine verschwitzte Stirn.

„Aber wir leben noch", entgegnete Rona ruhig, die sich inzwischen zu ihrer Mutter gesellt hatte und verführerisch lächelnd um Cenotes herumging. Sie stellte sich vor ihm auf, schlang die Arme um seinen Hals und küsste seinen Mund. Cenotes schob sie irritiert von sich. „Was soll das? Warum hast du das getan?" Verlegen senkte er den Blick und strich mit dem Finger über seine feuchten Lippen, während Rona die Röte ins Gesicht stieg.

„Du und dein Bruder ...“ Sie wandte sich Hesaret zu, der hinter ihr stand, und bedachte ihn mit einem warmen Blick. „... habt meinen Vater vor dem Tod bewahrt. Da ist doch ein Kuss das geringste Zeichen von Dankbarkeit, oder?“ Lächelnd steuerte sie auf ihre Mutter zu, die inzwischen wenige Meter entfernt mit Delf auf dem nackten Felsboden saß und ihren Mann beruhigte.

Indes trat Piecock an Cenotes heran und zischte ihn an: „Du bist mir vielleicht ein Anführer. Sei froh, dass der Alte nicht abgestürzt ist.“

„Ach, hast wohl plötzlich deine Liebe für die Menschen entdeckt?“ Cenotes zeigte stirnrunzelnd über die Schulter des Sammlers. „Übrigens, du bist auf der falschen Seite der Schlucht gelandet. Die steilen Felsen hinter mir sind die Ausläufer von Gefos. Und diese Schlucht endet dort hinter dem schwarzen Berg an einem schmalen Felsstreifen, der beide miteinander verbindet.“

„Und wo liegt das Problem?“

„Kannst du nicht nachdenken?“, fragte Cenotes scharf. „Vier Stunden Marsch, wenn wir der Schlucht folgen und im Rücken den Berg besteigen. Oder eine Stunde, wenn wir die Schlucht überwinden.“

Hesaret, der den Disput der beiden aus der Nähe verfolgt hatte, gesellte sich voller Ungeduld zu ihnen.

„Na, was ist los?", fragte er.

Cenotes zeigte wortlos auf die andere Seite der Schlucht, winkte verärgert ab und ging davon.

„Die falsche Seite", flüsterte Piecock. „Ich soll euch rüberbringen."

„Waas?", schrie Hesaret seinem Bruder hinterher: „Die ist mindestens hundert Meter tief, wir zerschmettern da unten. Bist du irre?"

Die Familie des Alten beobachtete den Streit der Brüder und hoffte auf eine Lösung ohne den Bastkorb, während Piecock sich der Pflege seiner Schwingen widmete, wie er es in Streitfällen immer tat. Und Cenotes beschäftigte der Gedanke, alle sicher über die breite Schlucht zu führen. Ginge das Vorhaben schief, würden sie in die Tiefe stürzen. Dann wäre ihre Mission zu Ende, bevor sie richtig begonnen hätte. Das konnte er nicht riskieren. Außerdem hatte er der Mutter versprochen, auf Hesaret achtzugeben, der schon eine ganze Weile am Rand der Schlucht stand und wie hypnotisiert in die Tiefe starrte. Nach einer Weile ging Hesaret auf Piecock zu, strich sich die Locken aus dem Gesicht und baute sich entschlossen vor ihm auf: „Hör zu, Sammler, spitz deine Ohren! Du bringst uns rüber, jeden einzelnen, aber ohne diesen Korb. Und du fliegst schööön langsam."

Der Sammler faltete seelenruhig seine Schwingen zusammen, hob den Kopf und starrte Hesaret an.

„Ist zu gefährlich."

„Wieso? Wieso ist das plötzlich gefährlich?"

„Kein Auftrieb ..., zu wenig Wind ..., die Schlucht ist zu breit und müde bin ich auch. Such dir was aus!"

„Das sind doch Ausreden, nichts als Ausreden." Hesaret stürmte wütend auf seinen Bruder zu. „Kannst du auch mal was dazu sagen?"

„Du hast doch Piecock gehört. Er will nicht, vielleicht hat er ja auch Angst, so wie wir alle."

„Dann, dann ... musst du eben."

„Was meinst du?"

„Na, mit diesem Strudel-Dingsda."

„Ich weiß doch gar nicht, wie das wirklich funktioniert. Das passiert alles irgendwie hier drin ..." Cenotes tippte sich an die Stirn. „... in meinem Kopf."

„Kannst du das wiederholen oder nicht?"

„Ich weiß nicht, vielleicht. Wenn ich nicht abgelenkt werde ... denk ich."

„Was soll dich hier ablenken? Hier ist nichts als Dreck." Hesaret spuckte verdrießlich auf den Boden.

„Niesen, Husten, Schreien, Kichern – sowas eben."

„Guuut, ich werde es allen sagen." Genervt rannte Hesaret zu der Familie und setzte sich zu ihnen. Cenotes sah ihm anerkennend nach. Er war stolz auf seinen Bruder. Er zeigte Initiative, begann sich durchzusetzen. Diese Aufgabe war gewöhnlich seine. Ja, er war entschlossen, diese Kraft noch einmal einzusetzen. Es würde nicht einfach werden, schließlich wusste er bis vor Kurzem selbst nicht, dass er diese Fähigkeit besaß. Und im Umgang mit ihr war er auch nicht geübt.

Langsam ging er an Hesaret vorbei und klopfte ihm auf die Schulter: „Deine Idee, Brüderchen. Mutter wäre stolz auf dich."

„Pass nur auf, dass niemand zu Schaden kommt!", rief ihm Hesaret mahnend nach, während die Familie und er zum Rand der Schlucht gingen und Piecock abseits stehend das Geschehen misstrauisch beobachtete. Doch alles verlief still und ohne Zwischenfälle. Jeder Einzelne von ihnen schwebte wie von Zauberhand gelenkt über die Schlucht und setzte auf der anderen Seite sanft auf. Hesaret war der Letzte und Cenotes' Kräfte schienen am Ende. Er schnaufte und keuchte immer mehr.

„Mach mal 'ne Pause", sagte Hesaret und sah in das schweißgebadete Gesicht seines Bruders.

„Nicht nötig." Cenotes prüfte den Himmel. Der Wind stand günstig im Rücken, und er wehte sanft. Er winkte seinem Bruder, ihm zum Rand der Schlucht zu folgen. Doch dann hing seine Hand wie festgenagelt in der Luft.

„Siehst du den Streif dort hinten?", rief er. „Sieht aus wie ein Regenbogen." Hesaret sah verblüfft auf.

„Das ist was anderes. Regenbögen sind nicht gerade. Außerdem hat es nicht geregnet. – Unglaublich, in welchem Tempo sich das Ding bewegt."

„Was glaubst du, ist das?", fragte Cenotes.

„Woher soll ich das wissen? Ich sehe es selbst zum ersten Mal." Hesarets Blicke folgten bunten Lichtstreif, der geradewegs auf den Gipfel des schwarzen Berges zusteuerte. Im Augenwinkel bemerkte er, dass auf der anderen Seite der Schlucht Aufruhr herrschte. Auch dort schien man das Himmelsereignis bemerkt zu haben. Jedenfalls ruderten dort alle wild mit den Armen, schrien aus Leibeskräften zu ihnen herüber und zeigten immer wieder auf den Gipfel von Gefos.

„Komm, Cenotes, das müssen wir uns ansehen!"

„Zuerst bringen wir die Gruppe in die Höhlen. Dann sehen wir uns das seltsame Ding an."

„Na dann los, Brüderchen, setz mich über. Doch wenn du mich fallen lässt, gibt's Prügel."

„Prügel?" Cenotes grinste, während er Hesaret an den Schultern packte und ihn in die richtige Position rückte. „Auf dem Boden einer hundert Meter tiefen Schlucht?"

„Quatsch nicht, mach!" Hesaret drohte zum Spaß mit der Faust. Da prallte der wirbelnde Luftstrudel auch schon auf seinen Körper. Die Wucht war so heftig, dass es Hesaret den Atem verschlug. Kaum, dass er Luft geholt hatte, fühlte er sich schon emporgehoben. Seine Beine baumelten über dem Rand der Schlucht, die ins Bodenlose zu fallen schien. Mit Schreck geweiteten Augen sah er nach unten und glaubte, das Gleichgewicht zu verlieren. In Todesangst schlug er um sich und strampelte heftig mit den Beinen.

„Ruhig, ruhig!", rief Cenotes ihm zu. „Entspann dich und sieh nicht nach unten. Sieh mich an, immer nur mich."

Die weitere Aktion verlief reibungslos. Hesaret hatte sich beruhigt. Kaum, dass er auf der anderen Seite der Schlucht wieder festen Boden unter den Füßen hatte, riss er jubelnd die Arme hoch und begann mit seltsamen Verrenkungen einen wilden Freudentanz aufzuführen. Cenotes sah das und grinste kopfschüttelnd. Dann wandte er sich erleichtert dem Sammler zu: „So, wir sind die Letzten." Piecock starrte indes nachdenklich zum Gipfel des schwarzen Berges. „He, was ist los? Ich will rüber auf die andere Seite."

„Warte!", entgegnete der Sammler in einem Ton, als hätte er Angst. Cenotes legte die Stirn in Falten und meinte: „Du siehst auf den Berg, als hättest du Angst vor ihm."

„Wie kann man vor einem Steinhaufen Angst haben? Mir geht was anderes durch den Kopf. Denkst du, die Menschen werden mich dort oben willkommen heißen? Mich, einen Sammler, der sie gejagt und eingesperrt hat und der nun beginnt ein anderer zu werden? Ich sage dir, das nimmt mir keiner ab. Erst recht nicht, wenn meine Artgenossen hier einfallen und aus diesem Land eine leblose Wüste machen."

Cenotes setzte zu einer Antwort an.

„Nein", warf Piecock ein, „ich erspare dir eine Antwort, die du vielleicht einmal bereuen wirst. Ich komme nicht mit, das ist besser so."

„Was? Was hast du da gesagt?" Cenotes schüttelte ungläubig den Kopf. Piecocks Selbstanklage traf ihn völlig unvorbereitet. Er kniff die Augen zu und öffnete sie gleich wieder. Doch der Sammler stand immer noch neben ihm – derselbe Piecock, der auch vor einigen Minuten neben ihm gestanden und zugesehen hatte, wie sich all diese Menschen für ein wenig mehr Leben in Gefahr begaben. Nichts hatte sich geändert. „Du willst also fort? Dann geh! Flieg zurück und berichte deinem Herrscher von dem, was du hier gesehen hast." Cenotes wandte ihm enttäuscht den Rücken zu. „Doch vergiss nicht, auch von dir zu erzählen, von deinen Gesprächen mit mir, von unserem Flug in die Berge, deinem Wagemut und deiner Hilfsbereitschaft. Erzähl ihm alles und warte ab, was passiert." Cenotes drehte sich um und flüsterte ihm zu: „Wie lange wirst du dann wohl noch weiterleben? Einen Atemzug lang, mehr nicht. Doch hier erwartet dich das Leben. Und die Chance, deine Art in ein besseres Licht zu rücken. Ich weiß, das wird nicht einfach. Aber es hat auch niemand gesagt, dass das Leben einfach ist."

Cenotes seufzte tief. „Wir brauchen dich, Piecock. Uns allen steht Großes bevor. Ich fühle das, ich sehe die Zeichen. Und wir alle können daran teilhaben."

Piecock blickte ihm in die Augen. Er wusste, dass dieser Mensch recht hatte. Doch es fiel ihm schwer, mit dem Wissen der alten Welt die neue zu betreten. Eine Last, von der er nicht wusste, ob er sie tragen konnte.

„Vor wem hast du denn Angst", fragte Cenotes nach einer Pause und tippte mit dem Finger gegen die Brust des Sammlers, „vor dir selbst? Oder vor den Wenigen, die dich nicht kennen, die nichts von dir wissen?" Nachdenklich sah er in den Himmel und lauschte dem Wind, der in den Felsspalten der Schlucht ein schauriges Lied sang. „Ja, sie werden dir scheußliche Fragen stellen. Einige werden dir mit Argwohn begegnen und andere dir nach dem Leben trachten. Doch all das zählt nicht, denn du hast Freunde."

Piecock horchte auf: *Freunde? Das hat es in seiner Welt nie gegeben, nur Konkurrenz um Nahrung, Wohlwollen und Anerkennung seines Herrschers. Und jetzt nannte dieser Mensch ihn Freund?* Piecock wandte sich um und reichte Cenotes die Hand: „Schlag ein!"

„Mein Wort muss dir genügen. Aber deine Hand nehm ich trotzdem" Piecock nickte. „Dann los, bring uns zu den anderen, mein Freund." Cenotes stieg auf den Rücken des Sammler und der erhob sich mit kräftigen Schlägen in die Lüfte. Cenotes jauchzte vor Vergnügen und Zuversicht auf das bevorstehende Abenteuer mit seinen neuen Freunden. Der Klang seiner Stimmen hing noch eine Weile über der Schlucht, hallte als Echo von den Felswänden wider und verlor sich dann allmählich in der dunklen Tiefe zwischen den Felswänden.

Kapitel 5

Der schwarze Berg

Auf dem Gipfel von Gefos war es kalt und still. Nichts regte sich. Selbst der von Norden kommende Wolkendunst trieb geräuschlos dahin. Ein Ort, an dem sich die Mächtigsten dieser Welt versammelten, die Schöpfer allen Seins – die Elemente.

Lautlos schwebten sie in graue Schleier gehüllt an den steilen Felswänden empor, vorbei an Höhlen und Vorsprüngen, die angefüllt waren von Menschen aus allen Teilen Saragons. Niemand nahm von den rauchigen Wesen Notiz. Sie saßen um ihre Feuer und ein jeder erzählte von seinem Traum. Und obwohl sie sich in der Art ihrer Darbringung unterschieden, waren ihre Träume doch die gleichen. Sie erzählten von seltsamen nebligen Gestalten, die vor fliegenden Kreaturen warnten und ihnen eine Zuflucht boten – den schwarzen Berg Gefos.

Im schrägen Licht einer matten Sonne trieben die Schleier über den Rand des Gipfels und versammelten sich um eine von Licht umwobene Schale, in der ein Menschenkind lag. Eine Weile verharrten sie schwebend im Halbkreis, dann setzte Sol, das Element des Lichts, als Erster seinen rauchigen Fuß auf das schwarze Haupt des

Giganten und wartete, bis seine Brüder es ihm gleichtaten. Als sich die Umrisse ihrer Menschengestalten verfestigt hatten, fragte Sol das Element der Luft: „Hast du getan, worum ich dich bat?"

„Sei ohne Sorge", erwiderte Aeras mit rauer Stimme, „die Luft über dem Gipfel dämpft unsere Stimmen auf ein menschliches Maß."

Zufrieden raffte Sol sein graues Gewand und kniete nieder. Er senkte seinen kahlköpfigen Schädel wie zum Gebet und strich sanft über das harte Felsgestein: „Mit diesem Berg hast du ein gutes Werk getan, Terris." Er stand auf und bedachte das Element der Erde mit einem anerkennenden Blick. „Seit Anbeginn der Zeit versammeln wir uns hier, Freunde und beraten über das Schicksal dieser Welt. Unser Streit von einst ist beigelegt. Doch die Welt hat sich verändert. Sie modert vor sich hin, nachdem der Herrscher der inneren Welt ans Tageslicht gekommen ist und das Leben zu vernichten begann."

Idro nickte: „So ist es. Das große Wasser verdunstet, Seen und Flüsse versickern im staubtrockenen Boden oder verwandeln sich in schlammige Kloaken, und Tiere gibt es kaum noch ..."

„... und der Boden ist vom Leichengift verseucht", warf Terris zornig dazwischen und sah auf Sol. „Verzeih, aber was ist da schon ein so prächtiger Berg, wo doch die Erde stirbt."

„Niemand weiß das so gut wie ich", donnerte der mächtige Aeras, während sein Atem kalten Dampf ausstieß und sich als Reif auf seinen azurblauen Mantel legte. „Ich beherrsche die Luft. Doch seht ihr Wolken sich am Himmel türmen oder den Regen die Erde tränken? Wo ist der warme Wind eines Frühlingstages geblieben, wo sind Hagel und Schnee und das glitzernde Eis der Seen im Winter?" Aeras seufzte. „Ich sage euch, Brüder: Wir haben versagt."

„Versagt? Hm!" Sol verschränkte die Arme auf dem Rücken und lief vor seinen Brüdern auf und ab. „Ein milder Ausdruck für unsere ignorante Selbstsucht und Blindheit. Gewiss, den Schaden aus unseren Streitereien konnten wir begrenzen, doch die Konsequenzen waren nicht mehr aufzuhalten. Über Jahrhunderte hinweg entwickelte sich dieses Ungeheuer Sartos zu einer grausamen und gnadenlosen Bestie. Nun, da ihn seine Gier nach Macht selbst zu verschlingen droht, ist es unsere Pflicht, eine Allianz des Guten zu schmieden, auf dass die Ordnung des Lebens wieder hergestellt wird. Das Dalia mit dem Ring der Ewigkeit aus Moron flüchten konnte und ihn gegen uns verwenden will, ist zwar ein misslicher Umstand, aber das soll uns nicht schrecken. Wir haben Verbündete: einen Sammler, zwei Brüder und dieses Mädchen hier." Er stellte sich neben die Schale und zeigte auf Ensine.

„Ja", bestätigte Ferra, der bis dahin aufmerksam zugehört hatte und nun, da seine ranghöheren Brüder gesprochen hatten, den Zeitpunkt für gekommen hielt selbst das Wort zu ergreifen: „Wir brauchen die Menschen. In ihnen existieren Kräfte, die uns fremd sind. Sie nennen sie Ehrgeiz, Wagemut, Opferbereitschaft und Liebe. Erinnert ihr euch? Wenn ihre Häuser in Flammen standen oder das Korn auf ihren Feldern von deinen Blitzen verehrter Sol lichterloh brannte, waren es diese Eigenschaften, die ihnen Rettung brachte. Was also liegt da näher, als dass wir uns ihrer bedienen."

„Doch können wir ihnen vertrauen?", fragte Idro. „Sie sind ebenso wankelmütig wie opferbereit, grausam wie liebevoll und ihr grenzenloser Ehrgeiz endet oft im Egoismus. Wir sollten gut überlegen, bevor wir ihnen einen Teil unserer Fähigkeiten überlassen."

„Darüber haben wir bereits entschieden!", donnerte Aeras' Stimme erneut über das Plateau.

„Still!" Sol sah Aeras ernst an. „Der Sammler und die Menschenkrieger treffen ein. Das Keuchen ihres Atems dringt an mein Ohr." Er baute sich vor seinen Brüdern auf und ließ den Blick über ihre ausdruckslosen Gesichter schweifen.

„Sind wir uns einig?", fragte er und wartete, bis jeder durch ein Kopfnicken seine Bestätigung gegeben hatte. „Gut! Dann werden der Sammler und die Menschenkrieger die Speerspitze im Fleisch des Ungeheuers sein. Sie gehen nach Trong. Und dieses mutige Wesen in Schale ist unser Schild. Sie wird sich der Macht des Ringes entgegenstellen und uns, so es nötig wird, aus den Klauen der Ewigkeit befreien. Und was Atragon angeht: Morgen wird es erwachen und sich zum Kampf aufstellen."

Die drei Freunde stellten fest, dass es nicht so einfach war, den Gipfel des schwarzen Berges zu besteigen. Wegen des beschwerlichen Aufstieges hatten sie die Familie des Alten in einer Höhle zurückgelassen, die nur dürftig besetzt war und in der ein Feuer wohlige Wärme verbreitete. Nach ein paar freundlichen Worten waren alle zusammengerückt. Leid verbindet, heißt es, und die gemeinsame Angst vor dem fliegenden Tod ganz besonders. Nach einer kleinen Stärkung hatten sie sich von allen verabschiedet und waren nicht ohne Wehmut dem schmalen Pfad gefolgt, der sie an steilen Klippen und

Felswänden entlang zum Dach der Welt führte. Der kalte Wind blies ihnen kräftig ins Gesicht und trieb Staub und kleine Kiesel vor sich her. Die Luft war schwer zu atmen und der Staub kratzte in ihren Kehlen. Trotzdem waren sie gut vorangekommen und hatten Piecocks andauerndes Fluchen und Stöhnen wegen des steinigen Bodens und seiner zu klein geratenen Füße weitestgehend ignoriert. Nur einmal mussten sie ihm beistehen, als vor ihnen der schmale Pfad durch einen Steinschlag erschüttert wurde. Ein Überhang hatte sich gelöst, was im Gebirge häufig vorkommt, und war polternd in die Tiefe gestürzt. Entsetzt hatten sie in den Abgrund geblickt und seitlich ihrer Position eine lange Reihe von Menschen mit Fackeln entdeckt, die sich über den gleichen Pfad auf die schützenden Höhlen zubewegten. Doch den Lichtpunkten, die wie auf einer Perlenschnur gereiht mehr und mehr an Höhe gewannen, drohte keine Gefahr.

Mit Erleichterung folgten ihre Blicke noch eine Weile dem langen Menschenzug, dann war das Poltern der Steine verstummt und Piecock verschwunden. Ängstlich hatte er sich in eine Felsnische verkrochen und wollte keinen Schritt weitergehen. Erst Hesarets geduldiges Zureden und die einsame Stille ringsum bewogen ihn, den Weg fortzusetzen.

Nun hielt sie nichts mehr auf. Das Plateau kam in Sicht. Die Felswände wichen allmählich zurück, ebenso die endlos scheinende Tiefe zu ihrer Rechten. Cenotes hatte als Erster den Gipfel erreicht. Vor ihm tat sich der weite Himmel auf. Hesaret, der seinem Bruder nur mit Mühe folgen konnte – der Staub brannte in seiner Lunge und verursachte immer wieder schmerzhafte Hustenanfälle – warf sich neben ihn erschöpft zu Boden.

„Warum stehst du hier rum", prustete er mit fliegendem Atem, „ich hätte dich fast umgerannt?"

Cenotes stand wie angewurzelt und brachte kein Wort der Erwiderung heraus. Seine Hand taste über Hesarets Rücken. Und als er genügend Stoff zwischen die Finger bekam, zog er mit einem kräftigen Ruck und riss seinen Bruder auf die Füße.

„Sieh dir das an", flüsterte er ihm begeistert zu und deutete auf eine das Zentrum des Gipfels einschließende, fast durchsichtige wabernde Wand, in deren Mitte ein wild leuchtendes Farbenspiel stattfand. Es schillerte und funkelte in allen Schattierungen eines Regenbogens und warf geisterhafte Lichtfiguren in jede Richtung.

„Das Himmelsband", flüsterte Hesaret und trat im Bann dieser leuchtenden Magie langsam an die Wand heran. „Hier endet es also."

Cenotes löste sich von diesem zauberhaften Anblick. Seine Blicke schweiften prüfend über die wabernde Wand, als suche er an ihr irgendeine Gefahr abzulesen. Dabei stellte er verblüfft fest, dass die Wolken wie von Geisterhand getrieben daran vorbeizogen.

„Gehen wir hinein", forderte Hesaret wagemutig und trat einen Schritt vor.

„Warte!" Cenotes griff ihn am Ärmel. „Mutter sagte, du sollst mir folgen, nicht umgekehrt." Sorgfältig sah er sich um. „Wir wissen rein gar nichts über dieses Ding. Und du willst da einfach durch? Vielleicht sterben wir, was dann? Die Wolken am Himmel sind jedenfalls klüger. Die machen einen Bogen herum." Er zuckte unschlüssig mit den Schultern und fügte leise hinzu. „Sollten wir vielleicht auch tun."

„Sollten wir nicht!", rief Hesaret übermütig und sprang mit einem Satz durch das wabernde Etwas. Auf der anderen Seite drehte er sich um und winkte Cenotes zu. „Komm! Es ist wie Wasser, kalt und weich. Komm, trau dich!", drängte er, während Cenotes zögernd und mit verkniffenen Augen sich langsam durch die Wand schob.

Drinnen war es warm und still und die Wände waberten vom Zentrum aus gesehen wie kochendes Wasser in einem Kessel. Die Sicht darauf erschwerte ihre Orientierung, doch allmählich gewöhnten sie sich daran. Der Boden war so eben und glatt, dass Hesaret in seiner Ergriffenheit ins Straucheln kam und sich nur mit Mühe auf den Beinen halten konnte. In der Mitte strahlte ein bunt schillernder Lichtkranz über einer Schale. Als sie darauf zugingen, drang ein dumpfes Krächzen an ihr Ohr. Fast gleichzeitig wandten sich beide um und sahen, wie Piecock durch die Wand in den Innenraum schlüpfte.

„Das wird auch Zeit", sagte Cenotes und forderte ihn auf sich umzusehen. Währenddessen widmete sich Hesaret dem seltsamen Licht. Kaum, dass er neugierig seine Hand in das wilde Farbenspiel geschoben hatte, wurde das Licht schwächer. Die leuchtenden Farben veränderten sich – verblassten, lösten sich schließlich auf und brachten mehr und mehr etwas zum Vorschein, das ihnen buchstäblich den Atem raubte: ein Mädchen.

Wie aus dem Nichts tauchten neben Piecock plötzlich die Elemente auf. Sol, der als Erster sichtbar wurde, sah in das verdutzte Gesicht des Sammlers. Er legte den Finger auf den Mund und bedeutete ihm, keinen Laut von sich zu geben.

„Halt sie auf!", forderte Aeras Sol zum Eingreifen auf.

Sol, der nur die Gedanken von Aeras empfing, schüttelte den Kopf: „Nein! Lass sie gewähren und hilf ihr aufzuwachen." Aeras nickte, kniete nieder und berührte den Boden. Da strömte unbemerkt jeder menschlichen Wahrnehmung ein zähflüssiges Etwas aus seiner rauchigen Hand. Zuerst schwach und zart, dann immer deutlicher. Ein glasklarer Strom, der mit funkelnden Lichtern durchsetzt mal heftig und mal sanft erstrahlte, der sich über den Boden schob, die Schalenwand hinauf zum Herz des Mädchens.

Die Brüder waren indes von dem Anblick, der sich ihnen bot, derart überrascht, dass sie die Anwesenheit der Elemente nicht bemerkten, während Piecock steif und stumm innen an der wabernden Wand stand.

„Schläft sie?", fragte Cenotes.

„Sei still, weck sie nicht auf!", zischte Hesaret ärgerlich und strich sanft über die schalenförmige Einbettung.

„Wie Flaum so weich", flüsterte er. Sein Herz wurde mit jeder Sekunde wärmer und seine Gedanken zärtlicher. Entrückt von allem Irdischen ruhte sein Blick auf dem Gesicht der jungen Frau, während seine Hand eine Locke aus ihrer Stirn strich. Ihr langes, welliges Haar umrahmte ein zartes, ebenmäßiges Gesicht mit vollen Lippen, einer zierlichen Nase und langen, schwarzen Wimpern. Eine Ausstrahlung ging von ihr aus, die eine tiefe Zuneigung in Hesaret entfachte.

Cenotes spürte, dass sein Bruder sich in das unbekannte Mädchen verliebt hatte. Lächelnd strich er ihm über den Kopf, als sie die Augen öffnete und ungewöhnlich lange auf Hesaret sah, der ihren Blick ebenso lange erwiderte.

„Wie bin ich hier hergekommen?", fragte sie plötzlich und blickte abwartend mal auf Hesaret, mal auf Cenotes und dann wieder auf Hesaret.

„Wissen wir nicht", entgegnete Hesaret.

„Aber ihr seid hier."

„Stimmt." Hesaret nickte.

„Wieso?"

„Unsere Mutter ..."

„Dann seid ihr Brüder?"

„Ja und nein." Hesaret schlug sich an die Brust. „Ich bin Hesaret. Und das Kraftpaket neben mir ist Cenotes."

„Ensine, ich bin Ensine", stellte sich das Mädchen den Brüdern vor und strich mit der Zunge über ihre Lippen. „Ich bin etwas ..." Hesaret sah nur ihre Lippen.

„Nun gib ihr schon zu trinken", sagte Cenotes.

Hesaret, der wie paralysiert vor Ensine stand und sie verzückt anstarrte, knuffte seinen Bruder verschmitzt in die Seite, löste seinen Wasserbeutel vom Gürtel und ließ Ensine trinken.

„Wo ist meine Mutter?", fragte Ensine, nachdem sie getrunken hatte. „Habt ihr sie gesehen?"

Hesaret schüttelte den Kopf. „Außer uns ist niemand hier. Und welcher Zauber dich hierher gebracht hat, wissen wir nicht. Den Rest kennst du ja."

„Den kenn ich wohl", entgegnete Ensine und versuchte, sich stöhnend aufzurichten. Doch nichts rührte sich: kein Arm, kein Bein. Sie lag steif wie ein Brett in der Schale.

„Warte, ich helfe dir." Hesaret war sofort zur Stelle und griff nach ihren Händen.

„Nein", schrie sie schmerzerfüllt auf, „nicht anfassen! Ich kann meine Finger nicht ... verdammt, tut das weh!"

„Was soll ich tun?", fragte Hesaret verwirrt. „Wie kann ich dir helfen?"

„Gar nicht", drang plötzlich ein seltsames Rauschen an seine Ohren. Es war eine raue Stimme, die diese Worte gesprochen hatte und die Brüder zurückfahren ließ. Sie sahen in die Richtung, aus der die Stimme gekommen war, und standen plötzlich den Elementen gegenüber.

Langsam schlich Piecock auf die Brüder zu und stellte sich neben sie.

„Ich bin denen schon begegnet", raunte er leise, „und zwar auf meinem Flug durch die Nebelbank."

„Konntest du uns nicht warnen?" Hesaret bedachte den Sammler mit zornigen Blicken, während die Elemente sich Schritt für Schritt den Menschen näherten, die ihrerseits verunsichert zurückwichen. Aus den Gesichtern dieser Gestalten konnte Cenotes nichts ablesen, sie zeigten keine Emotionen und waren so ausdruckslos wie Statuen. An ihnen war nichts Menschliches, sie waren durchsichtig, rauchig, schienen keine feste Struktur zu haben, waren umwoben von Nebel, den sie als Schlieren hinter sich herzogen. Ihre langen Gewänder waberten mit jedem ihrer Schritte über den Boden, teilten und fügten sich wieder zusammen.

Cenotes sammelte die anderen hinter der Schale. Er erinnerte sich an die Worte seiner Mutter, die von rauchigen Gestalten gesprochen hatte, die das Schicksal dieser Welt lenken und denen sie hier oben begegnen würde.

„Seid ihr jene, von denen meine Mutter sprach, bevor sie mich und meinen Bruder hierher schickte? Seid ihr die ... wie nannte sie euch gleich ... 'Elemente'?"

„Ja, wir sind die Elemente." Eine der nebligen Gestalten gab Aeras einen Wink, der sich daraufhin aus der Gruppe löste und auf Ensine zuging. Er baute sich vor ihr auf und sprach mit ihr, zumindest schien es den anderen so. Denn der Mund des Elements bewegte sich nicht und ein Geräusch war auch nicht zu hören. Ensine aber stand plötzlich auf und stellte sich neben Hesaret, der sogleich wissen wollte, ob die Nebelgestalt etwas gesagt hat.

„Ich soll aufstehen, meinte er. Und gesprochen hat er nicht, seine Stimme war in meinem Kopf. Das war schon einmal so, als einer von denen bei uns zu Hause war. Sie sprechen nicht. Mutter sagt, ihre Stimmen würden uns töten."

„Ich pass auf dich auf, versprochen." Hesaret griente Ensine liebevoll an und legte seinen Arm um sie.

Indes trat Sol vor und schritt mit Blick auf die Umstehenden die Reihe seiner Brüder ab: „Ich bin Sol, das Element des Lichts. Das ist Aeras, der Bewahrer der Luft. Terris, das Element der Erde. Idro, der über das Wasser herrscht. Und Ferra, das Element des Feuers." Er wandte sich um. Sein Blick lag auf den Gesichtern der Menschen, als fragte er sich, ob sie für das Kommende bereit wären. Dann erzählte er von den Anfängen der Zeit. Er erklärte ihnen die Welt und was sie zusammenhält. Er sprach über Sartos und Dalia, ebenso von Adinofis und Atragon, von der Flamme des Lebens und den Menschen, die für sie in den Kampf gezogen und gestorben waren.

Als das Element des Lichts verstummte, traten die Menschen unruhig auf der Stelle. Zunächst murmelte jeder vor sich hin, dann flüsterten sie und schließlich erhob sich unter ihnen ein Sturm der Entrüstung. Jeder hatte das schreckliche Ausmaß der Verwüstungen, der blutrünstigen Gräueltaten der Wächter und der Vernichtung des Lebens vor Augen. Hektisch liefen sie umher und stritten lautstark um diesen oder jenen Aspekt des Gehörten. Jeder versuchte, den anderen zu übertönen, ohne auch nur einmal die Frage aufzuwerfen, was zu tun sei. Nur Piecock blieb stumm und sah nachdenklich zu Boden. Dumpf drangen die Stimmen an sein Ohr, während die Augenblicke verrannen.

Was konnte er jetzt tun, da sich niemand für ihn zu interessieren schien und das Gefühl der Ausgrenzung immer tiefer in ihn drang? Durch die wabernde Wand gehen, einmal tief durchatmen, die Flügel spreizen und sich irgendwo ein ruhiges Plätzchen suchen? Unsinn, zürnte er sich. *Was immer dich hierher getrieben hat, es war die richtige Entscheidung.*

Langsam hob er den Kopf und seine Gedanken kehrten in die Realität zurück. Da bemerkte er die eingetretene Stille und seine Freunde, die sich um ihn versammelt hatten. Abwartend sahen sie die Elemente an, als Cenotes unvermittelt die Stimme erhob: „Und was sollen wir nun tun, mit bloßen Händen gegen Ungeheuer kämpfen?"

„Nach Trong gehen", erwiderte Sol. „Den Schlächter besiegen, den Rest der Menschheit retten und die Ordnung in der Welt wieder herstellen."

Die Freunde sahen sich unschlüssig an.

Cenotes: „Das sind eine Menge Aufgaben für uns paar Leute. Wie stellst du dir das vor?"

Sol: „Seht euch dort um, befreit die Menschen aus ihren eisigen Gefängnissen, führt sie hierher zum schwarzen Berg und errichtet ein Heer, das dem der fliegenden Monster ebenbürtig ist."

„Ohne Waffen?" Hesaret begann zu lachen. „Wir brauchen Schwerter, Schilde, Bögen ..."

„Was ihr benötigt, haben wir euch gegeben. Der Sammler kennt sich in Trong aus, Ensine ist eine Formwandlerin und Cenotes kann mit seinen Gedanken die Luft bündeln und Dinge von Ort zu Ort transportieren. Außerdem lassen wir euch diese Schale da, findet heraus, was sie kann. Nutzt die Kräfte, die wir euch gaben. Alles Weitere wird sich finden."

Hesaret musste erneut lachen: „Kräfte? Ich habe keine Kräfte. Cenotes hat welche. Ensine auch. Und du, Piecock? Hast du irgendwelche Kräfte?"

Der Sammler schüttelte den Kopf. „Ich bin der, der ich schon immer war – ein Dummkopf, der auszog, um seine Quote zu erfüllen, der auf Menschen traf und sie schätzen lernte, der viel Neues erlebte und nun auf diesem hohen Steinhaufen hockt und sich fragt, um was hier gestritten wird."

Wütend wandte er sich Hesaret zu: „Du bist unzufrieden, willst magische Kräfte besitzen? – Ich nicht! Mir genügt es, bei euch zu sein und mitzuhelfen, dass diese Welt eine bessere wird. Das mag für dich ungewöhnlich sein, wo ich doch vorher Menschen gejagt habe, statt sie vor dem Tod zu retten." Beschämt starrte Hesaret zu Boden. Nichts war ihm peinlicher, als vor Ensine gemaßregelt zu werden, und noch dazu von einem Wesen, das erst vor Kurzem seine Welt betreten und die Spielregeln offenbar schneller begriffen hatte als er.

Sol, der unbemerkt Hesarets Gedanken aufgenommen hatte, lächelte: „Ich sehe, ihr findet euch. Das ist gut und wichtig, denn ihr werdet viele Gräueltaten sehen, müsst Wagnisse eingehen und Gefahren umgehen, von denen ihr noch keine Vorstellung habt. Euer Weg ist nicht einfach. Aber er kann es werden, wenn ihr jenem folgt, der euch führen wird." Er sah die vier an.

„Wer soll das sein?", fragte Cenotes leise und hoffte im Stillen, dass Sol sich für ihn entscheiden würde. Doch Sols Augen ruhten längst auf Piecock.

„Er", erwiderte das Element des Lichts und zeigte auf den Sammler. Piecock horchte erstaunt auf.

„Er ist euer Schlüssel in Trong. Er wird euch führen. Aus Tausenden seiner Artgenossen haben wir ihn ausgewählt, den steinigen Weg des Kampfes zu gehen. Er, der Kleinste und Schwächste von ihnen, der sein Los nicht mehr ertragen konnte und mit Mut und Entschlossenheit zu neuer Größe fand, er wird euch den Weg bereiten."

Piecock strahlte: *Hatte er seine Bestimmung gefunden? Würden sie ihm vertrauen? Würde er der Aufgabe gerecht werden, er wusste ja noch nicht mal, was zu tun ist?* Verlegen schob er sich durch den engen Kreis seiner Freunde und blieb wie vom Donner gerührt stehen: Die wabernden Wände waren verschwunden, kalter Wind wehte über den schwarzen Gipfel, kroch unter ihre Kleidung und ließ sie erschaudern.

Eng standen sie an dem frostigen Ort beieinander und sahen nach Westen, wo fünf graue Schleier Kurs nach Atragon nahmen.

„Lasst uns auch verschwinden, Freunde", seufzte Piecock, „Trong ist weit und ich habe keine Ahnung, wie wir dorthin gelangen. Ich weiß nur, je länger wir hierbleiben, umso eher bin ich erfroren." Er grinste gequält, während seine Schwingen ihn wie eine Decke einhüllten, und deutete mit dem Kopf auf sein Federkleid: „Auch die helfen nicht wirklich."

„Aber wie kommen wir von diesem Felsbrocken runter?" Hesaret starrte auf Ensine, die neben ihm stand und gerade ihr Haar zu einem Zopf zusammenband, wobei sie mit ihren weiblichen Rundungen kokettierte.

Ensine: „Ich weiß nicht?"

„Na ja", meinte Hesaret mit verliebtem Blick, „ich würde gern noch bleiben, aber mir ist genauso kalt wie Piecock. Vielleicht hat ja mein Bruder eine Idee, wie wir hier wegkommen."

„Ich hätte vielleicht eine." Cenotes strich seine Haare zurück. „Die Schale ist innen mit den Farben eines Regenbogens bestrichen, wie ihr sehen könnt. Über dem Gipfel schwebte ein ähnlich farbiges Band, bevor wir aufgestiegen sind. Weißt du was darüber, Ensine?"

Hesaret: „Hat dich das Band hierher gebracht?"

Ensine: „Keine Ahnung. Ich weiß nur, ich hatte Fieber, schlief in den Armen meiner Mutter ein und erwachte in dieser Schale."

Piecock: „Das ist so mysteriös wie die Sache mit den Kräften, über die wir verfügen sollen. Ich will jedenfalls nicht länger hierbleiben. Mir ist kalt und ich hab Hunger, und schlafen an einem warmen Feuer möchte ich auch wieder mal. Einer von euch muss doch was über seine Kräfte wissen. Ich glaube nicht, dass Soll das nur so dahin gesagt hat."

Hesaret: „Da ist was dran."

Ensine: „Du meinst, wir könnten mit dem Band oder der Schale oder ... Man ist das kompliziert. Wir setzen uns da rein und fliegen nach Trong, und dann schnippt noch einer mit dem Finger und wir sind da?"

„So in etwa", entgegnete Cenotes. Er rieb nachdenklich seine Stirn. „Seid doch mal ehrlich! Wer von euch hat je ein Element gesehen? Keiner. Wie Sammler aussehen, wissen wir, dank Piecock. Von magischen Kräften haben wir zwar gehört, aber noch keine gesehen – von meinen mal abgesehen."

„Ich schon", gestand Ensine traurig. „Ich sah vor meiner Reise hierher ein Element in unserem Haus. Ich hörte auch vom Berg Atragon, der Heimstatt der Feen – meine Mutter hat mir von ihnen berichtet, von Trong und der Schlacht um Tauron."

„Deine Mutter war dabei?", staunte Hesaret.

„Ja! Sie hat die Wächter gesehen. Durch so eine Bestie verlor ich meinen Vater. Er war unweit unseres Hauses auf der Jagd, kam der Nebelbank zu nahe und wurde in die Tiefe gezerrt. Ich habe es gesehen. Zwei behaarte

Arme kamen aus dem Nebel, packten Vater an den Beinen und zogen ihn mit sich. Nachbarn erging es ähnlich. Plötzlich stießen Arme aus dem Nebel, manchmal griffen sie ins Leere, manchmal nicht. Es ist, als könnten sie den Ort darunter nicht verlassen."

„Was ist eigentlich unter dem Nebel?", fragte Hesaret.

Cenotes: „Ich schlage vor, wir suchen uns erstmal 'ne Höhle, machen ein Feuer und sehen dann weiter. Kurz unterhalb vom Plateau, von wo wir aufgestiegen sind, sah ich eine leere Höhle."

Ensine: „Gut, los gehts. Jeder schnappt sich ein paar Hölzer, und dann Abmarsch ins Warme. Brr!"

Kapitel 6

Am Feuer vereint

Wenig später saßen alle an einem wärmenden Feuer und Hesaret fragte erneut nach dem, was sich unter dem Nebel befindet: „Einiges erzählte mir schon meine Mutter, also von Cenotes und mir. Sie war zwar nicht unsere leibliche Mutter, wie sie uns vor ihrem Tod sagte, aber sie ist es in unseren Herzen, und wird es auch immer sein. Ihr Name war Sidonis. Sie war die Amme im Schloss von König Argonat, dem Vater von diesem Kerl hier." Hesaret grinste und zeigte auf Cenotes.

„Oh, blaues Blut in unserer illustren Gesellschaft", amüsierte sich Ensine. „Und du?" Sie sah Hesaret an und lächelte.

„Ich bin der Sohn von Reimer, dem Heerführer des Königs. Er fiel in der Schlacht um die Hauptstadt Tauron. Angeblich soll sie heute in Schutt und Asche liegen. Mutter hat uns, noch während die Schlacht im Gange war, hierher nach Saragon gebracht und aufgezogen. Was aber wirklich passiert ist und wie es dort unten heute aussieht, dass konnte sie uns nicht sagen, leider." Ensine lehnte mitfühlend ihren Kopf gegen Hesarets Schulter. „Vielleicht weiß es ja Piecock?"

Alle Augen richteten sich auf den Sammler, der seine Schwingen öffnete, denn die Wärme des Feuers hatte seine Wirkung getan, und sie auf dem Rücken zusammenfaltete. Er sah die anderen der Reihe nach an, als wollte er sie vorab schon um Verzeihung bitten, dass er ein Geschöpf von Sartos war und mitgeholfen hatte, die Menschen zu versklaven und die Natur in eine stinkende Kloake zu verwandeln.

„In dieser Welt wollt ihr nicht leben, könnt ihr nicht leben. Sie ist grausam, voller Gräueltaten, und wie jede auf Leichen aufgebaute Welt frisst sie ihre eigenen Kinder. Ihr wollt wissen, wer Sartos ist? Er ist der Tod, die Augen glühend wie der Schmelz der Erde. Hat Tote aus den Gräbern sich geholt und sie nach seinem Willen mit Magie geformt. Ob als Wächter, Sammler oder als Soldat, sie sind skrupellos, bedingungslos ergeben ihm. Sie zu opfern, ist ihm leicht. Es gibt so viele Menschen-Gräber für ein neues Heer, das totenbleich zu kämpfen ist bereit. Beherrschen will er den Himmel und die Erde und die Ordnung, die die Welt zusammenhält. So dröhnte seine Stimme gegen seine Generäle einst: 'Zeigt, was ihr für meinen Feind geplant! Zeigt mir mein Heer, das Leichentuch, das alle Feen bedeckt mit Blut.' Weit schwang sein Umhang, als er majestätisch den Altan der Burg von

Trong betrat und sein Gestank von faulem Fleisch die Luft durchdrang, bis weit hinab ins Tal, wo eine schwarze Masse, die gestaltlos schien, im Takt von tausend Trommeln frenetisch schrie. Soldaten stampften wild den Boden unter ihren Stiefeln, schlugen ihre Schilde mit dem Schwert und brüllten seinen Namen. Und ihre Pferde traten feurig ihre Hufe in den Untergrund aus Fels. Und als er dann den Arm erhob, erschlug die Stille jeden Lärm, bis weit hinein ins Land. Erhaben stand er über ihnen, umringt von seinen Generälen, sie in die Schlacht zu treiben, um blutgeschwängert auszumerzen alle Feen und zu vernichten Atragon. – Die Bestie ist zwei Meter groß, mit Muskeln so stark wie das Maß der Schenkel zweier Wächter. Sein Haar, das lang und dicht wie eine Löwenmähne schulterlang herunterhängt, umrahmt nur eiternde Geschwüre. Abscheulich schrie er von der Kanzel in das dunkle Tal von Trong: 'Lasst keinen leben, schlitzt ihre Bäuche auf und tränkt mit ihrem Blut die Erde, auf dass die Bäume rote Blätter treiben.' Am nächsten Morgen dann, die Sonne überstieg den Horizont blutrot, da war der Erdkreis schwarz von seinem Heer – von Wächtern schwer gerüstet, das Reich der Feen zu unterwerfen. Eine Blutspur der Verwüstung hinterließen sie im Rausch von Mordlust und Gewalt. Nichts blieb übrig als verbrannte Erde, ohne Hoffnung auf den zarten Duft von Rosenblüten, grünendem Geäst und fruchtgeschwängertem Gesträuch. Vier Stunden später ging zu Ende das Gemetzel auf dem Berg von Atragon. Ein Pakt durch den Verrat Dalias fest gebunden, überließ dem Schlächter seine angestrebte Macht: Die Flamme, die bewahrt das Leben und das Wachsen und Vergehen." Ein tiefer Seufzer entfuhr der Brust des Sammlers, dann war es still. Alle starrten betreten ins Feuer.

Cenotes legte ein Scheit nach. Ein kalter Windstoß fachte die Flammen an, dass die Funken flogen. Doch keiner wich ihnen aus, zu sehr waren sie mit sich und dem Gehörten beschäftigt.

„Wir schaffen das", flüsterte Ensine nach einer Weile, während sie mit einem Stock in der Glut stocherte. „Meine Großmutter war eine Seherin, und sie besaß die Fähigkeit der Formwandlung. Meine Mutter und ich können das auch. Dazu ist ein Trank nötig, ein Fläschchen habe ich bei mir. Es tut weh und dauert etwas, aber es funktioniert. Mutter sagte, sie wolle nach Atragon, den Zeitkristall öffnen, der das Feenreich nach der verlorenen Schlacht um Tauron geschlossen hat, und die Feen freilassen. Sie wandelt sich in einen Wächter, das ist mutig, sag ich euch." Sie warf ihr Haar zurück.

„Wieso ging die Schlacht verloren?", fragte Hesaret.

Cenotes: „Piecock?"

„Ich war beschäftigt."

Cenotes: „Mit was?"

„Mit was schon? Es war Krieg, da gibt es Tote."

Cenotes: „Und du Ensine, was weißt du?"

Ensine: „Als das Element bei uns zu Hause war, danach hat Mutter mir von der Schlacht erzählt, von dem Leid, den Toten und dem großen Irrtum der Feen."

Piecock: „Worin haben sie geirrt?"

Ensine: „Das war die Schuld der Elemente. In ihrem Wahn, sich gegenseitig zu beweisen, schufen sie das Gestein der Unverwundbarkeit. Dessen bemächtigte sich der Schlächter von Trong und gab es seiner Brut in die Nahrung. Ja, die Schlacht war grausam, Zehntausende Menschen und Feen wurden getötet. Es war ein Tag, so berichtete mir meine Mutter, an dem sie zum ersten Mal gemeinsam gegen Sartos in den Kampf zogen. Mutter erzählte wie in Trance, als würde sie es nochmal erleben. Gruselig, sag ich euch. Ich kann mich genau an ihre Worte erinnern: 'Still ragt der Wald, von geisterhaftem Nebel fest umhüllt. Das Leben darin war verstummt, verbarg sich tief in Höhlen, unter rankendem Geäst und zwischen wirr verzweigtem Wurzelwerk. Und dort, wo vorher Farn mit hohem Gras und dornigem Gestrüpp verwoben, wo lieblich süßer Duft von wilden Rosen lockte, da war das Erdreich aufgebrochen, die Wurzelstöcke freigelegt und der Gestank von faulem Fleisch erhob sich über waffenstarrendem Gewand. Doch furchtlos aufgestellt am Rand der grauen Düsternis, die Feen von Atragon, bereit, beim ersten Sonnenstrahl die finstere Brut des Sartos tödlich zu umarmen. Kein Zweifel hegte ihre Herzen noch Mitleid oder Gnade gar. Erhaben standen sie, die Hüter allen Seins, die Reihen fest gefügt und tief beseelt im Geist, die Schlacht zum Sieg zu führen. Als dann der letzte Stern im Nichts verschwand, als zartes Licht den düst'ren Ort beschien, da schlugen sie im Takt die Schilde mit dem Schwert und Bogen und raues Schlachtgebrüll erhob sich tosend über Taurons Buchenwald. Noch war der Schlachtruf nicht verhallt, da ließ das Feenheer die Feuerstürme los. Aus dunklen Wolken brach der Flammenschwall und Todesstille sank im Widerschein der feurigen Gewalt auf Blätterkronen, dorniges Gestrüpp und Wurzelwerk. Nichts schien dem Flammenmeer zu widerstehen. Wo lodernder Canto die hölzernen Giganten peitschte und flirrend heiße Feuersbrunst das Morgengrau zum lichten Tag erhob, stieg dichter Rauch und beißender Gestank von seelenlosem Fleisch in heiße

Wolkentürme auf. Kein Fußbreit wichen sie, die Feen von Atragon – gewillt, den infernalen Ort mit Blut zu löschen. Doch als der graue Vorhang sich verzog und nur noch Ascheregen flockend über heiße Ebnen zog, trat aus der atemlosen Glut das Heer des Sartos. Die gegen jeden Tod gefeite Wächterbrut.' – So ging die Schlacht verloren. Menschen und Feen fielen in den Staub und starben darin und die Qualen der Verletzten war groß. Nur wenigen Menschen-Kriegern gelang die Flucht nach Tauron, und ein paar Dutzend Feen überlebten, unter ihnen Adinofis, die Hohepriesterin. Meine Mutter ging mit ihnen und legte mit dem Zeitkristall eine unsichtbare Kuppel über den Gipfel des Feenberges. Sie allein besitzt die Macht über den Kristall, gegeben von den Elementen, so sagte es zumindest meine Mutter."

„Sie haben gut vorausgeplant, die Elemente – ich meine mit uns und unseren Fähigkeiten", sagte Hesaret.

Piecock: „Es ist nicht wichtig, was jeder von uns kann. Wir müssen zusammenhalten, uns aufeinander verlassen. Das zählt."

„So ist es", beendete Cenotes die Unterhaltung. „Morgen werden wir sehen, was es mit der Schale auf sich hat. Lasst uns jetzt was essen und dann schlafen." Er sah nach draußen. „Es wird schon dunkel. Der Wind hat aufgehört, legen wir noch ein paar Scheite für die Nacht auf." Aus seinem Beutel holte er Brot für alle, Käse und ein großes Stück geräucherten Hasen. Hesaret steuerte gekochte Kartoffeln und eine Lederblase mit Wasser bei und Ensine reichte aus ihrer Hüfttasche Esskastanien, eine große Alraunwurzel und Beeren aus einem kleinen Topf.

Nach dem Essen legten sich die vier dicht gedrängt ans Feuer. Ensine sah in die Nacht. Sie konnte noch nicht schlafen, zu viel war an diesem Tag geschehen. Das Zirpen der Grillen erfüllte die Luft mit feinem Gesang und ein fahler Mond war zu sehen.

Wie friedlich es ist, dachte sie seufzend, schloss die Augen und flüsterte ihre Angst ins Feuer, damit sie in der Hitze vergeht: „Ob die Welt sich noch dreht, wenn die Gewalt wird nicht enden, wenn das Leben wird sterben und mit Waffen man schnell noch um den Frieden will werben? Wird sie sich noch drehen, wenn Feuerstürme den Himmel umwehen, wenn keine Tränen mehr fließen, weil man das Leid wird aus Kübeln gießen, wenn der Regen vergeht und der Hunger nagt im Gedärm, wenn der Tod durch die Straßen streift und die Menschen fallen wie Fliegen? – Wir suchen die Antwort, scheinen so gescheit. Doch die Heere stehen bereit, um weder Mitleid noch Gnade zu bringen, sondern in glanzvoller Rüstung dem anderen eine fremde Wahrheit aufzuzwingen. So türmen die Sieger Leichenberge zuhauf, bauen Macht und Einfluss darauf auf, knechten und rauben, um dem Joch die Ewigkeit einzuhauchen. Und ob dann die Welt sich noch dreht, wird niemanden mehr scheren. Wir werden in unseren Gräbern verfaulen, bis ein neues Geschlecht beginnt dies barbarische Geschäft."

Cenotes hörte Ensine zu. Mit verschränkten Armen lag er am Feuer und dachte über ihre Worte nach: *Wird das unsere Zukunft sein? Werden wir Trong erreichen, und was finden wir dort vor?* Mit den Gedanken an eine Welt in Finsternis schlief er ein und eine unruhige Nacht nahm ihren Anfang.

In Gewölben dunkler Macht

Sich schwerfällig durch den düsteren Gang des Zellentraktes schleppend, ignorierte Wrong geflissentlich die brutalen Methoden der Wächter, paarungsunwillige Menschen in den Akt der Zeugung zu zwingen. Doch der Befehl seines Herrn war unmissverständlich: 'Sie sollen sich paaren, bis die gespreizten Beine der Weibchen im Krampf erstarren.' Um das zu gewährleisten, hatte Wrong die Weisung erteilt, aus Eisen gefertigte Pflöcke in den felsigen Boden zu treiben und die Weibchen mit Händen und Füßen daran festzubinden. Dennoch widersetzten sich einige. Ihre Schreie hallten durch den Zellentrakt und so mancher Schrei erstarb unter den wuchtigen Hieben der Peitsche der Wächter. Wie Vieh warfen sie die Leichen dann in den Gang, wo sie achtlos liegen blieben, bis andere Wächter kamen und die blutverschmierten Leiber in die Schlachtgrotte zerrten.

Wrong lief weiter durch den Trakt. Die Luft war von Schreien, Schweiß und Blutgeruch erfüllt und fahles Licht ließ die Menschen wie geisterhafte Schatten erscheinen. Nachdenklich stieg er über leblose Körper und spähte in jede Zelle. Jedes Wort in seinem Bericht an Sartos musste sitzen. Auch wenn er die Wahrheit ein wenig biegen würde, aber was waren schon ein paar Tote mehr oder weniger, das Nahrungslager war voll. Entscheidend für Sartos waren Loyalität, Unterwerfung und widerspruchslose Akzeptanz seiner Macht, nicht detailgetreue Berichterstattung.

Wrong nahm das Geschrei der Insassen gar nicht mehr wahr. Er stolperte über einen toten Menschenkörper und prallte dabei mit einem Wächter zusammen, der in der offenen Nachbarzelle stand und gerade einen toten Körper herauszog. Wütend zog er sein Schwert und stach es ihm in die Brust. Mit geübter Hand drehte er das Schwert und öffnete den Brustkorb seines Opfers zu einer weiten klaffenden Wunde. Das Herz schlug noch, als der Wächter auf dem Boden aufschlug und Wrong seinen Weg unbekümmert fortsetzte. In der Gewissheit, die Befehle seines Herrn erfüllt zu haben, eilte er über einen Treppenaufgang in das höher gelegene Stockwerk und folgte den vielen gewundenen Gängen in die Privatgemächer seines Herrn. Als er dort eintraf, verharrte er einen Moment vor der schweren Eisentür, um sich zu sammeln.

Dann klopfte er zaghaft an. Es dauerte eine Weile, bis die Tür geöffnet wurde. Eine Fackel leuchtete ihm ins Gesicht: „Du kommst spät", hörte er den Protokollwächter sagen, während dieser ihn einließ und die Tür hinter ihm krachend ins Schloss stieß. Wrong wunderte sich darüber, wagte es aber nicht, den Protokollwächter über das Verschließen der Tür zu befragen. Sein spätes Erscheinen hatte offenbar für Missstimmung gesorgt, die er nicht weiter anheizen wollte. Er sah sich um, während der Wächter vorausging und ihn in die Säulengrotte führte.

„Warte hier!", befahl dieser und steuerte auf eine Wand zu. Eine Weile stand er davor. Dann öffnete sie sich mit laut knirschenden Geräuschen. Wrong nahm die seltsame Magie gelassen, er kannte die Macht seines

Herrn. Sie begegnete ihm jeden Tag. Die Hand am Knauf seines Schwertes drehte er sich auf der Stelle und betrachtete den hell erleuchteten Raum näher. Sein Blick fiel auf das Säulenrund in der Mitte des grob behauenen Gewölbes und auf die zwei mit Fell bezogenen Stühle davor. *Ist das ein neues Spielzeug für ihn und seine Gespielinnen?* Behutsam strich er mit der behaarten Pranke über eine Säule, als prüfe er, ob von dem leblosen kalten Marmor irgendeine magische Kraft ausgehen würde. Dann schob er sie in den leeren Raum dazwischen. Doch nichts geschah. Gereizt drehte er sich um und ging einige Schritte weiter.

Da öffnete sich plötzlich jene Wand, an der der Protokollführer kurz zuvor gestanden hatte, und Sartos betrat in Begleitung von Dalia den Raum. Augenblicklich kniete Wrong nieder und heftete seinen Blick auf die Fee. Sie trug ein blaues bodenlanges Kleid mit kurzen Ärmeln und einem tiefen Ausschnitt, der ihre weiblichen Rundungen besonders hervorhob. Im Grunde empfand er die Menschengestalt der Fee reizvoll, selbst im Zellentrakt hatte er mit Wonne auf die nackten Körper der Weibchen gesehen und so manchen Wächter, der zwischen ihren Schenkeln lag, angeregt beobachtet. Doch Dalia war etwas Besonderes für ihn. Sie besaß nicht nur Reize, sondern auch Macht. Und diese Mischung machte sie ebenso interessant wie gefährlich. Er wusste, ein unbedachter Schritt und sie würde ihre Zauberkraft an ihm ausprobieren. Sartos würde das nicht kümmern. Er hatte genug Wächter, um ihn zu ersetzen.

Die beiden wurden seiner gewahr. Doch sie kümmerten sich nicht um ihn, sondern scherzten angeregt miteinander, während sie auf die Säulen zugingen und sich in die davor stehenden Stühle fallen ließen. Augenblicklich begann sich der leere Raum zwischen den Säulen mit einer durchsichtigen flimmernden Wand zu füllen, in deren Mitte das Abbild einer Berglandschaft deutlich wurde. Wrong rutschte auf den Knien näher heran und grunzte leise zum Zeichen seiner Anwesenheit.

„Du überraschst mich", flüsterte Sartos, während sein Blick auf das Bild gerichtet war. „Sag mir, was ist die größte Tugend?" Seine Stimme hatte an Schärfe zugenommen. Fieberhaft dachte Wrong nach. Er spürte, dass Gefahr in der Luft lag und er den beiden hilflos ausgeliefert sein würde, wenn er nicht schnell die richtige Antwort fände. Er erinnerte sich an die Worte des Protokollwächters: „Pünktlichkeit, Herr! Pünktlichkeit!"

Erleichterung machte sich in ihm breit, als er sah, wie Sartos' Gesichtszüge entspannten und er durch die Antwort offenbar gnädig gestimmt wurde. Doch das war ein Irrtum. Sartos stieß seine Pranke nach ihm und plötzlich fühlte sich Wrong emporgehoben. Einige Sekunden lang schwebte er wild mit den Armen rudernd über den beiden. Dann krachte er auf den harten Boden. Ein furchtbarer Schmerz raste durch sein Hirn. Er fühlte, wie eine starke Hand sein Genick presste und ihn noch tiefer zu Boden drückte: „Du wirst nachlässig, mein Lieber. Niemand kommt zu mir und verspätet sich."

Wrong grunzte ehrfürchtig und bog seinen Rücken demutsvoll, so weit er nur konnte. Doch es half nichts. Sartos schäumte vor Wut und jeder Wächter wusste, wie schnell sich bei ihm eine leichte Verärgerung in rasenden Zorn verwandeln konnte. Mit einem gewaltigen Tritt stieß er den Wächter von sich, sodass dieser wie ein Ball über den Boden rollte und neben einer Säule zum Liegen kam. Wrong keuchte und hielt sich mit schmerzverzerrtem Gesicht die Brust. Offenbar hatte er sich bei dem Sturz einige Rippen gebrochen. Er konnte kaum atmen. Doch er war mit dem Leben davongekommen, nur das zählte.

„Dein Bericht, Wrong. Ich höre."

Der Wächter sah auf und traf auf den verächtlichen Blick der Fee. Nichts war von ihren Reizen geblieben.

Eine kalte, unberührbare Macht durchbohrte ihn. Und da fühlte er sich klein und schwach und wäre am liebsten aufgesprungen und davongerannt. Doch er hatte sich in die Nähe der Mächtigen begeben und musste nun sehen, wie er mit ihnen klarkam. Also hielt er dem Blick Dalias stand, während sein Körper vor Angst zitterte, und begann mit seinem Bericht. Als er geendet hatte, gab ihm Sartos einen Wink, sich zu erheben und näherzutreten. Seine Pranke deutete auf das Innere des Säulenrunds. Das Bild drehte sich und zeigte das Gebirge in der Totalen.

„Schick die Sammler dort hin." Wieder drehte sich das Bild, die Totale verschwand. Stattdessen füllte nun ein schwarzer Berg das Innere des Säulenrunds, während Sartos fortfuhr: „In den Höhlen dieses Berges verstecken sie sich. Holt sie euch!"

„Herr!" Wrong beugte sich grunzend zu Boden. „Es sind viertausend Sammler. Der Nebel lässt nur durch, wen er will. Die Elemente haben ihn geschaffen."

Sartos winkte mürrisch ab: „Dalia kümmert sich darum. Und nun geh, lass uns allein!"

Längst hatte der Protokollwächter hinter Wrong Aufstellung genommen und auf sein Stichwort gewartet. „Komm!", sagte er und packte den Wächter am Arm. Wrong zögerte unschlüssig und krümmte noch einmal seinen Rücken demutsvoll zu Boden. „Komm, verdammt!", wiederholte der Protokollwächter ärgerlich seine Forderung und zerrte ihn hinter sich her.

Als die Tür hinter ihnen ins Schloss fiel, begannen Wrongs Augen vor Wut zu flimmern. Unfähig, den verächtlichen Blick Dalias aus dem Gedächtnis zu löschen, zog er sein Schwert und stieß es wütend auf den Boden, dass die Funken flogen, während er den Thronsaal verließ und die Schmach der vergangenen Stunde mit sich nahm. Er ging durch die Katakomben und Gänge und ab und an fiel das fahle Licht des Mondes durch die luftführenden senkrechten Schächte vor seine Füße.

An einem Schacht blieb er stehen und sah nachdenklich auf den sonst von der Nebelbank verdeckten und nur äußerst selten sichtbaren Vollmond. Er war nicht dumm. Brutal und grausam? Ja! Aber das gehörte zu ihm, das hat der mächtige Sartos aus ihn gemacht. Er hatte ihn, der einst in Tauron als Mörder und Vergewaltiger am Galgen geendet war, aus dem Grab geholt und über die Jahre hinweg nach seinem Vorbild geformt, ausgebildet und in den Rang eines Generals erhoben. *Nur, wo ist diese Macht jetzt? Steht Sartos in der zweiten Reihe, ist er dieser Fee hörig, hat sie jetzt das Sagen? Er war angetreten, um Leichenberge aufzutürmen, um zu knechten und zu rauben, um dem Joch die Ewigkeit einzuhauchen. Doch so vieles hat sich geändert. Menschen gibt es kaum noch. Das Schlachten und Sterben ist vorbei. Die Nebelbank wird durchlässig, und das für eine ganze Armee? Menschenfrauen paaren sich mit ihrer Art. Das Gestein der Unverwundbarkeit ist versiegt, eine neue Armee, die ich zu gern in eine Schlacht geführt hätte, nicht in Sicht. Wo ist die Macht meines Herrn geblieben?*

Auf dem Weg nach Atragon

Während Wrong Antworten suchte, stolperte Anja durch das mitternächtliche Dunkel. Im fahlen Mondlicht verschwamm der Weg vor ihren Augen zu einer unwirklichen Viper, die sich unter dichtem, modrig riechendem Gras dahinschlängelte. Alles war so weglos wie die Zukunft. Und trotzdem hoffte sie, unbemerkt an den Wächtern vorbeizukommen, um nach Atragon zu gelangen. Seit ihrer Formwandlung hatte sie genügend Zeit, sich den Kopf darüber zu zerbrechen, was alles schief gehen könnte. Ein Zusammentreffen mit diesen Kreaturen war nicht ungefährlich. Nicht nur, dass sie die Gestaltwandlung bemerken und sie in einen ungleichen Kampf verwickeln könnten, gleichwohl wäre es möglich, dass man sie gefangen nehmen und in Sartos Felsenburg auf das Grausamste foltern würde.

Anja erschauderte bei dem Gedanken. Dagegen war die Formwandlung das reinste Zuckerschlecken. Seine Gestalt zu wandeln, war allerdings nicht einfach. Es genügte nicht, die geheime Mixtur zu trinken, sich hinzulegen und zu warten, bis es geschieht. Man musste die gewünschte Form in seinem Geist festhalten und durfte von diesem Abbild nicht eine Sekunde abweichen. Selbst dann nicht, wenn das große Zittern beginnt, wenn man von Krämpfen geschüttelt wird und der Schaum in Mund und Rachen das Atmen zu einer Qual werden lässt. Und dennoch ist die Prozedur bis dahin noch erträglich. Doch dann beginnt sich der Körper von den Zehen aufwärts zu verändern, langsam und mit unsäglichen Schmerzen. Man windet sich und schreit wie eine Gebärende, deren Fötus mit dem Steiß voran zur Welt kommt. Gewöhnlich begleiten ausgewählte Seherinnen diese Prozedur wie ein Ritual und lindern die Schmerzen mit einem übel riechenden Sud aus geheimen Kräutern. Doch Anja hatte das alles allein und unter freiem Himmel durchstehen müssen. Seitdem verfluchte sie diesen Körper. Nicht nur, dass eines ihrer Beine misslungen schien und sie es hinkend nachziehen musste. Nein! Statt Füße hatte sie Hufe, einen behaarten runden Rücken und einen kahlköpfigen hässlichen Schädel, dessen Öffnungen ständig irgendwelchen Schleim absonderten. Mit einem Wort, sie fand sich abscheulich und hoffte, möglichst schnell diese stinkende Hülle wieder verlassen zu können.

Mit Mühe hatte sie den Kamm einer Hügelkette erklommen und sah unter sich im Tal eine dicke graue Nebelbank. In einiger Entfernung links von ihr ragte Atragon daraus hervor. Sein Gipfel wirkte im Mondlicht düster und unheimlich. Doch war das kein Vergleich zu dem, was unter diesem Nebel auf sie lauerte.

Langsam stieg sie den flachen Hang hinunter und stieß nach etwa zweihundert Metern durch die Nebelbank. Das Mondlicht verschwand, es wurde stockfinster. Widerlicher Gestank von Tod und Verwesung schlug ihr entgegen. Er schien überall zu sein und war so durchdringend, dass es ihr den Magen umdrehte. Um sich nicht übergeben zu müssen, was anderen Wächtern aufgefallen wäre, konzentrierte sie sich auf ihre Atmung. Nach einer Weile hatte sie sich an die widerlichen Verhältnisse gewöhnt. Ihr Magen hatte sich wieder beruhigt. Und als sie in der Ebene angekommen war, konnte sie die Umrisse Atragons ausmachen. Nun hielt sie nichts mehr auf. Verbissen stapfte sie durch eine schlammige Ebene, auf der

Hunderte Baumstümpfe standen und gefallene Stämme und zahlloses Astwerk im Modder versank.

Hier in der Nähe musste einmal der mächtige Buchenwald von Tauron gestanden haben, überlegte sie, als zwischen den morschen Baumstümpfen, die dem Boden näher waren als dem Himmel, ein rohes Brüllen die Luft zerriss, halb menschlich, halb tierisch. Dann ein zweites und ein drittes Mal. Von allen Seiten drang das vielstimmige Gebrüll zu ihr herüber. Anja erstarrte, ihre Nackenhaare stellten sich aufrecht. Langsam ging sie in die Hocke und tastete mit den Augen die Umgebung ab, um sich jeden Augenblick zu wehren oder so gut ihr lahmes Bein es erlaubte, im Dunkeln zu verschwinden. – Sie kannte das Gebrüll aus der Schlacht um Tauron, es waren Wächter. Sicher fochten sie irgendeinen Kampf um Beute oder jagten Menschen. Sie dachte an Thyras Worte, nach ihrer Flucht aus Trong: *Diese Bestien leben vom Tod und sind ohne Gnade. Bei Tag haben sie einen scharfen Blick und in der Nacht sehen sie noch schärfer. Ihnen entgeht nichts. Man hat nur eine Chance zu überleben. Man muss sich ihnen stellen und darf nicht die Augen schließen, wenn das Eisen in ihren Körper dringt.*

Noch einmal drang das unheimliche Gebrüll durch die Finsternis, dann war es still. Vor Angst zitternd setzte sie ihren Weg fort, nur dass diesmal ihr runder Rücken noch runder wurde und ihr Blick noch eifriger umherspähte.

Als sie ihr Ziel erreicht hatte, stellte sie mit Erleichterung fest, dass der Morgen angebrochen war. Was allerdings auch bedeutete, dass umherstreifende Wächter sie jetzt entdecken konnten – zumal dieser lange und beschwerliche Marsch sie müde gemacht hat und sie weder kämpfen noch fliehen konnte. Vehement kämpfte sie gegen das immer drängendere Schlafbedürfnis an und begann den kahlen lehmigen Nordhang zu besteigen.

Der Aufstieg war mühsam, mit ihrem lahmen Bein kam sie nur langsam voran. Gegen Mittag hatte sie den Gipfel dann erreicht, der genau betrachtet nur wenig über die Nebelbank hinausragte. Ihr Blick fiel auf die kraftlose Sonne. Einen Moment verharrte sie vor diesem Anblick und atmete tief die saubere Luft dieser anderen Welt. Da befiel sie eine tiefe Traurigkeit. Leise begann sie vor sich hinzumurmeln. Das Gemurmel wurde lauter, schwoll an und entlud sich schließlich zornig gegen die Herrin des Lichts und der Wärme, die hoch am Himmel stand und sich vehement weigerte, in alter Manier zu strahlen.

„Was haben wir nur getan?", seufzte sie am Ende ihrer Scheltrede und fiel weinend auf die Knie. „Schau mich an, Herrin des Lichts, was ich geworden bin. Ein Untier.

War ich mal ein Mensch? Ja, das war ich! Ich hatte mal einen guten Mann, eine Tochter und ein Heim mit einem warmen Kamin. Und ich hatte Vorhänge an den Fenstern. Wo ist das alles hin? Kannst du mir das sagen?" Sie hob den Kopf und sah in die Sonne.

„Ich bin alt und müde", stöhnte sie leise, „und krauche hier im Dreck herum, in einer abscheulichen Hülle. Ich sehne mich nach Wärme und nach meiner Ensine." Sie schlug die Hände vors Gesicht und begann zu weinen. Sie fühlte sich leer, ausgebrannt. Ihre Gedanken verblassten und schienen allesamt hinter einem geisterhaften Vorhang zu verschwinden. Nur einmal öffnete sich dieser Vorhang, als in ihr Bewusstsein eine Frage drang. Zuerst war es nur ein kaum vernehmliches Flüstern, dann wurden die Worte deutlicher. Und schließlich hämmerten sie wild und klar in ihrem Hirn: „Ist es nicht das, was du immer wolltest, das Spiel der Mächtigen spielen?"

„Wieso Spiel, wieso Macht?", fragte Anja mit rauer Wächterstimme und sah verschwommen eine Gestalt neben sich. „Was soll dieser Unsinn?"

„Unsinn, sagst du?" Die Stimme schien ganz dicht an ihrem Ohr zu sein. „Warum bist du dann hier?" Anja riss die Augen auf und fuhr wie vom Blitz getroffen hoch. Vor ihr schwebte ein Mensch in einem Kapuzenumhang.

„Wer bist du?", fragte sie. „Zeig dein Gesicht!"

„Du weißt nicht, wer ich bin? Haha!" Die Gestalt schlug die Kapuze zurück.

„Dalia!" Verwirrt sah sich Anja um. „Wie ..."

„Wie ich aus Moron entkam?" Sie nickte verständnisvoll lächelnd. „Ich werde es dir sagen, wenn ich deine Ensine mit diesen rauchigen Zwergen in die Ewigkeit geschickt habe, wenn Tausende Sammler die Nebelbank durchstoßen haben und in Saragon eingefallen sind. Wenn der Rest von euch gefroren in den Eiskammern von Trong liegt. Genau dann werde ich es dir sagen."

Dalia rieb nachdenklich ihr Kinn, während sie fortfuhr: „Das mit deiner Tochter und all dem muss natürlich nicht sein, wenn du mir gibst, was ich will. Sei nicht dumm, denk an dich. Entdecke deine Sehnsüchte und Wünsche. Gib dich ihnen hin. Was ist schon schlimm daran? Jeder macht das. Du willst deine Tochter? Ich gebe sie dir. Ein Haus und Macht? Auch das soll dein sein."

„Sprich nicht in Rätseln!", zürnte Anja wütend. „Was willst du von mir?"

„Bring mir den Zeitkristall", hauchte sie Anja ins Ohr.

„Und was dann?" Die Seherin sprang auf.

„Dann sitzt du mit Sartos, deiner Tochter und mir im Rat der Mächtigen. Was willst du? Saragon? Nimm es dir und herrsche wie eine Königin, aber bring mir den Kristall." Dalia blickte Anja abwartend in die Augen.

„Ha! Jetzt verstehe ich. Du kannst nicht hinein", lachte Anja nach kurzem Überlegen. „Es ist Adinofis' Bann, der dich von der Cella fernhält. Solange sie lebt, kannst du die Anlage nicht betreten. Selbst deine Kräfte kannst du nicht einsetzen. Hm, du willst den Kristall? Dann hol ihn dir doch."

Langsam hinkte sie an Dalia vorbei auf das schwere Portal der Cella zu. Sie achtete nicht auf das Gezeter der Verräterin, ihre Flüche und Verwünschungen und das donnernde Getöse im Himmel, die ihre wüsten Beschimpfungen begleiteten. Mit einem Ruck öffnete sie das Tor, und nachdem sie sich überzeugt hatte, dass die abtrünnige Fee unverrichteter Dinge wieder abgezogen war, schlüpfte sie durch den schmalen Spalt hinein.

Drinnen war es dunkel, ungemütlich kalt und es roch muffig. Schnell nahm sie eine der Fackeln zur Hand, die sie vor zwanzig Jahren neben dem Innenpfosten des Tores bereitgelegt hatte, und entfachte sie mit einem mitgebrachten Zündstein. Das Licht warf geisterhafte Schatten an die Wände und über den Boden und tauchte den Flur in eine beklemmende Düsternis. Die Cella war buchstäblich ein Grab. – Anja sah über die Türen und Wände hinweg, während sie den breiten Flur entlang zur Ratskammer ging, und lauschte der ehrfürchtigen Stille. Doch ihr trat niemand entgegen. Nur das schaurige Klacken ihres Hufes hallte von den Wänden wider und vermischte sich mit dem gespenstig anmutenden Schlurfgeräusch ihres lahmen Beines. Ihr Blick streifte die Geländer der drei Etagen, wo sich die Schlafkammern der Feen befanden, die noch leer waren und in denen es bald wieder von Leben wimmeln würde.

Am Eingang der Ratskammer angelangt zog sie die schwere Eichentür auf. Das Knarren der Scharniere drang hinauf in die hohe Kuppel und klang eine Weile verhaltend wieder. Als sie die Kammer betrat, erinnerte sie sich an die Stunden, die sie hier allein zugebracht hatte: *Die Sphäre der Geborenen hatte sich damals geschlossen und die überlebenden Feen der Schlacht um Tauron mit sich genommen. Nichts war ihr mehr geblieben als diese ehrfurchtgebietende Cella und eine tiefe dunkle Traurigkeit. Sie hatte sich auf einen der schweren Ratsstühle fallen lassen und hemmungslos zu weinen begonnen. Dann war sie verzweifelt schreiend durch die zahllosen Räume gehetzt, hatte Vorhänge heruntergerissen, Stühle und Tische umgeworfen und sich schließlich Tränen überströmt im Waffenarsenal wiedergefunden. Ja, an Selbstmord*

*hatte sie gedacht, wollte sich in ein Schwert stürzen, das
einladend neben ihr gelegen hatte. Und nur die sanften
unscheinbaren Bewegungen ihrer noch ungeborenen
Ensi erinnerten sie an das Leben.*

Alles war plötzlich wieder da, das Gefühl der Leere
und Einsamkeit und die Angst vor der Zukunft. Nur nicht
so intensiv wie damals. Heute war es beherrschbar, von
Niederlagen und Entbehrungen geprägt, von Verlusten
und Kompromissen und bereichert durch Ensine.

„Ensi", hauchten ihre schwulstigen Lippen. Ein Lächeln zog über ihr derbes Gesicht und verzog es zu einer
hässlichen Grimasse. Sie spürte das und schämte sich, in
der Gestalt eines Wächters an ihre Tochter zu denken.
Doch ihr Herz, das noch das ihre war, hatte sich längst
geöffnet und die Bilder ihrer Tochter freigegeben. Und
als wäre es das Bild ihrer Ensi, strich sie mit zärtlicher
Hand über das mit einem schweren Holzrahmen eingefasste Bild Noras, der einstigen Feenkönigin Atragons.
Gedankenverloren ging sie weiter und blieb an einem
Fenster stehen, während ihr Blick nach draußen ging.

Über Atragon leuchtete schwach der Himmel. Das
matte Licht der Sonne lag in ebenso matten Farben auf
dem Zeitschild, der sich wie eine Glocke über den Gipfel
stülpte. Abrupt wandte sie sich um und rief mit lauter

Stimme durch den Saal: „Es wird Zeit für eure Rückkehr, Freunde!", dann kramte sie hastig in ihrem Bündel nach der Mixtur für die Formwandlung. Sie hielt die halb volle Flasche gegen das Licht und schüttelte kräftig.

„Für eine Umkehr reicht es noch", flüsterte sie und trank die Flasche in einem Zug leer. Hart schlug ihr Kopf auf den Marmorboden. Sie schloss die Augen und behielt ihre Menschengestalt im Innern fest im Blick, während der Körper mit schmerzhaften Krämpfen zu kämpfen hatte und die Gestaltwandlung umkehrte.

Als Anja wieder zu Bewusstsein kam, hatte sie ihre Menschengestalt wieder und lag nackt und frierend auf dem kalten Boden. Mit zitternden Händen zerrte sie ihre Kleidung aus dem Bündel, zog sich an und rieb das Blut in die kalten Glieder zurück. Indes schweiften ihre Blicke durch den Raum. An Noras Bild blieben sie haften. Sie erinnerte sich, dort den Zeitkristall versteckt zu haben, bevor sie Atragon verlassen hatte. Mühsam stand sie auf und ging auf das Bild zu. Sie schob den Rahmen ein wenig zur Seite und griff in die dahinter liegende Öffnung. Nach einer Weile ertastete sie den handgroßen Kristall. Sie zog ihn heraus und prüfte augenscheinlich seinen Zustand. Noch immer pulsierte die keilförmige Erhebung auf seiner Oberfläche in blauem Licht und hielt den

Schild am Leben. Auf seltsame Weise erkannte der Kristall seinen Benutzer. Nur ihm war es so möglich, die Zeitbarriere zu durchdringen und den Schild aufzuheben. Die Feen vermuten, dass die unverwechselbare Aura eines jeden Wesens die Ursache dafür ist, dass ein Kristall seinen Benutzer erkennt und sich nur von ihm ein- und ausschalten lässt. Wie das allerdings funktioniert, wussten nur seine Erschaffer, die Elemente.

Anjas Gedanken kehrten zurück. Sie säuberte die Kugel gründlich von Staub und Spinnweben, setzte sich an den Ratstisch und legte sie vor sich ab. Eine Weile noch starrte sie auf das pulsierende Licht. Sie wusste: Hatte sie die Erhebung erst mal gedrückt, gab es kein zurück. Das Licht im Stein würde verschwinden, dann der Schild, und alles würde unscheinbar und schnell geschehen. Dann würden die Wände im Saal rauchige Gestalten freigeben. Ein Stimmengewirr würde durch die Räume fluten und sie mit Leben füllen, während sich die Umrisse der Gestalten verfestigten.

Anja überlegte nicht lange, entschlossen drückte sie den Keil in die Vertiefung. Das Licht erlosch. Gespannte Stille lag in der Luft. Und als in den marmorierten Wänden die ersten verschwommenen Gestalten sichtbar wurden, war ihre Aufgabe erfüllt. Doch noch immer hatte sie kein Lebenszeichen von ihrer Tochter. Betrübt ging sie auf ihr Zimmer, das sich im Nordtrakt der Tempelanlage befand und legte sich schlafen. Von Albträumen geplagt stand sie zwei Stunden später auf, öffnete die Fensterflügel und sog die frische kühle Luft ein. Weit ging ihr Blick an den Horizont, nach Saragon. In der Ferne tanzten ungewöhnliche viele Punkte am Himmel. *Wolken können das nicht sein,* überlegte sie und erinnerte sich mit einem Mal an Dalias Warnung, eine fliegende Armee nach Saragon zu schicken. *Ja, das ist die Armee der Sammler, wendig, schnell, kampferprobt. Sie jagen die Letzten unserer Art. Adinofis muss das erfahren.* Ihr schlug das Herz bis zum Hals.

Kapitel 7

In der Burg des Feindes

Zur selben Zeit schreckte Cenotes aus dem Schlaf und kroch zum Eingang der Höhle. Ein lautes Rauschen und Toben lag in der Luft. Er sah nach draußen und der Himmel war voll von Sammlern. In Schwärmen zogen sie über dem Gipfel von Gefos ihre Kreise. Manche stießen pfeilschnell in die Tiefe, andere schwebten fast geräuschlos vor Höhleneingängen, um ihre Beute zu lokalisieren.

Cenotes saß geduckt hinter einem kleinen Felsvorsprung, als zwei Sammler auf ihn zusteuerten, kurz vor dem Eingang kreischend hochschnellten und im Aufwind gleitend in der Masse des Schwarms verschwanden.

„Freunde, wir müssen ...“ Cenotes sah hinter sich Hesaret, Piecock und Ensine eng beieinander hockend neben der noch rauchenden Feuerstelle. „... sofort hier weg! Raus hier! Die kommen zurück, hier finden sie Menschfleisch.“ Er sprang auf und begann an der Feuerstelle seine paar Sachen zusammen zu suchen, dabei bemerkte er, wie Ensine auf ihn zukam.

„Und?“ Er sah sie von unter herauf mit großen Augen an, während am Eingang drei Sammler mit ausgebreiteten Schwingen landeten und kreischend versuchten, zur gleichen Zeit in die Höhle zu gelangen. Doch der Eingang war dafür zu eng. Sie stießen und schlugen so heftig aufeinander ein, dass es schließlich kein vor und zurück mehr gab. Ensine sah das und zog Cenotes am Handgelenk hoch. „Schnell! Stellt euch um die Schale", schrie sie aus Leibeskräften. Kurze Zeit später tauchte eine kugelförmige Leuchterscheinung die Höhle in grelles Licht. Zurück blieben gepeinigte Jäger: geblendet, ohne Krallen zum Greifen ihrer Beute, mit verbrannten Füßen und Schwingen, unfähig Menschen zu jagen und sie nach Trong zu bringen.

Minuten später hockte eine merkwürdige Ansammlung von Gestalten auf einem Felsvorsprung unter Sartos Balkon: ein abtrünniger Sammler, zwei Brüder, die eigentlich keine waren, und ein junges Mädchen, das zu einem der Brüder in Liebe entbrannt war. Sie alle hatten keine Vorstellung davon, was sie im Innern von Trong vorfinden würden. Aber sie waren todesmutig genug, es herauszufinden. Und noch etwas war ihnen nicht klar: wie sie unbemerkt in die Felsenburg gelangen sollten. Gedanken hatten sie sich viele gemacht. Noch in der Nacht hatten sie in der Höhle von Gefos darüber diskutiert. Doch am Morgen fielen Schwärme von Sammler in Saragon ein und sie waren plötzlich damit beschäftigt, möglichst schnell nach Trong zu verschwinden. Und so hockten sie lange und stritten leise, auf welchem Weg sie in das Innere gelangen könnten, während aus den Lufteinlässen der Schlafgrotten nicht nur ekliger Dunst, sondern auch das laute Schnarchen der Wächter zu ihnen heraufdrang.

„Pst", zischte Piecock, „sprecht leise. Wenn die dort unten aufwachen, enden wir schneller als Mahlzeit auf ihren Tischen, als ihr denken könnt."

„Du hast recht", flüsterte Ensine und verzog angewidert das Gesicht. „Wir sollten endlich einen Weg hinein finden. Der dunstige Gestank dieser Viecher würde meinem Ende als Mahlzeit sonst zuvorkommen. Und diese grässlichen Geräusche ..."

„Ich hab eine Idee." Die Freunde steckten die Köpfe zusammen und Piecock fuhr fort: „Wir gehen denselben Weg, den Thyra einst gegangen ist, als sie aus der Kältekammer floh. Sartos hat zwar magische Kräfte, aber besonders schlau sind er und seine Wächter nicht."

„Wieso?", fragte Hesaret entgeistert.

„Ganz einfach. Nach Thyras Flucht hat Sartos in einer Strafaktion Hunderte Wächter töten lassen, doch in seinem Zorn hat er es versäumt, den Schacht zu schließen. Die Wächter kümmert das nicht. Die sind stumpfsinnig."

„Woher weißt du das?"

„Ich lausche gern den Gesprächen anderer, kann nie schaden. Besonders nicht, wenn man auf der untersten Ebene rangiert." Er zuckte mit den Schultern. „Da wird man eben nicht für voll genommen."

„Nun gut", seufzte Cenotes nachdenklich, „wo befindet sich dieser Schacht?"

„Östlich von uns, im unbewachten Teil des Berges."

„Na toll", stöhnte Hesaret missmutig, „das hätten wir uns alles vorher überlegen sollen. Jetzt hocken wir hier auf diesem Vorbau und wissen nicht ..."

„Ruhig, Brüderchen! Keine Panik. Nimm Ensine an die Hand und stellt euch mit Piecock eng zusammen. Ich werde uns in einem Luftwirbel um den Berg herumschaukeln. Das geht schnell und ist lautlos."

Bald darauf schwebten sie von wirbelnden Winden umgeben an steil abfallenden Felswänden entlang. Cenotes, der sich mitten in diesem Kreis befand, hatte Mühe, den Wirbel gerade und in ausreichendem Abstand zu den kantigen Felswänden zu halten. Er war müde und der Kontakt des Wirbels mit dem Berg hätte die Magie aufgehoben und sie wären in die Tiefe gestürzt. Aber nach einer Weile standen sie unversehrt vor dem Schacht, der schräg abwärts ins Innere des Berges führte. Hesaret schob sofort seinen Kopf durch das Loch und lauschte. Doch da drin rührte sich nichts. Nur sein langes Haar schwang in der ausströmenden Luft wie ein Stander hin und her.

„Was für ein Schacht ist das?", fragte Cenotes den Sammler und begann Hesaret auf seine leisen Zurufe hin aus dem Loch zu ziehen.

„Einst hatten die Wächter ihn angelegt, um herauszufinden wie sich Frisch- und Abluft zueinander verhalten."

Cenotes grinste: „Du meinst, diese Bestien zerstören die Welt und beschäftigen sich mit sowas?"

„Na ja", ergänzte Piecock und steckte selbst seinen Schädel in den Schacht, um die Wände auf Begehbarkeit zu prüfen, „in dem Berg leben Tausende. Da wird es ganz schön warm."

„Und kalt", ergänzte Ensine, wurde aber sogleich von Cenotes ungeduldig unterbrochen: „Lasst uns endlich hineinklettern. Viel Zeit bleibt uns nicht."

„Wartet noch", bat Ensine und legte ihre Hand beruhigend auf Cenotes' Arm, während sie sich Piecock zuwandte. „Wo befindet sich der Schacht für die Kaltluft?"

„Über der Kältekammer, denke ich."

„Ein zweiter Fluchtweg, Jungs", jubelte Ensine leise und sah stolz in die Runde. Dann näherte sie sich entschlossen dem Eingang und bestieg als Erste den Schacht, während Hesaret ihr nachblickte.

Cenotes lächelte.

„Was ist?"

„Na ich sehe doch, was mit euch beiden los ist."

„Ach ja?" Hesaret grinste Cenotes an, drohte ihm mit der Faust und schob sich dann selbst in den Schacht. Ein muffiger Luftzug schlug ihm entgegen. Die Wände waren kantig und boten ihm Halt. Doch noch zögerte er, sah nach unten und zurück zu Cenotes: „Ich mag sie, Brüderchen. Mal sehen, was daraus wird."

„Das hab ich gehört", stöhnte eine Frauenstimme aus dem Schacht herauf.

„Pass lieber auf, dass du unten heil ankommst", mahnte Hesaret und beobachtete aufmerksam, wie sich Ensine mit Händen und Füßen gegen die Felswände stemmte und Stück für Stück nach unten schob. Als sie aus seinem Sichtfeld verschwand, folgte er ihr, während Cenotes den Sammler an das Fangnetz band und in den Schacht hinabließ. Unten angekommen warf er ihm das Ende des Fangnetzes hinterher und kletterte hinunter. Kaum, dass er den Stollen betreten und sich umgesehen hatte, legte sich ein Schatten auf sein Gesicht. Ensine war auf einen Geröllhaufen gestürzt und hatte sich das Knie aufgeschlagen, es blutete stark. Und Hesaret, der vor ihr kniete und beruhigend auf sie einredete, hatte ihr mit seinem Halstuch einen Verband gelegt.

„Ist es schlimm?", fragte Cenotes und versuchte vergeblich seinen Ärger über Ensines Unvorsichtigkeit zu verbergen. Er beugte sich über sie und sah ihr fest in die Augen. „Sei in Zukunft vorsichtiger", meinte er mit erhobenem Zeigefinger.

„Das hätte dir auch passieren können, oder Piecock oder mir!", fauchte Hesaret erbost zurück und fiel mit derben Stößen über Cenotes her. „Lass sie in Ruhe!"

„Ich wollte doch nur sagen ..."

„Hilf lieber mit, dass wir weiterkommen."

Ensine hatte sich inzwischen etwas erholt, baute sich nun vor ihnen auf und sah die beiden böse an: „Muss das sein?" Statt aber eine Scheltrede zu halten, drehte sie sich um und humpelte über das umherliegende Geröll auf Piecock zu, der teilnahmslos einige Meter entfernt an der Felswand lehnte und wie immer in solchen Momenten seine Flügel putzte.

Wortlos folgten die beiden Ensine, und nach einer Weile bogen sie in einen von Fackeln spärlich beleuchteten Seitenarm. Hier war die Luft so stickig und übel riechend, dass es allen den Atem verschlug.

Piecock lief vor ihnen und blieb plötzlich stehen.

„Wir müssen diesen Seitenarm verlassen", flüsterte er. „Dem Gestank nach zu urteilen, führt er direkt in die Schlachtgrotte. Und wenn ich mich recht erinnere, ist die meistens von Wächtern besetzt."

„Und wie kommen wir von hier aus zu den Kältekammern?", fragte Ensine.

Piecock: „Ich glaube, an der Abzweigung hinter uns noch einen Stollen gesehen zu haben, der allerdings unbeleuchtet war."

„Sollten wir nicht wenigstens nachsehen ...?" Hesaret deutete mit dem Kopf in Richtung der Schlachtgrotte.

„Da lebt sicher keiner mehr, aber sei trotzdem vorsichtig", flüsterte der Sammler und reichte Hesaret sein Fangnetz. „Hier nimm ..., zur Sicherheit."

Hesaret wehrte lächelnd ab.

„Wartet hier", sagte er und wollte los, als Ensine ihn unvermittelt auf den Mund küsste.

„Komm heil zurück." Mit sorgenvollem Blick drückte sie ihn fest an sich. Er nickte ihr zu und verschwand im Dunkeln. Cenotes sah ihm eine Weile nach: Der Verlust der Mutter lag noch immer schwer auf seinem Bruder. Die dunklen Schatten unter seinen Augen, die leichten Höhlungen seiner Wangen und die Schwermut in seinen

Augen – alles Zeichen, welch schwere Last er mit sich trug. Gewiss, ihm ging es nicht besser. Doch im Gegensatz zu Hesaret hatte er in seinem Schmerz bereits Erleichterung gefunden. Er hatte ihn herausgeschrien, er hatte getobt und geweint und ihn dann in seinem Innern vergraben. – Cenotes schreckte aus seinen Gedanken auf.

„Hast du Angst um ihn?" Ensine trat neben ihn und lehnte ihren Kopf müde gegen seine Schulter.

„Aber ja", entgegnete er überrascht. „Ich bin mit ihm aufgewachsen. Andererseits hat er jetzt dich. Und wenn wir überleben, tanze ich auf eurer Hochzeit und trinke Weinmoos ohne Ende." Er sah sie an und lachte herzhaft.

„So einfach ist das also für euch Männer. Hochzeit, Trinken, Kinder, fertig. Woher weißt du überhaupt, dass er mich will?"

„Das sieht man doch. Augen hat er nur für dich. Sein Atem geht schneller, wenn du in seiner Nähe bist. Und manchmal kriegt er rote Ohren oder er weiß nicht, was er sagen soll, wenn du ihn ansprichst." Er legte seinen Arm um ihre Schulter. „Das ist Liebe, oder nicht?"

„Ich sag dir mal was als Frau. Liebe ist die Offenlegung deines tiefsten Inneren. Sie lässt dich automatisch reagieren. Du denkst nicht nach, vertraust bedingungslos. Liebe nimmt dem Herz das Schwere, die Sorgen. Plötzlich ist alles einfach und leicht, als würde das Herz schweben. Liebe kann das Ego zu einer Illusion machen, es verdrängen, ja sogar vollständig und dauerhaft isolieren. Doch so euphorisch die Liebe uns erfüllt und berauscht, so niederschmetternd und oft auch tödlich kann sie uns zerstören. – Hast du schon mal ein Mädchen geliebt, den Schmerz gespürt, die Angst, die Begierde?"

Von dieser sehr persönlichen Frage peinlich berührt, rückte Cenotes eine Armlänge von Ensine ab und sah sie mit großen Augen an.

„Ich hätte gern, leider ..."

„Verzeih, ich wollte dir nicht zu nahe treten." Sie lächelte und bat ihn, wieder ranzurücken. „In der Theorie klingt das gut, aber wer die Liebe nicht erlebt, den zarten Kuss der Begierde nicht gespürt, die sanfte Berührung der Haut und die Wärme einer innigen Umarmung nicht gefühlt hat, wird nicht wissen, was Liebe ist. Liebe kennt keine Schuld, nur Vergebung. Und sie legt keine Rechenschaft ab. Sie beflügelt die Fantasie und kämpft mit den Schmerzen von Betrug und Einsamkeit. Herrjeh!" Ensine holte tief Luft. „Jetzt hab ich mich aber hinreißen lassen. Entschuldige bitte!"

Cenotes nahm Ensines Hand in die seine und fragte: „Woher weißt du so viel darüber?"

„Von meiner Mutter. Sie hat davon gesprochen, als mein Vater zu Tode kam. Da hat sie viel geweint."

„Was ich sagen wollte, war, dass Hesaret dir ein guter Ehemann sein wird, mehr nicht. Ich kenne ihn gut."

„Es wird ihm auch gar nichts anderes übrig bleiben", flüsterte sie versonnen lächelnd, als das Geräusch schlurfender Füße sie in die Wirklichkeit zurückholte. Fast gleichzeitig sprangen die drei auf und drückten sich ängstlich an die Felswand. Doch als Hesarets schlanke, hochgewachsene Gestalt sichtbar wurde, machte sich Erleichterung auf ihren Gesichtern breit. Sein Körper schwankte, während er einen Geröllhaufen überstieg. Für einen Moment verschwanden die Lichtpfade der Fackeln und völlige Dunkelheit herrschte. Dann fiel er keuchend auf die Knie. Sie stürzten zu ihm. Sein Atem ging schwer und in seinen Augen lag blankes Entsetzen.

„Was ist los?"

Hesaret hob abwehrend den Arm und schüttelte dabei heftig den Kopf: „Das willst du nicht wissen, Ensi. Das wollt ihr alle nicht wissen, glaubt mir." Er stand auf, ging schnaufend vor Wut auf Piecock zu, blieb aber nach zwei Schritten stehen. Die Blicke der beiden trafen sich. Hesaret wollte was sagen, doch er ließ es sein.

„Was hat das zu bedeuten?", fragte Ensine.

„Ich wollte ..." Hesaret sah den Sammler an. „Es tut mir leid, Piecock. Dich trifft keine Schuld. Es ist nur alles so schrecklich gewesen. Das ganze Blut, die vielen zerstückelten Leichen – alles Frauen. Der geöffnete Torso auf dem Tisch und zwei Wächter, die in dem Blut lagen und schliefen: Ich weiß nicht, ob ich je wieder ein Auge zu machen kann, ohne Albträume zu kriegen."

„Dann sollten wir schleunigst hier weg, sonst sind wir die nächsten auf diesem Tisch." Cenotes Aufforderung tat seine Wirkung. Alle hatten es plötzlich eilig weiterzugehen, um in Bewegung zu bleiben und im schlimmsten Fall Fersengeld zu geben. Mit einer Mischung aus Zorn und Ungeduld in der Stimme ging Cenotes voran. Dabei warf er verstohlen einen Blick auf das Schwert, das an Hesarets Hüfte baumelte und dass er offenbar einem schlafenden Wächter in der Schlachtgrotte abgenommen hatte. Piecock und Ensine folgten ihm im Gänsemarsch, allein Hesaret verharrte unschlüssig an seinem Platz.

„Wartet!", rief er.

„Was ist?" Cenotes blieb stehen und sah zurück, während die anderen seinem Beispiel folgten.

„Ihr müsst allein weiter", entgegnete er und sah in Ensines bestürztes Gesicht. Sie wusste sofort, was Hesaret vorhatte.

„Bitte nicht!", flehte sie und klammerte sich an ihn. „Mach das nicht!"

„Was, was soll er nicht machen?" Cenotes runzelte die Stirn. Unendlich langsam drehte sich Ensine um und sah ihn mit weiten Augen an.

„Seinen Vater suchen", sagte sie und schluchzte leise in Hesarets Arm.

Cenotes schloss einen Moment die Augen und atmete tief durch. „Seit wann ...?"

„Seit wir hier angekommen sind", unterbrach Hesaret seinen Bruder. „Aber das ist es nicht allein. In der Schlachtgrotte konnte ich leises Wimmern und Stöhnen hören. Wo es herkam, weiß ich nicht. Aber ich glaube, irgendwo in diesem verdammten Berg gibt es Menschen, die auf Rettung hoffen."

„Und bei der Gelegenheit wolltest du gleich nach deinem Vater sehen?" Hesaret nickte und sah Cenotes an, als flehte er um dessen Zustimmung. Der dachte indes an die mahnenden Worte von Sidonis, gut aufeinander achtzugeben, und dass er im Schoß einer anderen Frau geboren wurde. – Deshalb konnte er Hesaret verstehen. Ihm ging es im Grunde nicht anders. Der heimliche Wunsch, jene Fremde kennenzulernen und ihr in die Augen zu sehen, schwelt von Tag zu Tag mehr in ihm. Und je mehr sie sich diesem düsteren Ort hier genähert hatten, umso stärker war auch seine Angst geworden, diesen Moment nie zu erleben.

Cenotes' Blick schweifte bekümmert durch den Stollen, der düster war und still. Jeder hing seinen Gedanken nach, nur Ensines Schluchzen gab dieser reglosen, unheimlichen Stille Leben.

„Geh ihn suchen", seufzte er. „Ich kann dich doch nicht davon abhalten. Ensine wird dich begleiten. Piecock brauche ich für die Kältekammern."

Cenotes wandte sich an Ensine: „Seid wachsam und stoßt so bald ihr könnt zu uns." Dann lächelte er und deutete auf das Schwert an Hesarets Hüfte. „Hast du es dafür geholt?" Hesaret nickte, drehte sich um und schob Ensine in den Stollen, ohne sich noch einmal umzublicken. Noch eine Weile lauschte Cenotes den knirschenden Schritten der beiden, bis die Geräusche verklungen waren. Dann lief er mit Piecock den Weg zurück, auf dem sie gekommen waren.

Jetzt, da sie nur noch zu zweit waren, kam ihm die Stille so laut vor, dass sie den Schrecken und die Düsternis ihres Weges noch verstärkte. Selbst Piecock schien so zu empfinden. Immer wieder sah er sich um und lauschte. Aber es war nichts zu hören. Nur der ekelhafte Geruch verwesenden Fleisches begleitete sie nach wie vor. Cenotes hielt die ganze Zeit den Mund geschlossen und atmete durch die Nase. Längst schmeckte er den Gestank auf seiner Zunge, sodass es in seinem Hals würgte und sein Magen in Aufruhr versetzt wurde. Alles in diesem Berg schien von diesem Gruft-Gestank gezeichnet: die Luft, das Licht, der schwarze Fels und selbst die Stille um sie herum, die nur von den Lauten ihrer einsamen Schritte unterbrochen wurde. Piecock dagegen war mehr von einer möglichen Begegnung mit seinen Artgenossen beunruhigt. Cenotes, der hinter ihm ging, sah es an seiner verkrampften Gangart und den unruhigen Blicken, wenn sie einen Seitenarm oder eine Abzweigung passierten. Dann musste er schmunzeln, während sein Blick auf dem Rücken eines Wesens lag, das selbst Menschen gejagt hatte und doch menschlicher war als seine Opfer. Sol hatte recht getan, ihn zum Anführer der Gruppe zu machen. Wer außer Piecock hätte je den Mut gefunden, einen Ort wie diesen zu verlassen und wieder zurückzukommen?

An einer Abzweigung stießen sie auf einen offenbar unbenutzten Stollen. Er schien nur halb so hoch wie die anderen zu sein und war stockfinster. Meter um Meter tasteten sie sich vorwärts. Sie gingen gebückt und berührten einander ab und an, um sich nicht zu verlieren. Zum

Glück wurde es bald heller und der Stollen höher, bis sie in ein leeres und von Dutzenden Fackeln hell erleuchtetes Gewölbe kamen.

„Das ist der Vorraum zu den Kältekammern", erklärte Piecock.

„Aber der sieht so sauber aus, so unbenutzt", erwiderte Cenotes erstaunt, während er in die Mitte des Raumes trat und sich umsah. Die Wände waren rissig und feucht und der Boden war mit großen dunklen Flecken übersäht. Fast schien es, als wären sie auf ewig in den Fels gebrannt. Auf eine nähere Betrachtung der Flecke, die offenbar aus Menschenblut bestanden, verzichtete Cenotes jedoch. Am hinteren Ende der Grotte entdeckte er einen schmalen Durchgang. Der führte sie in eine Grotte, die an Weite und Höhe alles bisher Gesehene übertraf. Die Felswände waren glatt behauen und von kaltem Dunst belegt, der aus Tausenden in den Fels geschlagenen und mit klarem Eis gefüllten Kammern strömte und am Boden in breiten, dunklen Öffnungen verschwand.

Cenotes spürte, wie die Kälte durch seine Kleidung drang und ihn frösteln ließ. *Ein paar Stunden, bestenfalls einen Tag, länger würde er es hier nicht aushalten,* konstatierte er im Stillen. Doch er wusste auch, dass es anders kommen konnte. Hier lagerten im Eis einge-schlossen Frauen, Männer und Kinder. Die Wände waren voll. Kammer an Kammer reihte sich nebeneinander und übereinander.

Sein Blick streifte durch die Grotte. Er schätzte sie auf zweihundert Mal zweihundert Meter, mit einer Höhe von etwa sechzig Meter. – Von den Ausmaßen überrascht, hockte er sich nachdenklich auf eine aus dem Boden ra-gende Steinplatte, die offenbar keinem anderen Zweck diente als dass man darauf sitzen konnte.

„Das ist ein monströses Grab", flüsterte Piecock mit kaltem Atem und so leise als fürchtete er, dass die Men-schen darin erwachen würden.

„Das wir öffnen müssen", seufzte Cenotes.

„Und wie willst du das anstellen?"

„Ich habe keine Ahnung!"

Atragon erwacht

Während Cenotes und Piecock rätselten, wie die Kälte-kammern in Trong zu öffnen sind, füllte sich die Tempel-anlage in Atragon allmählich wieder mit Leben. Feen, Gehilfen, Mentoren und Kriegerinnen eilten in den Sälen und Kammern geschäftig hin und her. Es ging zu, wie in einem Bienenstock. Einige richteten die Räume her oder säuberten die Möbel vom Staub und Schmutz vergangener Zeiten. Andere waren damit beschäftigt, die Marmorböden auf Hochglanz zu bringen und an dieser oder jener Stelle des Areals das Zerstörte wieder herzurichten.

Alle waren in heller Aufregung. Dennoch vergaß niemand, dem anderen freundlich zuzulächeln, selbst wenn er in seiner Arbeit gerade unterbrochen wurde.

Adinofis nahm den Trubel gelassen. Während Gill ihr beim Ankleiden behilflich war, hatte Marit, die Protokollfee, das Volk zur Begrüßungsfeier in den Ratssaal gerufen und verlauten lassen, dass die Hohepriostine Adinofis mit besonderen Gästen eintreffen würde. Darauf war natürlich jeder gespannt.

Eine halbe Stunde später war der Saal zum Bersten voll, und jene, die drinnen keinen Platz gefunden hatten, drängten sich draußen auf dem Flur oder an den Balustraden der drei Etagen mit den Schlafkammern. Jeder wollte Adinofis sehen oder zumindest ihre Stimme hören. Ungeduldig wartete man auf den Gongschlag, der das Eintreffen der Hohenpriostine ankündigte. Überall im Saal und auf den Fluren herrschte eine ausgelassene, lautstarke Stimmung. Salina, die wie die anderen Ratsmitglieder längst ihren Platz am großen hufeisenförmigen Ratstisch eingenommen hatte, neckte sich mit Krygon wie ein frisch verliebtes Paar, als am Eingang plötzlich der Gong ertönte.

Gäste und Ratsmitglieder erhoben sich von den Plätzen, während Adinofis in Begleitung von fünf rauchigen Gestalten den Saal betrat. Frenetischer Beifall dröhnte ihr entgegen, Hochrufe wurden laut und dazwischen schrie man den Namen der Hohenpriostine, die in majestätischer Haltung auf den Thron zuschritt. Ihre Gäste folgten in gebührendem Abstand. Salina starrte mit glänzenden Augen der strahlenden Adinofis entgegen, die wieder mal perfekt gekleidet und wunderschön aussah.

Unzählige Locken zierten ihr langes schwarzes Haar, das von einem mit blauen Saphiren aufwendig verziertem silbernen Diadem gehalten wurde. Das strahlende Weiß ihres langen, ausladenden und von dünnen Trägern über den Schultern gehaltenen Kleides wirkte liebreizend und jugendlich. Dazu schmückte ihren schlanken Hals eine schmale silberne Spange, die am Brustansatz in den kräftigen Glanz eines blutroten Edelsteins mündete. In der Hand hielt sie ihr Zepter, das Zeichen der Macht und Würde ihres hohen Amtes.

Als Adinofis mit ihren Gästen vor dem Thron Aufstellung genommen hatte, verebbte der Beifall. Und während die Anwesenden erwartungsvoll Platz nahmen, schweifte ihr Blick über die vielen Gesichter hinweg. Manche strahlten vor Freude. Andere waren nervös und voller Anspannung. Aber sie sah auch in unbekannte Gesichter und in solche, die ihr vertraut waren und die dem Tod einst näher gestanden haben als dem Leben. In alle sah sie und allen lächelte sie zuversichtlich zu. Und als die Reihen drohten unruhig zu werden, reckte sie ihr Zepter in die Luft und rief mit lauter Stimme, dass es von den Wänden widerhallte und selbst auf den Fluren und Gängen Atragons noch Gehör fand: „Lang lebe Atragon! Lang lebe das Volk der Feen!"

„Lang lebe das Weinmoos", flüsterte Gill ihr scherzend ins Ohr, während tosender Beifall durch den Saal brandete und durch die offenen Fenster hinaus in die Welt, als hätten Adinofis' Worte schon jetzt den Sieg über Sartos verkündet.

„Benimm dich!", mahnte sie mit einem kurzen Blick auf ihre Schulter, die Gill auf ganzer Breite für sich eingenommen hatte. Dann senkte sie das Zepter und der Beifall verebbte. Mit einem Blick auf ihre Gäste eröffnete sie die Feier: „Zum ersten Mal seit Anbeginn der Zeit und aus Anlass unserer Rückkehr begrüße ich die Elemente, die Schöpfer allen Seins, die die Zeiten überdauern und die Ewigkeit."

Ein Raunen ging durch die Reihen. Und als die Elemente vortraten, jeder von einer farbenprächtig schillernden Hülle umgeben, riss das Raunen wie auf Kommando ab und man verneigte sich in demütiger Ehrfurcht.

„Wir danken euch, Hohepriostine", begann Sol, das Element des Lichts, und sah in die Runde. „Verzeiht, dass wir uns in diese Gewänder hüllen mussten. Auch wenn sie schön anzusehen sind. Aber ernste Anlässe zwingen uns zu diesem Schutz."

Gemurmel wurde laut und verstummte wieder, als Sols Stimme erneut durch den Raum hallte: „Dalia konnte mit dem Ring der Ewigkeit aus Moron flüchten und ist erneut ein Bündnis mit Sartos eingegangen. Wir haben bereits Maßnahmen ergriffen und die ehrenwerte Adinofis darüber in Kenntnis gesetzt. Sie wird die weitere Vorgehensweise mit dem Hohen Rat besprechen. Leider ist unser Aufenthalt hier zeitlich begrenzt. Deshalb erlaubt, dass wir uns wieder zurückziehen."

„Es steht uns nicht zu, euch die Erlaubnis zu erteilen", erwiderte Adinofis und senkte respektvoll den Kopf. „Aber wir respektieren deinen Wunsch und danken euch für den kurzen Besuch und die wertvollen Informationen." Sekunden später verschwanden die Gestalten im Nichts und neues Stimmengewirr erhob sich. Man stritt um seine Eindrücke und versuchte, sich gegenseitig zu übertönen. Adinofis ließ sie gewähren und bat Gill, nach Anja zu sehen und sie in den Rat zu bitten. Dann setzte sie sich auf den Thron und lauschte mit strahlenden Augen dem vielstimmigen Wortgefecht ihrer Feen, das zuweilen chorale Züge annahm. Nach einer Weile bemerkte man im Saal die zurückhaltende Stille um Adinofis. Man begann sich zu sammeln, auf den Stühlen zurechtzurücken und allmählich den Blick wieder auf die Hohepriostine zu richten. Schließlich hörte man nur noch den Atemzug seines Nachbarn und das leise Säuseln des Windes, der draußen am offenen Fenster vorbeizog, als Adinofis sich an die Versammelten richtete: „Ich bin erleichtert, euch bei guter Laune und offenbar bester Gesundheit vorzufinden. Unsere Erneuerung hat stattgefunden, dank Anja und des Zeitschildes.“

„Wo ist sie?!“, fragte eine Fee aus der hinteren Reihe.

„Still doch“, zischte Salina unwirsch und schüttelte in Richtung der Ruferin fassungslos den Kopf.

„Nein, Salina!“, mahnte Adinofis. „Wir wollen nicht denselben Fehler begehen wie vor der Erneuerung. Hören wir zu, wenn jemand was zu sagen hat. Lernen wir uns kennen und verstehen. Das schweißt zusammen und hilft uns, die vor uns liegenden schweren Tage zu bestehen.

Und was Anja betrifft, sie wird jeden Moment eintreffen und uns aus ihrer Sicht berichten, was in den vergangenen Jahren geschehen ist."

„Wann werden wir in die Schlacht ziehen und kämpfen?", wollte eine der sechzig im Saal anwesenden jungen neugeborenen Feen wissen.

„Nun", entgegnete Adinofis nachdenklich und richtete ihren Blick zur anderen Seite ihres Throns, „Anjas Mutter, die alte Meriste, hat mal gesagt: 'Die Zeit bestimmt, wann eine Macht, die blutbesudelt sich erhebt auf einem Berg aus Leichen, sich selbst verschlingt'. Ich glaube, der Zeitpunkt ist gekommen. Die Elemente berichten, dass die Macht von Sartos schwindet, dass sich ein Sammler, Anjas Tochter Ensine und zwei Brüder auf den Weg nach Trong gemacht haben und gegen das Böse ins Feld ziehen. Wir werden uns anschließen."

„Große Worte, Adinofis", flüsterte Gill, der inzwischen zurückgekehrt war und auf ihrer Schulter Platz genommen hatte. „Ich hoffe für uns, dass du dem auch gerecht wirst."

„Wieso? Was ist los?"

„Anja bringt schlechte Nachrichten."

Adinofis sah Gill erschrocken an. „Wann ..."

„Sie wird jeden Moment eintreffen."

Noch mehr beunruhigende Nachrichten, dachte sie. Nachdenklich starrte sie vor sich hin und ihre Hände hielt sie wie im Schmerz fest aneinandergepresst. *Erst die Elemente, nun Anja? Die Ereignisse scheinen sich zu überschlagen. Wir hatten kaum Zeit, uns zu finden, das Zusammenleben zu organisieren, Ämter und Aufgaben zu übernehmen oder Rat abzuhalten, um die Informationen der Elemente auszuwerten, Angriffspläne zu schmieden und uns für den Kampf gegen Sartos zu rüsten.*

Adinofis winkte Salina zu sich und bat sie, den Saal räumen zu lassen: „Anja wird gleich hier sein, ich muss mit ihr reden. Der Rat soll bleiben."

Als die Tochter der alten Meriste eintrat, strömten die letzten Feen lautstark nach draußen. Widerspruchslos waren sie Salinas Aufforderung gefolgt. Nach Sols Rede wusste jede, dass Disziplin das Gebot der Stunde war.

Anja schob sich durch die Menge. Manche, die an ihr vorübergingen, unterbrachen ihre lebhafte Unterhaltung und sahen freundlich auf. Andere warfen ihr fragende Blicke zu oder berührten wie zufällig ihre blaue Robe. Aber sie war es gewohnt, dass man sie in Atragon wie einen Exoten behandelte, das war schon immer so gewesen. Sie war eben ein Mensch und neben Thyra sterblich. Deshalb reagierte sie gelassen und schmunzelte über die kleinen versteckten Aufmerksamkeiten, während sie auf Adinofis zusteuerte, die ihr mit offenen Armen entgegenkam: „Anja, Tochter der alten Meriste. Ich freue mich, dich bei guter Gesundheit zu sehen. Hast du gut geruht?"

Anja nickte, während Adinofis sich unterhakte und sie zum Ratstisch führte. „Wie geht es deiner Mutter?"

„Ich habe sie lange nicht gesehen. Zuletzt meditierte sie in Lystien, an den heiligen Quellen. Dort rief sie den Rest unseres Volkes in die schützenden Höhlen des schwarzen Berges."

„Ja, eure Verluste in der Schlacht um Tauron waren sehr hoch, manche Völker existieren gar nicht mehr. Der nächste Jahrtausendbericht unseres Hohen Rates wird lang und traurig sein. Aber setzen wir uns doch." Adinofis wies freundlich neben sich, auf einen freien Platz am Ratstisch und fuhr fort: „Eine Nachricht vorweg: Deine Tochter ist gesund und mit ihren Begleitern auf dem Weg nach Trong. Die Elemente haben sie dorthin geschickt. Wir werden ihnen bald folgen."

Erleichtert fiel Anja Adinofis um den Hals: „Ich habe mir große Sorgen um sie gemacht, Adinofis, zumal Sol vor ein paar Tagen bei uns zu Hause war. Da hatte ich allerdings keine Ahnung, welche Absichten er haben würde. Naja, Hauptsache sie lebt und ist gesund."

Adinofis: „Anja! Gill sagte, du hättest schlechte Nachrichten? Der Rat ist versammelt, wie du siehst. Bitte berichte!"

Anja sah in die Runde und begrüßte jeden mit einem höflichen Nicken, aber einer finstern Miene: „Die Sammler fliegen durch die Nebelbank einen Angriff auf Saragon."

„Wie viele?", fragte Thyra.

„Ich sah Tausende Schwingen. Als würden sie über dem Nebel kreisen und sich sammeln. Wie sie die Nebelbank passieren konnten, weiß ich nicht, aber ich glaube, da steckt Dalia dahinter."

Die Ratsmitglieder begannen lautstark zu diskutieren. Adinofis bat um Ruhe: „Sartos konnte sich keinen besseren Zeitpunkt für einen Angriff ausdenken, verdammt!" Ihr Blick war so starr, als stünde der Menschenschlächter leibhaftig vor ihr. „Er nutzt jeden Vorteil, der sich ihm bietet, selbst eine Feier wie diese."

„So ist es." Anja lehnte sich seufzend zurück. „Ihr hättet die Sammler nie bemerkt. Alle Fenster in diesem Teil des Areals gehen nach Süden. Der Nordtrakt, in dem meine Schlafkammer liegt, war völlig leer. Von dort, kann man bis ins Hochgebirge von Saragon sehen." Adinofis beugte sich zu Salina über den Tisch: „Verstärke die Posten auf dem Plateau und mobilisiere das Heer der Engel." Salina nickte stumm und eilte nach einem kurzen Blick auf Krygon aus dem Saal. Als die Tür ins Schloss fiel, stand Adinofis auf und lief stumm im Saal umher.

Es hat also begonnen, dachte sie. *Doch warum so früh? Hat er vom Plan, Atragon zu öffnen, erfahren?* Sie ging zu ihrem Thron. Hier konnte sie klarer denken und hatte alle Entscheidungsträger vor Augen.

Unter den Ratsmitgliedern war es indes still geworden. Niemand hatte so schnell mit einem Angriff gerechnet. Man hing seinen Gedanken nach oder lauschte in sich gekehrt dem leise rauschenden Kleid der Hohenpriostine, das nach jedem ihrer barfüßigen Schritte den marmorierten Boden berührte. Als sie Platz genommen hatte, wurde die Tür aufgestoßen. Salina ging auf den Thron zu, gefolgt von einer Gardistin, die in gebührendem Abstand neben dem Symbol der Macht stehen blieb, und meldete Vollzug.

Adinofis: „Wie viele Engel stehen bereit?"

Salina: „Dreitausend."

Adinofis lächelte mit eisiger Miene. Sie wusste, nun würden sich die Flugtore öffnen. Es würde minutenlang summen und brummen wie in einem Bienenstock. Dann würden sich die Engel in langen Reihen in den Himmel aufschwingen und zu einem Keil formieren. Sie kannte deren Angriffsstrategie aus der Schlacht um Tauron, oft geübt und immer wirkungsvoll.

Die Hohepriostine stand auf. Alles an ihr wirkte hart und kalt: die steife Haltung, der Blick und ihre Hand, die wie im Krampf den Knauf ihres Zepters presste. Sie spürte das kalte Eisen auf der Haut und die Spuren eines längst vergangenen Krieges, bei dem ihre Mutter, die Königin von Atragon, ermordet wurde. Seitdem ist ihr nichts geblieben als das Gefühl der Rache. In der Sphäre der Geborenen hatte sie oft an den Moment gedacht, Sartos gegenüberzustehen und ihm den Todesstoß zu versetzen. Aber dann hatte ihr Herz zu zweifeln begonnen und sie wäre am liebsten in der Sphäre geblieben, in der man sich fühlte wie in einer warmen Decke, fern aller Ängste, Entbehrungen und Niederlagen. Aber gerade das hätte ihre Mutter nicht gewollt. Sie hätte sie mit Sanftmut zurechtgewiesen und gesagt: „Adinofis, das Leben ist den Menschen bestimmt, den Tieren und Bäumen und allem, was sich bewegt auf Erden. Es zu vergeben, ist deine Aufgabe. Und deine Pflicht ist es, das Leben zu behüten, nicht es dem Bösen zu überlassen." Langsam kehrte ihr Blick zurück und blieb eine Weile auf Salina haften. Dann befahl sie kalt und Furcht einflößend: „Angriff!"

Salina nickte der Gardistin zu. Und während diese in den östlichen Teil der Anlage eilte, um das Heer der Engel aufsteigen zu lassen, schwiegen alle im Saal und sahen auf Adinofis, die schwermütig ihren Thron verlassen hatte und zum Fenster trat. Mit einem Wink erteilte sie Isonde das Wort, die ihren Bericht an die Versammlung gab, wie die Feen das neue Zusammenleben in Atragon organisierten, wie die Aufgaben und Ämter verteilt waren und welche Probleme es darüber hinaus noch zu bewältigen galt. Adinofis achtete nicht auf die Worte der Priostine, sie suchte Abstand von allem und sah nach draußen. Die Sonne stand hoch. Doch sie war ohne Kraft und verstrahlte nur trübes Licht. Ihr Blick wanderte über das Plateau und verlor sich im Nebel umwobenen Abgrund. Sie dachte an den Tag, bevor ihr Vater gestorben war. Sie sah seine hagere Gestalt vor ihrem geistigen Auge, seinen leeren Blick und das Kinn, das plötzlich zu zittern begann, als er von Nora sprach: ihrer Mutter. Und sie erinnerte sich an den Geruch seines alten zerrissenen Hemdes, welches sie damals sorgfältig in einem Schränkchen neben seinem Bett verstaut hatte.

Adinofis griff sich an den Nacken: „Gill?" Sie sah auf ihre Schulter. „Was tust du? Schläfst du?"

„Wawas?" Gill torkelte hervor. „Ich habe ..."

Adinofis: „Ich weiß, zu viel Weinmoos getrunken. Du bist ein Saufkopf, aber darüber reden wir später. Jetzt will ich wissen, ob sich Vaters Hemd noch dort befindet, wo ich es zurückgelassen habe?"

„Natürlich, sein Zimmer ist unberührt."

Entschlossen, das Hemd nach der Sitzung an sich zu nehmen, wandte sie sich dem Rat zu. Ihre Stimme war ruhig und sicher: „Wir sind in Verzug. Sartos hat aufgerüstet, Dalia aus Moron befreit und eine Armee von Sammlern nach Saragon geschickt. Wir müssen handeln, eine Strategie entwickeln." Sie räusperte sich und winkte Isonde zu sich: „Du wirst hier alles im Auge behalten, mehr bleibt dir nicht zu tun."

„Aber ..." Isonde sah Adinofis verwirrt an.

„Ich möchte dich diesmal hier haben, Isonde", erklärte Adinofis. „Du bist noch jung an Kampferfahrung, aber fähig, meine Aufgaben zu erfüllen. Verstehst du, was ich meine? – Diesmal gibt es keine Schlacht. Der Rat wird mit den besten Kriegerinnen morgen nach Trong gehen. Wir werden uns Sartos allein stellen. Und falls wir nicht zurückkehren, wirst du meine Nachfolge antreten." Adinofis blickte ihr fest in die Augen: „Hast du verstanden?" Isonde nickte mit ernster Miene. Als sie den Saal verlassen wollte, rief Adinofis sie zurück: „Warte noch!

Du wirst lange Zeit nichts von uns hören, achte deshalb auf deine innere Stimme. Wenn etwas Unerwartetes geschieht, werden die Elemente Kontakt zu dir aufnehmen. Aber ich wünsche keine Alleingänge, berate dich mit der Obersten Gardekriegerin. Sie wird dann das Nötige in die Wege leiten."

„Ist gut", entgegnete Isonde. „Nur ..."

„Ja? Was gibt's noch?"

„Wäre es nicht von Vorteil, wenn Anja mich am Zeitkristall unterrichten würde? Ich meine, wenn ihr nicht zurückkehrt, was könnte ich dann noch anderes tun, als unser Volk unbeschadet in die Sphäre der Geborenen zurückzuführen?"

Adinofis sah lächelnd auf. Sie erinnerte sich, dieses Gespräch schon vor vielen Jahren mit Salina geführt zu haben: „Den Kristall brauchen wir diesmal nicht, Isonde. Wir haben Besseres aus der Sphäre mitgebracht, eine magische Nebelwand. Salina hat viel Zeit darauf verwendet, sie zu entwickeln." Mit einem Handzeichen bat sie die Fee, darüber zu berichten.

„Ich habe mich vor Jahren mal am Zeitkristall versucht und bin kläglich gescheitert", erklärte sie. „Nach Noras Tod wird Anja wohl auf ewig die Einzige bleiben, die das Ding beherrscht. Gerade deshalb suchte ich etwas, das sicher und einfach zu handhaben war. Ich stieß auf Nebel, und in Kombination mit den magischen Strömen unserer Zepter, ergab das eine graue eisenharte Wand, die niemand zu durchdringen vermag."

„Und was ist mit uns? Können wir die Wand passieren?", fragte Thyra.

„Aber ja", entgegnete Salina, „alle Zepter, die wir aus der Sphäre mitbrachten, wurden darauf eingestellt. Dreht ihr den Knauf einen Raster nach rechts, verändern sich die Ströme und ihr könnt passieren. Dreht zurück und der alte Zustand ist wieder hergestellt."

„Und gehen die Zepter im Kampf verloren?"

„Du meinst, wenn ein Wächter ..."

Thyra nickte.

„Das sind Feenwaffen, sie funktionieren nur bei uns. Die Zepter sind nur auf die Aura der jeweiligen Fee abgestimmt. Die von dir und Anja verschwinden im Nichts, sobald sie ein anderer benutzen will. Also, diesmal ist für alles gesorgt." Als Salina ihre Ausführungen beendet hatte, kehrte Adinofis zum Ratstisch zurück.

„Wo bin ich stehen geblieben?", fragte sie in einem Ton, der keine Zweifel darüber zuließ, dass sie die Frage mehr an sich gerichtet hatte als an die Ratsmitglieder. „Ach ja, unsere Strategie."

„Ich gehe davon aus, dass die Strategie längst fest-steht", warf Krygon ruhig ein.

„So ist es", flüsterte Adinofis und setzte sich auf ihren Thron. „Anjas Tochter Ensine und ihre Begleiter sind bereits in Trong, sie versuchen die Menschen aus den Kältekammern zu befreien und nach Saragon zu bringen. Wir müssen ihnen helfen, denn die Wächter werden ihnen gehörig zusetzen. Und damit wir diesmal erfolgreich sind, gehen wir folgendermaßen vor ..."

Kapitel 8

Die Eiskammern

Cenotes hatte jedes Zeitgefühl verloren. Es war für ihn unmöglich, herauszufinden, wie lange sie sich schon in Sartos' Felsenburg aufhielten. Es gab keinen Himmel, keine Sterne und keinen Anhaltspunkt, an dem er sich hätte orientieren können. Nur Felswände gab es, sonst nichts. Die Gefahr entdeckt und getötet zu werden wuchs mit jeder Minute. Dabei hatten sie noch nicht mal ihre eigentliche Aufgabe, die Befreiung der Menschen aus den eisigen Kammern, in Angriff genommen, geschweige denn eine Lösung für ihre Flucht gefunden.

Trong war ein verzweigtes Labyrinth aus Stollen, schmalen Durchgängen und unzähligen Grotten, die sich vom Nahrungslager aus in alle Richtungen ausbreiteten. Die zentrale Lage der Nahrungsgrotte mit den Kältekammern, die zudem nur einen Zugang aufwies, war offensichtlich der Grund dafür, dass sie unbewacht blieb.

Stellte man es geschickt an, würden sie alle lebend hier rauskommen, überlegte Cenotes. *Im ungünstigsten Fall ...* Sein Blick ging in die hohe kuppelförmige Decke, in der ein kreisrunder Durchbruch angelegt war und die Sicht nach draußen zuließ ... In ihm reifte eine Idee.

Langsam stand er auf und ging auf den schmalen Durchgang zu, den sie soeben durchquert hatten.

„Wo willst du hin?", fragte Piecock und folgte ihm.

„Das ist doch der einzige Zugang zu dieser Grotte." Cenotes sprach mehr mit sich selbst als mit Piecock.

„Ja, das ist unsere einzige Fluchtmöglichkeit, wenn du das meinst. Es ist zwar die schlechteste, die man sich vorstellen kann, aber ..."

„Flucht, sagst du? Wir werden den Gang zuschütten und so das Eindringen der Wächter verhindern."

Piecock wollte etwas erwidern, doch er kam nicht mehr dazu. Kaum hatte Cenotes seinen Gedanken ausgesprochen, stieß er seine Hände mit ganzer Kraft nach vorn. Die Luft geriet in heftige Bewegung und ballte sich zu einer gewaltigen Kugel zusammen, die alles in sich einsog, was in ihre Nähe kam. Von diesem Luftstrom erfasst, stürzte Piecock zu Boden. Mit ganzer Kraft krallte er sich an jener Bodenerhebung fest, auf der er noch kurz zuvor gesessen hatte. Seine Schwingen hielt er fest an den Körper gepresst, um nicht fortgerissen zu werden, während die kalte Luft wild und ungezügelt an ihm vorbei in eine von Cenotes mit den Händen geformte Kugel strömte. Immer weiter füllte sich das runde Gebilde. Es waberte und brodelte darin, wie in einem Kessel mit kochendem Wasser. Und als sie zum Zerreißen gespannt zu platzen drohte, schleuderte Cenotes die Kugel gegen den Eingang des Stollens. Ein gewaltiges Beben erschütterte die Felswände und hielt minutenlang an. Dutzende Felsbrocken stürzten von der Decke und aus Hunderten Kammern brachen große Stücke Eis und schlugen mit lautem Krachen auf den Boden. Dichter Staub erfüllte die Luft und machte das Atmen zur Qual. Als er sich gelegt hatte, drang das grobschlächtige Brüllen der Wächter durch die Felswand.

„Ihr fürchtet wohl um eure Mahlzeit?", schrie Cenotes hämisch, während er den Schmutz von seinen Haaren und der Kleidung klopfte und sich dabei umsah. Der Boden war von Geröll und Eis übersät und der Eingang zur Grotte mit schweren Felsbrocken verschüttet. Niemand kam mehr rein oder raus.

„Geht es dir gut, Piecock?", rief er in den lichter werdenden Staubnebel. Als dessen prustendes „Ja!" zu ihm durchdrang, seufzte er erleichtert auf: „Dann lass uns die Kammern öffnen."

Piecock trat wie ein Geist aus dem staubigen Nebel und sah Cenotes auf die erstbeste Kältekammer zulaufen.

„Nein!", schrie er ihm nach. „Nicht! Warte!"

Unwillig blieb Cenotes stehen und blickte zurück.

„Was ist?"

„Sie öffnen sich bereits. Hörst du nicht das Klicken?"

Cenotes lauschte einem Geräusch, als stürzten Tausende Glaskugeln über Treppenstufen.

„Was ist das?", fragte er erstaunt und lauschte erneut den immer schneller werdenden Klickgeräuschen, während sein Blick durch die Grotte schweifte.

„Das sind Röhren", erklärte Piecock, „die den Kammern eine gefrierende Substanz zuführen. Das Beben muss den zentralen Mechanismus beschädigt haben."

„Und hat die Wächter zur Jagd getrieben", ergänzte Cenotes seufzend. „Hörst du ihr Gebrüll? Es müssen Dutzende sein. Nur gut, dass sie hier nicht reinkommen."

Piecock stand steif wie eine Statur neben ihm. Seine Ohren bewegten sich in alle Richtungen. Und dabei fixierte er Decke und Wände, als würde er durch den Fels sehen und Gefahren ablesen können. „Besser wir machen uns an die Arbeit und tauen die Kammern auf", meinte er nach einer Weile besorgt. „Komm, lass uns anfangen!"

„Nicht so schnell", erwiderte Cenotes entrüstet. „Das sind wer-weiß-wie-viele. Willst du die alle einzeln aufbrechen? Sei nicht dumm, Piecock." Cenotes lachte laut. „Das schaffen wir nie. Wir warten, bis sie aufgetaut sind, und stärken uns inzwischen."

„Essen?" Piecock starrte Cenotes erschrocken an. „Wie kannst du so sorglos sein? Denkst du, die Wächter finden keinen Weg hier rein?" Er zeigte auf die Kammern und fuhr fort: „Sie werden kommen, Cenotes. Glaub mir! Jetzt, da die Kammern geöffnet sind, kriechen sie durch das Kühlsystem."

„Ach was!" Cenotes winkte gelassen ab. „Um die Wächter kümmern wir uns, wenn es soweit ist. Jetzt essen wir. Weißt du noch, was das ist?" Er öffnete den Mund und wies mit dem Finger hinein, dann klopfte er sich auf den Bauch. „Wir Menschen müssen essen."

Hastig kramte er in seinem Bündel und zog eine Handvoll braune Knollen heraus. „Hier, probier mal."

Der Sammler schüttelte verneinend den Kopf, setzt sich auf einen Geröllhaufen und sah grübelnd auf die zahllosen Kammern.

„Was ist?", fragte Cenotes nach einer Weile neugierig, während er den Bissen hinunter würgte und mit einer weiteren Knolle in der Hand neben den Sammler trat. „Schon eine Idee, wie wir sie hier rausbekommen?"

„Na ja", entgegnete Piecock, „hier lagern grob geschätzt sechzigtausend Menschen. Selbst wenn sie alle gleichzeitig auftauen, was ich nicht glaube, und wir sie unbeschadet aus der Grotte herausschaffen könnten, was bei dieser Menge unmöglich ist, wie willst du sie nach Saragon bringen?"

„Vielleicht müssen wir das gar nicht", erwiderte Cenotes, während er nachdenklich in eine Knolle biss.

In den Katakomben von Trong

Inzwischen irrten Ensine und Hesaret orientierungslos durch die verzweigten Gänge von Trong. Immer wieder stießen sie auf dunkle verschüttete Stollen oder fanden sich in kleinen leeren Grotten wieder. Zudem machte die Wärme Ensine schwer zu schaffen. Zum wiederholten Mal blieb sie stehen und lehnte sich schweißgebadet gegen die Felswand. Hesaret, der das bemerkt hatte, eilte zurück.

„Geht's noch?", fragte er und trocknete ihr mit seinem Halstuch den Schweiß vom Gesicht.

„Ich brauche eine Pause", stöhnte Ensine. „Die stickige Luft und das verdammte Geröll in den engen Stollen ... Wir werden die Menschen nie finden."

„Wir werden", entgegnete Hesaret zuversichtlich. „Hab keine Angst, alles wird gut!"

Ensine lächelte und strich ihm mit warmen Augen zärtlich über die Wange.

„Zeig mal deine Füße, die sind sicher wund. Mal sehen, was ich machen kann."

Ensine war zu erschöpft als dass sie widersprechen wollte und ließ Hesaret gewähren. Und während er aus dem derben Leder seiner Kniehose lange Streifen herausschnitt und damit ihre Füße umwickelte, kramte sie in ihrem Bündel nach etwas Essbarem.

Seit Gefos hatten sie nichts mehr zu sich genommen, der Hunger rumorte in ihren Gedärmen. Mit zittriger Hand entnahm sie dem Bündel eine Rübe und biss herzhaft hinein. Obwohl sie Rüben mochte, schmeckte diese fade und roch so widerlich wie die Luft um sie herum. Trotzdem schlang sie die Frucht gierig hinunter und kramte anschließend erneut in ihrem Bündel nach einer Rübe. Als sie ihren Hunger gestillt und auch Hesaret seinen knurrenden Magen mit einigen Rüben gefüllt hatte, fuhr plötzlich ein dumpfes Grollen durch den Berg. Und in der nachfolgenden Stille wurde der Berg von einem gewaltigen Beben erschüttert.

Ängstlich suchten sie Halt beieinander. Doch sie konnten sich nicht auf den Füßen halten, die Wucht des Bebens warf sie gegen die Felswand, an der sie nun eng umschlungen kauerten, um den nachfolgenden Verstürzen zu entgehen, die aus der Decke brachen und den

223

Gang mit Geröll und Staub erfüllten. Als nach wenigen Minuten wieder Ruhe einkehrte, erhoben sie sich prustend und klopften sich gegenseitig den Schmutz von den Haaren und der Kleidung.

„Wo kam das her?" Ensine zitterte am ganzen Körper.

Hesaret sah prüfend über Wände und Decke und meinte: „Keine Ahnung. Lass uns verschwinden. Es wird nicht lange dauern, bis die Wächter aufkreuzen. Ich habe keine Lust, denen zu begegnen." Er griff nach Ensines Hand und zog sie hinter sich her, vorbei an aufgebrochenen Felswänden, über Geröll und Verwerfungen und tiefen Spalten im Boden.

Die Luft war so staubig, dass ein schnelles Vorwärtskommen unmöglich war und sie kaum atmen konnten. Jeder Schritt vorwärts wurde Ensine zur Qual und trieb ihr die schmerzhafte Erinnerung ihrer wunden Füße ins Gedächtnis. Aber vor Hesaret wollte sie sich keine Blöße geben. Mochten die Verstürze noch so hoch sein oder sie beim Ausweichen der Felsbrocken an der kantigen Felswand entlang scharren, kein Laut würde mehr über ihre Lippen kommen. Lieber zermahlte sie den Schmerz mit dem Staub zwischen den Zähnen. Nicht dass Hesaret kein Verständnis für sie aufbringen würde. Nein! Angesichts der Situation, in der sie sich befanden, konnte sie es nicht zulassen, für ihn eine Last zu werden und damit zur Gefahr für ihr beider Leben. So lief sie stumm hinter ihm her und lauschte den Geräuschen des Berges, der zu Beginn ihrer Suche noch das leise Wimmern gequälter Menschen freigegeben hatte, das aber längst nicht mehr zu hören war. Stattdessen drang aus den Nebengängen immer häufiger ein seltsames Grunzen an ihr Ohr, als würden hungrige Schweine um Futter betteln.

Nichts beunruhigte Ensine mehr als diese widerwärtigen Laute. Sie wusste, dass es die Stimmen der Wächter waren und dass mit jeder weiteren Minute die Wahrscheinlichkeit wuchs, entdeckt zu werden. Gewiss, Hesaret würde sich ihnen mutig entgegenwerfen und auch einige niederstrecken, aber nicht alle. – Verzweiflung und Hilflosigkeit machte sich in ihr breit.

Unvermittelt blieb Hesaret stehen.

„Was ist?", schimpfte Ensine verärgert, nachdem sie gedankenverloren gegen seinen Rücken geprallt war. „Warum bleibst du stehen?"

Hesaret trat zur Seite. „Sieh!", flüsterte er. Wenige Meter vor ihm führten grob behauene Stufen in den Berg hinunter und verloren sich im Dunkeln.

„Du willst doch nicht etwa ...?" Ensine stockte der Atem, als sie Hesaret vehement nicken sah. „Sollten wir nicht besser umkehren? Wer weiß, was uns dort unten erwartet. Und hör nur diese grässlichen Grunzgeräusche. Die sind doch längst hierher unterwegs." Ensines Stimme überschlug sich vor Angst.

„Sei still!", zischte Hesaret und legte den Finger auf ihren Mund. Leises Wimmern drang von unten herauf. „Das muss ein Verlies sein." Er kniete auf der obersten Stufe nieder und lauschte erneut.

„Bleib dicht bei mir", mahnte er, warf Ensine einen aufmunternden Blick zu, zog sein Schwert und stieg mit Ensine die Stufen hinunter. Sofort umfing sie der Geruch von Blut und Exkrementen. Der Gestank war unerträglich. Er schien überall zu sein: an den Felswänden, auf den Stufen, im Haar und an ihrer Kleidung. Ensine schlug entsetzt die Hand vor den Mund, um Tod und Verwesung nicht auch noch schmecken zu müssen.

Sorgfältig setzte sie ihre Füße und stützte sich ab und an nur mit den Fingerspitzen an der Felswand ab. Den Blick auf Hesarets Rücken geheftet folgte sie ihm Stufe um Stufe, als er plötzlich stehen blieb. Quer über den Stufen lag eine Frauenleiche, nackt und aufgedunsen. Ensine schrie leise auf. Der Frau war ein Arm herausgerissen worden und lag in sich verdreht über dem Kopf. Der andere Arm fehlte ganz. Ihre Brüste wiesen tiefe Bisswunden auf und an den Schenkeln waren große Fleischstücke herausgerissen worden.

Der Anblick drehte Ensine den Magen um. Sie fiel auf die Stufen zurück und wandte den Kopf zur Seite, um sich zu erleichtern. Stöhnend kam sie kurz darauf wieder hoch und sah Hesaret entsetzt an.

„Ich gehe da nicht runter", sagte sie und schüttelte heftig mit dem Kopf. „Nein, um keinen Preis der Welt. Das hier ist nur eine Leiche, doch da unten liegen vielleicht viele."

Hesaret runzelte die Stirn. „So groß scheint das Verlies nicht zu sein. Sieh nur, wie eng die Stollen hier sind. Außerdem haben wir das Ende der Treppe fast erreicht." Er streckte ihr die Arme entgegen und forderte sie mit dem Kopf nickend auf, über die Leiche zu steigen. Doch Ensine stand wie eine Salzsäule und sah ihn verstört an. Sie wagte keinen Schritt vor oder zurück. Ungeduldig beugte sich Hesaret über den toten Körper, griff Ensine unter den Achseln und hob sie zu sich rüber. Ein erneuter Aufschrei, dann hing sie kraftlos in seinen Armen.

„Na, war's schlimm?", raunte er leise.

Ensine sah ihn vorwurfsvoll an: „Ich sollte besser zu Hause sitzen und Kinder groß ziehen, aber nicht zwischen Leichen umherspazieren. Du musstest ja unbedingt hier runter. Nun sieh auch zu, dass wir hier wieder heil rauskommen, sonst gibt's für uns keine Kinder."

Hesaret küsste sie beruhigend auf den Mund: „Komm, lass uns weitergehen!"

Sie stiegen die restlichen Stufen hinunter, bis sie am Fuß der Treppe angekommen waren, wo ein Gang nach links führte. Hesaret spähte um die Felswand herum und fuhr erschrocken zurück. Mit weiten Augen starrte er ins Leere, während sein Brustkorb wie ein Blasebalg pumpte. Ensine, die sich an ihn drückte, zerrte an seinem ledernen Brustschutz und sah zu ihm auf. „Was ist, was hast du gesehen?"

„Zellen, Blut, Unrat und am Boden festgebundene Menschenleiber."

„Und Wächter?"

Er zuckte unschlüssig mit den Schultern und spähte erneut in den Gang, der von Fackeln nur schwach beleuchtet war.

„Nichts zu sehen, komm!" Er zog sie hinter sich her und blieb nach wenigen Schritten wie angewurzelt stehen. Ein Wächter trat aus einer unbeleuchteten Zelle heraus und blieb reglos neben einer Fackel stehen. Stumm sah er zu ihnen herüber. Hesaret war sofort klar, was nun kam – was nun kommen musste. Für den Wächter waren sie eine Bedrohung. Sein Schwert wies ihn zudem als Feind aus. Und sie waren zwei Menschen, die man als Mahlzeit verzehrte, aber nicht frei herumlaufen ließ.

Hesaret sah, wie das Fackellicht in den Augen der Bestie aufleuchtete als trüge es glühende Kohlen im Schädel. Ensine, die das Gleiche sah, schrie auf und rannte Schutz suchend in eine offene Zelle, in der eine angepflockte Frauenleiche lag, während Hesaret in der Zellentür stehen blieb und zusah, wie der Wächter brüllend und mit weiten Sätzen auf ihn zustürzte. Doch auf dem blutgetränkten Boden geriet er ins Straucheln und schlug der Länge nach hin.

Noch bevor Hesaret mit einem Schwerthieb reagieren konnte, war der Wächter wieder auf den Beinen und fiel über ihn her. Das Eisen der Schwerter klirrte laut. Jeder Wächter im Berg schien den Kampflärm zu hören, denn ein furchterregendes Brüllen setzte plötzlich ein und drang hinunter ins Verlies. Doch Hesaret hörte das nicht. Zu sehr war er mit seinem Gegner beschäftigt, der seine Schläge geschickt parierte oder ihnen auswich.

Der Kampf wogte heftig hin und her. Mal trieb Hesaret die Bestie durch den schmalen Gang vor sich her, mal fand er sich selbst vor den Stufen der Treppe wieder. Gereizt und übereilt holte der Wächter zu einem neuen

Schlag aus und blieb plötzlich mit dem Schwert im Zellengitter hängen. Diese Unachtsamkeit nutzend, schlug er der Kreatur mit einem kurzen, kräftigen Hieb den Kopf ab. Das Blut spritzte in hohem Bogen aus dem Torso, legte sich auf Hesarets schweißnassen Körper und bildete auf dem Boden eine dunkle Lache.

Hesaret schnaufte wie ein Pferd. Er stand im Blut, ohne Gedanken und Gefühl und starrte auf den Kopf, der mit aufgerissenem Maul zwischen seine Füße rollte und zum Liegen kam. Erst jetzt spürte er den stechenden Schmerz in seinem rechten Schenkel – eine Schnittwunde, die nicht sehr tief war. Er bedachte sie nur mit einem kurzen Blick, dann rief er nach Ensine. Und während sie weinend und auf allen vieren aus der Zelle gekrochen kam, sprang er keuchend auf sie zu, packte ihren Arm und riss sie zu sich hoch: „Los, wir müssen hier weg. Diese Bastarde werden bald ..." Hesaret verstummte. Das Brüllen der Wächter drang bereits vom oberen Treppenabsatz in den Zellentrakt. Er stieß Ensine in die Zelle zurück und verbarg sich selbst hinter der Felswand am Treppenaufgang. „Versteck dich", zischte er ihr zu, „kriech unter die Leiche und rühr dich nicht!" Er warf ihr noch einen zärtlichen Blick zu, dann stürmte er mit gezogenem Schwert vor ...

Wrong, der bei seinem morgendlichen Routinegang das Beben und den anschließenden Lärm im Zellentrakt vernommen hatte, eilte in weiten Sätzen durch die Gänge und erteilte Befehle. Dutzende Wächter, die aus den Seitenstollen kamen, schlossen sich ihm an. Als der Kampflärm im Zellentrakt verebbte, hetzten sie brüllend die Treppe hinunter. In der Gewissheit jedem Angreifer überlegen zu sein, bog Wrong auf dem Treppenabsatz achtlos in den Gang und lief Hesaret ins offene Schwert. Der Stahl bohrte sich tief in seinen Körper. Die nachdrängenden Wächter hielten geschockt inne und verfolgten reglos das Sterben ihres Anführers.

Wrong hielt die Klinge seines Gegners mit beiden Händen fest, Blut floss ihm aus Mund und Nase. Seine schmerzerfüllte Fratze war bis zur Unkenntlichkeit verzerrt, während er unter größter Kraftanstrengung das eingedrungene Schwert samt Angreifer von sich stieß. Dann taumelte er kraftlos zurück und fiel rücklings in die Gruppe der nachgerückten Wächter.

Kaum, dass er gefallen war, drängten die anderen mit grimmigen Fratzen über ihn hinweg, als wäre er nur ein abgelegtes Stück Fleisch, das man vergessen hatte, in die

Schlachtgrotte zu zerren. Doch Hesaret kam ihrem Angriff zuvor und trennte dem nächststehenden Wächter mit einem beherzten Schlag den linken Arm vom Körper. Daraufhin flammte das Gebrüll der anderen erneut auf. Wild kreuzten plötzlich ihre Klingen mit der seinen.

Ein weiterer Wächter fiel mit abgetrenntem Kopf zu Boden und ein anderer, dem Hesaret sein Schwert in den Brustkorb gerammt hatte, rang nach Luft, während er blutüberströmt zu Boden ging. Dann durchzuckte ein furchtbarer Schmerz seinen eigenen Leib. Aus seiner Hüfte floss Blut. Er taumelte, sein Schwert schleuderte über den Boden und krachte mit lautem Getöse zwischen die Zellengitter. Alles um ihn herum schien sich zu drehen: der Boden, das fahle Licht der Fackeln und die Wächter, die sich näher und näher zu ihm herunter beugten. Er roch noch den bestialischen Gestank ihres Atems, dann verlor er alle Kraft und sackte ohnmächtig in sich zusammen.

Von furchtbaren Schmerzen gepeinigt wachte Hesaret irgendwann wieder auf, ein Wächter trug ihn wie Schlachtvieh über die Treppe nach oben. Fortwährend prallte er mit Kopf und Schultern gegen die Felswand. Diese stumpfsinnige Bestie hatte es offenbar eilig. So gut es seine klumpigen Hufe vermochten, nahm er manchmal sogar zwei Stufen gleichzeitig und bog oben angekommen in einen steil ansteigenden Seitenarm.

Hesaret drehte den Kopf zur Seite, denn der mit steifen Stoppeln behaarte Körper seines Trägers stank fürchterlich. Für einen kurzen Moment konnte er sich prüfend in Augenschein nehmen. Hose und Brustschutz hingen in Fetzen. Dazwischen triefte er von Schmutz und Blut und Schürfwunden. Die Stichwunde am Schenkel hatte offenbar aufgehört zu bluten, eine dicke Schicht schmutzigen Grinds lag darüber. Seine rechte Hüfte war dagegen von einer klaffenden Wunde gezeichnet, aus der unaufhörlich Blut tropfte und in einem dünnen Rinnsal über den breiten Rücken des Wächters lief.

Hesaret versuchte, den Schmerz in der Hüfte zu unterdrücken und sich auf seine Umgebung zu konzentrieren. Er bog den Kopf soweit es ihm möglich war und sah hinter sich. Doch mehr, als dass ihnen ein weiterer Wächter folgte, konnte er in dem schwachen Licht der Fackeln nicht ausmachen. *An der nächsten Biegung vielleicht*, dachte er und ließ seinen Kopf entkräftet auf den Rücken der Bestie sinken. Wenige Augenblicke später blieb sein Träger stehen und schüttelte sich, als wollte er seine Fracht in die richtige Lage bringen. Hesaret vernahm lautes Gebrüll und das schnelle Klacken herannahender Hufe. Der nachfolgende Wächter war aufgelaufen und grunzte wütend über den unfreiwilligen Aufenthalt. Hesaret drehte den Kopf so weit er konnte und sah, wie sich eine Gruppe Wächter mit gezogenen Schwertern an ihnen vorbeischob. Unmerklich folgte er der Gruppe mit seinen Blicken, die in einem der zahlreichen Stollen verschwand. Von überall her drang das rohe Gebrüll an sein Ohr, als es plötzlich weiterging.

Wieder wurde er durchgeschüttelt, wieder scharrte sein halb nackter Körper an der kantigen Felswand und ließ seine Haut schmerzhaft aufplatzen. Hesaret stöhnte unter den Schmerzen. Am liebsten hätte er dem Wächter im direkten Kampf gegenübergestanden und seinen Schädel mit der Klinge gespalten, statt an Händen und Füßen gefesselt unaufhörlich drangsaliert zu werden. Wenn er nur feststellen könnte, wohin man ihn brachte. Aber so, wie der Wächter ihn verschnürt und auf seine Schulter geworfen hatte, war ihm das unmöglich. Nur eines war ihm inzwischen klar geworden. Es ging nach oben. Der Stollen wurde allmählich heller und die Luft klarer. Auch konnte er leichter atmen und es stank nicht mehr so widerlich nach Leichen und herabgefallenen Exkrementen. Alles Anzeichen, dass man ihn in eine Region des Berges schleppte, die vielleicht nur den Hauptleuten vorbehalten war. Oder brachte man ihn sogar zu Sartos selbst? – Eine weitere Biegung kam.

Hesaret nutzte den Moment. Mit schmerzverzerrtem Gesicht hob er den Kopf und sah nach hinten. Stumpfsinnig lief der zweite Wächter in einigem Abstand hinter ihnen her. Als er einen Geröllhaufen überstieg, schwankte sein Körper ein wenig. Aber das genügte, um Hesarets Sichtwinkel zu vergrößern und festzustellen, dass dieser Wächter ebenfalls eine Last trug. Neugierig reckte Hesaret seinen Hals und sah plötzlich nackte Menschenfüße, an denen schmutzige weiße Stofffetzen hingen.

„Ensine", stöhnte er leise. Er hatte das Verlangen, etwas zu unternehmen und sich nicht einfach in sein Schicksal zu ergeben. Alles, was ihm lieb und teuer war, lag hilflos auf den stinkenden Schultern einer Bestie, und er konnte nichts tun als ebenso hilflos zuzusehen, wie dieses rohe Stück Fleisch seine Ensi umherwarf und ihren zarten Körper mit seinen behaarten Pranken schändete.

Fieberhaft malte er sich alle möglichen Szenarien einer Flucht aus. Doch er kam immer zu dem gleichen Ergebnis. Es gab keinen Ausweg. Eine Rettung war ausgeschlossen, eine Flucht unmöglich. Nichts und niemand konnte diese kraftstrotzenden Kleinhirne daran hindern, ihre Befehle auszuführen. Noch einmal wagte er einen flüchtigen Blick auf Ensine, die plötzlich ihre Knie anzog. Mit Gewalt drückte der Wächter sie zurück in die Ausgangslage. Hesaret grinste verbissen: Ensine war am Leben, nur das zählte. Sein Kopf sank seufzend herab. Er schloss die Augen. Wut stieg in ihm auf. Er dachte an Sartos, wie er ihm das Schwert in die Brust rammen, die Klinge drehen, in den offenen Brustkorb greifen und ihm das Herz herausreißen würde. Doch das Bild seines vermeintlichen Sieges verschwamm so schnell wie ein Traum endet und man in die Wirklichkeit zurückkehrt, gepeinigt von Schmerzen und Angst und dem Gefühl der Verzweiflung und Hilflosigkeit.

Als er wieder die Augen öffnete, sah er Licht. Der Gang, durch den sie geschleppt wurden, war hell erleuchtet und endete in einem Gewölbe mit ebenen Felswänden und einem marmorierten Boden. Woher das Licht kam, konnte er nicht feststellen. Nur die Luft war hier frisch und kühl und trieb ein angenehmes Frösteln auf seine Haut.

Erneut blieben die Wächter stehen. Hesaret sah auf. Eine Wand schob sich zur Seite. Man schleppte ihn und Ensine in ein Gewölbe mit hohen Säulen, die glatt poliert waren und bis zur Decke reichten. Die Wächter warfen sie achtlos ab und liefen weiter. Stöhnend vor Schmerzen versuchte Hesaret sich aufzurichten. Doch das misslang, seine Verletzungen waren einfach zu schwer. Unendlich langsam quälte er sich zur Seite und sah Ensine an, die nur wenige Meter entfernt neben ihm lag. Sie schien ohnmächtig zu sein. Ihre Augen waren geschlossen und nur unmerklich hob und senkte sich ihr Brustkorb.

Meter um Meter kroch er auf sie zu und berührte ihr Handgelenk. Ihr Puls war schwach und holprig. Und als er sich über sie beugte und zärtlich über ihre Wangen strich, wachte sie plötzlich auf. Sofort schlang sie die Arme um seinen Hals: „Hesaret, mein Liebster. Ich bin so müde, so sehr müde." Gierig suchten ihre Lippen die seinen. Dann verloren sie sich für wenige Augenblicke in einer innigen Umarmung. Kaum hatten sie sich aber voneinander gelöst, hörte Hesaret den keuchenden Atem der Wächter, die mit schnellen Schritten näher kamen. Er hatte keine Kraft, sich nach ihnen umzusehen oder sich zu wehren. Er drückte Ensine fest an sich und küsste ihre Augen trocken, die salzig waren und in Tränen schwammen. Dann wurden sie grob auseinandergerissen und quer durch den Raum geschleift.

Der harte Griff um Hesarets Handgelenk raubte ihm fast den Verstand. Er schrie unter den Schmerzen, während es Ensine nicht anders erging. Ihre durchdringenden Schreie hallten durch das Gewölbe und mobilisierten in Hesaret die letzten Kräfte. Mit größter Anstrengung versuchte er sich loszureißen. Doch es half nichts. Der Griff des Wächters wurde nur fester und schmerzhafter. Seine Sinne begannen zu schwinden. Im Augenwinkel sah er noch, wie Ensine neben ein sprudelndes Becken geworfen wurde und reglos liegen blieb. Dann wurde es erneut dunkel um ihn.

War das nun ein Traum oder die Wirklichkeit? Als Hesaret langsam aus der Ohnmacht erwachte, war ihm jedes Empfinden abhandengekommen, das mit Sicherheit festzustellen. Er wusste nicht, ob das, was da vehement gegen seinen Schädel schlug, seiner Fantasie entsprang oder tatsächlich geschah. Zwar spürte er die harten immer wiederkehrenden Schläge, doch empfand er keinen Schmerz. Nur einen quälenden Druck unter der Schädeldecke spürte er, als blähte sich sein Kopf mehr und mehr auf. Aber da war auch dieses fortwährende Rauschen in seinen Ohren, das ihn schier in den Wahnsinn trieb.

Manchmal dachte er, es wären Stimmen. Dann wieder klang es, als würde sein Kopf unter Wasser gedrückt, so wie er es als Kind oft selbst getan hat, um seinen Mut zu erproben. Er will seinen Finger ins Ohr stecken, um den Druck loszuwerden. Doch die Hand scheut vor dieser befreienden Bewegung und er fragt sich: *Ist es nicht besser, nach der Hand zu sehen?* Aber da hörten die Schläge plötzlich auf, der Druck in seinem Kopf ließ nach und allmählich verging auch das nervende Rauschen.

Hinter seinen Augenlidern wurde es hell. Er schlug die Augen auf und schnappte wie ein Fisch nach Luft. Kräftige Pranken zerrten ihn hoch und ließen ihn wieder fallen. Auf allen vieren kam er zum Liegen, sein Atem ging schwer. Er sah sich nackt auf kaltem Boden und litt furchtbare Schmerzen. Jeden Körperteil ging er in Gedanken durch und überlegte, welcher Schmerz wohl der schlimmste war. Doch er fand keinen Unterschied. Er hatte Lippen, die so geschwollen waren, dass er sie nur mühsam öffnen konnte, und gebrochene Wangenknochen und aufgequollene Augen, die kaum etwas sahen. Die Rippen schmerzten ebenso wie seine Hüfte oder die gebeugten Beine, die vor Schwäche zitterten. Alles an ihm schien eine einzige Wunde zu sein.

Kraftlos rutschte er plötzlich in sich zusammen und krachte mit der Stirn auf den Boden. Ein klagendes Stöhnen entfuhr seiner Brust und es schien, als würde ihn der Atem des Todes streifen. Da packte jemand sein Genick, zog in hoch und riss seinen Kopf schmerzhaft nach hinten. Ein Schwall Wasser traf ihn im Gesicht. Wieder schnappte er nach Luft. Zwischen den aufgequollenen Lidern sah er eine muskelbepackte Kreatur mit buschiger Mähne und glutroten Augen, die ihn anstarrte und vor Zorn bebte: „Öffne deine Augen, Mensch! Und sieh, was dein Weibchen erwartet, wenn du nicht redest!"

Jemand drehte seinen Kopf so kräftig nach rechts, dass die Halswirbel knackten und ihm fast die Sinne schwanden. Sein Blick fiel auf Ensine und augenblicklich schossen ihm die Tränen in die Augen. Schluchzend schrie er seinen Schmerz heraus, dass die umherstehenden Wächter erschrocken zurückwichen: „Was habt ihr mit ihr gemacht, ihr Ausgeburten der Unterwelt?"

Der harte Griff an seinem Hals verschwand und Hesarets Kopf sackte weinend auf die Brust. So hockte er vor Sartos' Thron, zwei Schritte von einem Ungeheuer entfernt, das ohne Gnade war und mächtig genug, um jede nur erdenkliche Grausamkeit an seiner Ensi auszuprobieren. Langsam hob er den Kopf und wischte sich mit zittriger Hand die Augen trocken. Dann sah er sie von allen Kleidern entblößt, zitternd und mit Unrat und Blut beschmiert auf eine Bare geschnallt, die diese mordlüsternen Bestien aufrecht gegen eine Felswand gelehnt hatten. Und plötzlich wandelte sich der Ausdruck in seinem Gesicht. Schrecklicher Hass und Zorn und Verbitterung über Ensines erlittene Schmach huschten abwechselnd über sein aufgequollenes Gesicht. In seinen schmalen Augen funkelte das Feuer der Vergeltung und seine Stimme war so eisig, dass selbst den Wächtern ein Schauer über den Rücken lief: „Lass sie frei, dann verschone ich dein Leben und das deiner Wächter."

Sartos lachte schallend: „Warum sollte ich das tun?" Er riss die Arme hoch, während seine tiefe Stimme durch das Gewölbe brandete und die Luft wie Wellen vor sich hertrieb. „Ich bin Sartos, der mächtigste Untote dieser Welt. Und du willst dich mit mir messen?" Mit glutroten Augen sah er Hesaret an. „Du bist nur ein Mensch. Sieh, mit welcher Macht du es zu tun hat." Er stieß seine Rechte gegen eine Wächtergruppe, die nah beieinander stand. Aus seinen Fingern zuckten Blitze hervor und schleuderten die Bestien durch die Luft. Manchen brach die Wucht des Angriffs die Wirbelsäule. Anderen trennte es den Leib mitten durch. Wieder andere landeten mit schrecklichem Gebrüll in dem sprudelnden Becken, das ihre Körper langsam zerfraß. Wutschnaubend rannte Sartos durch den Raum und zertrümmerte mit seiner Pranke Möbel und Skulpturen aus Marmor und Fels. Sein Gebrüll donnerte durch die Grotten und Stollen, dass die Felswände bebten und man den Eindruck hatte, der Berg würde jeden Moment ins Wanken geraten. Als alles in Trümmern lag und sein Zorn zu verrauchen begann, trat plötzlich Dalia wie ein Geist aus der Wand und blickte entsetzt auf die Bahre.

Sartos sah sie kommen. Er stand neben dem Becken und seine Lungen pumpten nach Luft.

„Wo bist du gewesen?", schrie er sie an. „Muss ich hier alles allein machen?"

„Beruhige dich, altes Scheusal", entgegnete sie. „Ich war in Saragon und habe den Angriff der Sammler verfolgt. Als ich das Beben wahrnahm, bin ich sofort hierher geeilt. Doch was tust du hier überhaupt? Willst du meine Pläne ruinieren?" Sie band Ensine los, die augenblicklich von der Bare rutschte und halb ohnmächtig auf dem kalten Boden liegen blieb. Auf allen vieren näherte sich Hesaret ihr, während Dalia ihren Umhang abnahm und ihn über Ensine warf. „Denkst du, die zwei bringen dich weiter? Was könnten sie dir sagen, was du nicht schon weißt? Die Nahrungsgrotte taut auf. Na und? Deine Wächter haben alle Stollen besetzt, aus dieser Grotte kommt keiner mehr raus." – Sartos ließ sich wortlos auf einen hochlehnigen Stuhl fallen und drehte der Fee den Rücken zu, die, während sie fortfuhr ihn zurechtzuweisen, seine kräftigen Schultern mit kreisenden Bewegungen massierte: „Du bist völlig verspannt, mein Lieber. Du hast dich übernommen. Die Aktion hier war unnötig. Bring die beiden ins Nebengewölbe. Sperr sie in das Kraftfeld zwischen die Säulen, dort können sie keinen Schaden anrichten."

Widerspruchslos gab Sartos dem Protokollwächter einen Wink, der sich die geschundenen Menschenkörper mühelos auflud und sie nach nebenan brachte.

„Und was soll mit den Eindringlingen geschehen?", fragte Sartos, nachdem der Wächter mit seiner Last verschwunden war. „Ich kann doch meine Truppen nicht ohne Nahrung lassen. Sie würden sich gegenseitig abschlachten und fressen."

„Die in der Nahrungsgrotte das Beben verursacht haben, sitzen in der Falle. Was nützt es dir, wenn du ihre Namen kennst. Du kommst ohnehin nicht rein. Und im Grunde ist das auch gut so. Denn die Eindringlinge besitzen besondere Kräfte, wie anders ließe sich sonst das Beben erklären. Also wird auch Adinofis längst wissen, was geschehen ist, und versuchen, sie zu befreien. Eine offene Schlacht wagt sie kein zweites Mal. Sie wird mit einem kleinen Trupp hier eindringen und sich zum Kampf stellen, davon bin ich überzeugt. Vergiss nicht, wir haben den Ring. Und wenn wir viel Glück haben, kommen die Elemente dazu und das ganze Geschmeiß der Priostinen. Dann haben wir sie alle beisammen und meine Rache wird vollendet."

„Aber meine Wächter könnten sie doch vernichten. Hunderte halten sich in den Stollen auf."

Dalia runzelte genervt die Stirn. „Erstens: Die meisten sind inzwischen verwundbar und werden von Adinofis' Kriegerinnen vernichtet. Damit verlierst du zwar ein gutes Stück deiner Macht, aber es nützt unserer Gesamtstrategie. Und zweitens: Die Elemente werden gewiss erst dann auftauchen, wenn Adinofis meint, gesiegt zu haben. Doch den Ring der Ewigkeit habe ich. Und ich weiß damit umzugehen. Also, befiehl deinen Wächtern, sich zurückzuhalten. Stell Adinofis und ihren Kriegerinnen eine Falle, lass sie rein! Doch führe sie vorher durch das Säulengewölbe, damit sie sehen, wen wir gefangen halten, und sich ergeben. Mit den beiden in der Nahrungsgrotte werden deine Wächter schon fertig. Adinofis überlass mir."

Kapitel 9

Tod dem Tyrannen

Es war später Nachmittag, als Adinofis auf dem Weg zur Transportkammer gedankenverloren durch den Korridor der Cella eilte. Ihr folgten in gebührendem Abstand die vier Priostinen des Rates sowie zwanzig der besten Kriegerfeen. Am Mittag hatte sie die Sitzung des Rates beendet und jedem empfohlen, sich gründlich auf den Einsatz in Trong vorzubereiten. Sie selbst hatte Gill mit dem Auftrag zu Sali geschickt, den Stand der Schlacht gegen die Sammler in Erfahrung zu bringen. Zwei Stunden später war er mit dem Anführer der Engelarmee zurückgekehrt, die sich bereits siegreich auf dem Rückflug befand.

Salis Bericht zu Folge hatten die Engel die Sammler über dem schwarzen Berg abgefangen und in einen schweren Luftkampf verwickelt. Es war ihnen ein Leichtes gewesen, die Unerfahrenheit der Sammler in Angriff und Verteidigung auszunutzen. Wie immer in solchen Situationen war die Armee der Engel exakt und gut koordiniert vorgegangen. Über einer Schlucht am Fuß des Berges hatten sie sich auf die Ahnungslosen gestürzt und ihren vorweg fliegenden Anführer getötet. Daraufhin stoben die Sammler wie aufgeschreckte Hühner auseinander. Ihre Befehlskette war unterbrochen. Durch geschickte Manöver teilten Salis Engel den verwirrt umherfliegenden Schwarm in kleine Gruppen. Dann ließen sie ihre Wurfschleier vom Himmel fallen. Scharenweise wurden die Sammler von ihnen erfasst und stürzten nach kurzem, klagenden Geschrei zu Stein verwandelt in die Schlucht. Sali berichtete auch von einigen Hundert Verlusten in den eigenen Reihen. Zumeist waren es Engel, die ihre erste Schlacht schlugen und ungestüm voranpreschten. Sie starben in den Fangnetzen der Sammler. Und fast hätte es Sali selbst erwischt, als er mitten in der Schlacht eine hochgewachsene, dunkel-ummantelte Gestalt mit Kapuze sah. Sie stand reglos auf einer Seite der Schlucht und betrachtete das Geschehen.

Sali hatte das in seinem Bericht nur nebenbei erwähnt, doch für Adinofis war diese Information die wichtigste. Denn die Tatsache, dass ausgerechnet Dalia die Schlacht beobachtet hatte, war ungewöhnlich und beunruhigend. Noch konnte sich Adinofis keinen Reim darauf machen, aber sie kannte Dalia zu gut, um eine List nicht auszuschließen. *Dalia gab Befehle und hatte sich noch nie dazu herabgelassen, ihre Durchführung zu kontrollieren.* Adinofis' Gedanken kehrten zurück. Erst jetzt bemerkte sie, dass sie die Transportkammer längst erreicht hatten.

Kopfschüttelnd wandte sie sich ihren Begleitern zu und seufzte lächelnd: „Wenn wir Sartos' Nahrungsgrotte betreten und später die Stollen und Gewölbe durchqueren, achtet besonders auf Dalia. Sie trägt einen schwarzen Kapuzenmantel. Ich fürchte, dass sie noch einige Überraschungen für uns bereithält. Gibt es noch Fragen?" Adinofis' Blicke schweiften über die Gesichter ihrer Kriegerinnen, die regungslos auf ihr Signal warteten. „Dann sollten wir die Sache mit Sartos heute beenden." Sie öffnete mit dem Zepter das schwere Eisentor der Kammer und die Feen traten entschlossen ein, nur Anja und Thyra zögerten. Vor ihnen tat sich ein runder Raum auf, mit kantigen Felswänden und einem blanken ebenen Boden, der weniger als fünf Meter im Durchmesser besaß.

„Keine Angst", rief Adinofis von drinnen, „ihr werdet nichts spüren! Es ist wie Fliegen. Nur schöner, mit einem kribbelnden Gefühl auf der Haut. Wenn es nach Moron geht, natürlich nicht. Aber sonst ..." Adinofis streckte den beiden die Hände entgegen. Langsam setzten Anja und Thyra sich in Bewegung. Als die Tür hinter ihnen zuging, umfing sie wohlige Wärme und das Gefühl von Geborgenheit. Mit offenen Mündern sahen sie sich um.

„Die Kammer reagiert auf uns", erklärte Adinofis, der die Verwunderung der Menschen nicht entgangen war.

„Sie erkennt die Eigenschaften und Gefühle derer, die sie betreten." Adinofis lachte. „Glaubt mir, Dalia hatte es gewiss nicht so angenehm, wie wir."

„Und woher weiß die Kammer ..." Thyra stockte verwirrt, sie war es nicht gewohnt über einen Raum zu sprechen, der offensichtlich eigenständig dachte und handelte.

„Du meinst, wohin es geht?"

„Ja!"

„Nun, es mag dir seltsam vorkommen, aber die Kammer forscht in unseren Gedanken nach dem Ort. Nehmen wir Dalias Beispiel. Nach ihrer Entmachtung wusste sie, mit welcher Strafe sie zu rechnen hatte. Nach Moron verbannt zu werden ist das Schlimmste, was einer Fee passieren kann, zumal dieser Ort sie jeder magischen Kraft beraubt. Ihre Gedanken drehten sich also um nichts anderes als um Moron."

„Kann man die Kammer überlisten?"

„Nein", erwiderte Adinofis, „im Zweifel findet kein Transport statt."

„Und, wann geht es los?", fragte Anja nervös.

„Gleich, sieh auf die Wand rechts neben dir."

Anja starrte auf die von Adinofis bezeichnete Wand, die erst blass und dann farblos wurde und nach einer

Weile das ganze Innenrund der Kammer mit einer dünnen grauen Schicht überzog. Überrascht sah sie sich um. *Was war das? Was geschah mit den Wänden? Überall verschwimmt der schwarze Fels zu einer milchig trüben Haut. Das kantige Relief verändert seine Struktur, es wird glatt und eben.* Instinktiv hob sie die Hand, als wollte sie sich schützen, und sah plötzlich durch eine klare wild rotierende Wand.

Anja sah staunend Adinofis an, die ihr freundlich zulächelte. „Sie dreht sich ..., immer schneller. Und man kann hindurchsehen."

„Nichts anderes habe ich erwartet", entgegnete Adinofis gelassen und schmunzelte.

„Und bewegen wir uns nun, oder nicht?"

„Nein, hier drin nicht. Die Kammer bewegt sich."

„Aha!" Anja nickte verunsichert und sah still an sich herab. *Ein seltsames Ding. Die Wände verschwinden, der Boden dagegen nicht. Der ist nicht Mal durchsichtig. Ach ja, die Kammer liest unsere Gedanken. Hab ich was vergessen?* Anja griff sich an den Kopf, während das seltsame Gefährt in Sartos' Nebelbank eintauchte und wenige später über dem Kälteschacht des Nahrungslagers schwebte. Wie von Zauberhand gelenkt, öffnete sich das Tor und gab die Gruppe frei.

Indes schmolzen in der Nahrungsgrotte die eisigen Gefängnisse der Menschen. In Strömen floss das Wasser der Eiskammern an den Felswänden hinab und verschwand in dunklen Öffnungen am Boden. Anfangs hatte Cenotes jede Entdeckung in der Grotte bejubelt und sie freudig untersucht. Doch seitdem er neugierig seine Hand in die abtauende Flüssigkeit gesteckt und sie sich dabei schmerzhaft verkühlt hatte, war er misstrauisch geworden. Nun hockte er auf einem aus der Felswand herausragenden Vorsprung und ließ seinen Blick misslaunig umherschweifen, während Piecock vor einer Eiskammer stand und angeregt hineinsah.

„Schau dir das an, Cenotes." Er winkte ihm aufgeregt zu. „Komm, das musst du gesehen haben."

„Lass mich in Ruhe, mir tut die Hand weh."

„Nun komm schon, der Mann da drin bewegt sich."

Cenotes stand auf und schlenderte lustlos auf Piecock zu. In der Grotte war es still geworden. Das Gebrüll der Wächter hinter den Wänden war verstummt. Nur das Plätschern des abfließenden Wassers war noch zu hören, dazwischen das nervende Gekrächze des Sammlers. Cenotes sah auf den Körper, der nackt war und mager.

„Das Eis ist fast runtergetaut", fuhr Piecock aufgeregt fort. „Wir sollten uns die anderen ansehen." Er warf noch einen Blick auf den ausgezehrten Körper, dann lief er mit Cenotes die langen Reihen der Kammern ab, während ihre Blicke auch über die darüberliegenden schweiften.

„Dieses Ungeheuer", flüsterte Cenotes wütend, „sieh nur, ein Kind." Er zeigte auf eine Kammer in Augenhöhe. Darin lag ein Mädchen, vielleicht zwölf Jahre alt, bereits vollständig vom Eis befreit. Ihr Brustkorb hob und senkte sich und es sah aus, als würde sie jeden Moment die Augen aufschlagen. „Wie kann man nur so was ertragen?"

Cenotes ging zornig weiter.

„Sie leiden furchtbare Qualen", erklärte Piecock, der ihm langsam folgte. „Als wir sie noch zu Hunderten täglich hier ablieferten, hallte ihr Wehklagen stundenlang durch den Berg. Man zerriss die Familien. Die Mütter riefen ihre Kinder, die Männer ihre Frauen und umgekehrt. Bis man sie in die Kammern legte und ihre Rufe im frostigen Eis erstarben."

Mit einem wehmütigen Blick wandte sich Cenotes von dem Mädchen ab und blieb nachdenklich vor einem der zahlreichen Aufgänge stehen. In Abständen von zehn Kammern hatten die Wächter Stufen in den Fels getrieben, die bis zur oberen zehnten Reihe führten. Über schmale Wege gelangte man hinter jede Kammer. So war es den Wächtern möglich, nicht nur das Gefriersystem zu bedienen, sondern die Menschen später in die Schlachtgrotte zu transportieren.

Ein perfekt strukturiertes System der Lagerhaltung, fand Cenotes, *wenn man außer Acht ließ, dass es sich hier um Menschen handelte.*

„Komm, Piecock!", forderte er den Sammler auf. „Ich will sehen, was sich hinter den Kammern verbirgt."

Wortlos folgte ihm der Sammler. In der sechsten Reihe bogen sie hinter den Kammern in einen schmalen Seitengang. Bereits hinter der ersten Kammer sah Cenotes, wovor ihn Piecock gewarnt hatte. Das eiserne Rohr, das dem jeweiligen Block die Kühlflüssigkeit zuführte, war vollständig verschwunden. Stattdessen klaffte ein schulterbreites dunkles Loch in der Wand. Er kniete sich hin, kniff die Augen zusammen und sah hinein. Ein kalter Hauch übel riechender Luft schlug ihm ins Gesicht. Cenotes zuckte zurück und stand auf: „Wo führt das hin? Ich konnte nichts erkennen. Da drin ist es stockfinster."

„Ich weiß es nicht", erwiderte Piecock und klopfte gegen die Wand. „Hier gibt es unzählige Grotten, kleine Räume, Stollen und Durchgänge. Ich weiß nur, dass die Wächter durch diese Öffnungen kommen werden. Mit der Zerstörung des Kühlsystems haben wir sie quasi dazu eingeladen, unsere Gäste zu sein. Allerdings wundere ich mich, dass das nicht schon längst passiert ist."

„Es wird, es wird", murmelte Cenotes besorgt und lauschte. „Spätestens ..." Von überall her drangen plötzlich leise Geräusche an sein Ohr.

„Hörst du das?" Er sah den Sammler fragend an.

„Ja, ich höre es schon eine Weile. Mein Gehör ist besser als deins, schon vergessen?"

„Sind das Wächter?" Cenotes sah neben sich in die Kammer. Die Frau darin lag ruhig und hatte die Augen geschlossen.

„Wären es Wächter, würdest du ihr Geheul hören. Das hier sind Menschen, die erwachen." Kaum hatte Piecock seinen Satz beendet, fuhr Cenotes erschrocken zurück. Vor ihm stand ein bärtiger Mann, nackt und am ganzen Leibe zitternd. Sein Körper war ausgemergelt – eingefallene Wangen, kein Fleisch auf den Rippen und Beine so dünn wie die Stützen eines Stuhls. Wasser tropfte an ihm herunter und bildete zu seinen Füßen eine Lache. Er schien verwirrt, murmelte unverständliche Worte.

„Wir sollten gehen", flüsterte Piecock und zog Cenotes am Ärmel. Doch der stand vor dem Mann wie gelähmt und konnte seinen Blick nicht von ihm wenden.

„Los, komm!", drängte Piecock erneut.

Als hinter dem Mann noch andere Menschen auf-
tauchten, drehte Cenotes sich jäh um und rannte wie vom
Blitz getroffen die Stufen hinunter. Piecock folgte ihm.
Sie liefen in die Mitte der Grotte und sahen zurück.

Von allen Aufgängen strömten die Menschen zu
ihnen herunter: nackt, frierend, verwirrt. Manche liefen
herum, als hätte sie der Wahnsinn befallen. Andere, die
bei klarem Verstand schienen, riefen die Namen ihrer
Frauen, Männer oder Kinder. Alte hockten verwirrt auf
dem Boden und streckten Hilfe suchend ihre entkräfteten
Arme in die Luft. Dazwischen liefen elternlose Kinder
umher und Frauen mit Säuglingen auf dem Arm. Es
herrschte ein heilloses Durcheinander. Die Starken schoben die Schwachen oder stiegen achtlos über Gefallene
hinweg. Man schob und drückte, dass die Leiber erhitzt
zu dampfen begannen und Dunst aufstieg.

Cenotes schüttelte fassungslos den Kopf. *Selbst Babys
haben sie eingefroren*, dachte er und war den Tränen
nahe. „Wie konnten es dazu kommen?", fragte er Piecock
und wies auf eine junge Frau, die ihren Säugling schüt-
zend an sich drückte.

„Ich weiß nicht genug über das Einfrieren", entgegnete der Sammler mit gesenktem Kopf. „Es muss das

Kühlmittel sein. Irgendwie verhindert es den Tod beim Einfrieren und beim Auftauen."

Cenotes schüttelte verneinend den Kopf. Das war es nicht, was er wissen wollte. Er rang um Fassung, wollte eine Erklärung zu dem, was er da sah. Und für ihn war Piecock der Einzige, der sie ihm geben konnte. Wütend starrte er über die Köpfe der Menschen hinweg. Tausende drängten sich inzwischen im weiten Rund der Grotte, die selbst so riesig war, dass man Mühe hatte, das andere Ende zu erkennen. Und es kamen immer mehr. Aus jeder Ecke dieses riesigen Gewölbes strömten die Menschen zur Mitte und die Luft war erfüllt von vielstimmigen Schmerzensschreien, Rufen, Weinen, klagenden Müttern und kreischenden Kindern.

Cenotes stimmte ein in diesen vielstimmigen Chor von Leid und Schmerz, und schrie den Menschen mit ausgebreiteten Armen entgegen: „Ich gehe nicht ohne euch. Ihr werdet leben und Sartos wird brennen. Ich verspreche es." Da gab Piecock ihm einen Stoß und zeigte auf die zwischen die Eiskammern eingearbeiteten Treppenstufen: „Dann solltest du dich aber beeilen."

Eher als Cenotes hatten seine scharfen Augen Dutzende Wächter entdeckt, die offenbar das allgemeine Chaos abgewartet hatten, um unbemerkt in die Grotte zu gelangen. Fast gleichzeitig erhob sich unter den Menschen ein entsetzliches Geschrei. Auch sie hatten das kommende Unheil entdeckt und rückten im Innenraum mehr und mehr zusammen. Cenotes, der nun selbst die Gefahr erkannt hatte, drohte mit Piecock eingeschlossen zu werden.

„Wir müssen hier raus", schrie er dem Sammler zu, „sonst haben wir keine Chance, noch irgendwas zu unternehmen." Kaum hatte er das gesagt, fühlte er sich von kräftigen Händen gepackt, emporgehoben und vor dem verschütteten Zugang abgesetzt. Erst da bemerkte er, dass Piecock ihn aus der Gefahrenzone geschafft hat, und zollte ihm seine Anerkennung.

Eine weitere Welle Schreien rollte auf die beiden zu. Mit Entsetzen sahen sie, wie Dutzende Wächter über die Treppenaufgänge herunterkamen und die Menschen einkreisten. Cenotes musste nun schnell handeln, wollte er die Menschen vor dem Zugriff der Wächter retten. Er sah sich nach einem Felsvorsprung oder einem Geröllhaufen um und rief Piecock zu, dass er eine Erhöhung brauche, worauf er fest und sicher stehen könne. Piecock entdeckte neben dem verschütteten Zugang einen etwa zwei Meter hohen Steinhaufen. Sekunden später stand Cenotes wie in Stein gemeißelt über den Menschen, als eine

Stimme ihn zum Handeln aufforderte: „Fürchte nicht die Wächter, nutze deine Stärken und dir wird Hilfe zuteil."

Es war nicht mehr als ein leises Wispern, doch so deutlich zu hören, dass er glaubte Piecock würde neben ihm stehen. Doch der Sammler stand wenige Schritte von ihm entfernt und hielt die Augen ungeduldig auf ihn gerichtet. Verschmitzt zwinkerte Cenotes ihm zu. Dann streifte er seinen schweren Bogen von der Schulter und legte einen Pfeil auf.

Die Wächter rückten von allen Seiten geschlossen zur Mitte vor. Tausende Kehlen schrien vor Angst, man trat auf Gefallene, schob, drängte und der beißende Geruch von Schweiß und Exkrementen erfüllte die Luft. Cenotes aber stand ganz ruhig und nahm die linke Seite der Wächter ins Visier. Lange hielt er den Bogen gespannt und wartete, bis die Kraft seiner Fähigkeiten auf den Pfeil übergegangen war. Und als er sah, dass sich der Pfeil mit einer schnell rotierenden schimmernden Wand umgeben hatte, gab er ihn frei. Das Geschrei der Menschen verstummte sofort. Gebannt folgten ihre Blicke dem Geschoss, das schnurgerade an den Kehlen der Wächter vorbeiraste, am hinteren Ende der Grotte einen Bogen schlug, die Kehlen der gegenüberliegenden Wächter streifte und sich dann in den Geröllhaufen bohrte, von wo es abgeschossen wurde. Von der eigenen Leistung überrascht, schrie Cenotes jubelnd auf. Er hatte drei Sekunden gezählt, dann fielen den Wächtern wie auf Kommando die Köpfe von ihren Schultern. Blut spritzte in hohem Bogen aus den offenen Wunden, während ihre Torsi dumpf auf dem Boden aufschlugen.

Ein staunendes Getuschel fuhr durch die Menge, das lauter und lauter wurde und plötzlich in tosende Hochrufe überging. Zufrieden stieg Cenotes von dem Steinhaufen herunter, steckte seinen Pfeil in den Köcher zurück und war eben im Begriff auf die Menge zuzugehen, als er mitten in der Bewegung innehielt: Aus dem Boden neben dem Steinhaufen, der etwa fünfzig Meter abseits der Menschen stand, wuchsen zehn Gestalten heraus, dunkle Schatten zunächst – die an Form und Größe zunahmen und nach kurzer Zeit in all ihrer Pracht und Schönheit vor ihm standen. Es waren Kriegerfeen – muskulös und hochgerüstet, mit einem zwei Meter langem Speer, einem Kurzschwert, schwarzen ledernen Bein- und Armschienen, einem Brustharnisch sowie Helm und Schild, auf dem das Wappen von Atragon prangte. Cenotes' Ziehmutter Sidonis hatte ihm von der Schönheit und Kampfkraft der Feen erzählt, ein Jahr bevor sie starb. „Die Feen seien in der Kriegskunst bestens ausgebildet, im Kampf nahezu unbesiegbar. Mit schulterlangen schwarzen Haaren, freundlichen Gesichtszügen, glatter ebenmäßiger Haut, leicht gebräunt, tief liegenden Augenbrauen, vollen Lippen und schwarzen teils blauen großen Augen sei ihre Schönheit unübertroffen", erinnerte sich Cenotes.

Piecock trat neben ihn und flüsterte ihm ins Ohr: „Da kommt noch jemand." Aus dem Boden erwuchs eine elfte Gestalt, ohne Rüstung, mit azurblauen weiten Beinkleidern und einem gleichfarbigen Obergewand. Darüber trug sie eine silberfarbene Schärpe, auf der zehn Sterne angeordnet waren. Kaum hatte sie sich vollständig manifestiert, gab sie fünf Feen den Befehl, die Menschen zu beruhigen und für Ordnung zu sorgen.

Cenotes stand neben Piecock und betrachtete die offensichtliche Anführerin. Mit einem Ruck drehte diese sich um und richtete das Zepter auf ihn. Dabei schwang ihr langes lockiges Haar wie ein Stander im Wind.

Wortlos standen sie sich gegenüber. Cenotes wagte es nicht, sie anzusprechen. Er konnte den Blick nicht von ihr lassen. Geblendet von ihrer Schönheit kam nur ein unsicheres Räuspern über seine Lippen.

Die Fee trat lächelnd auf ihn zu. Das tiefe Dekolleté, ihre welligen schwarzen Haare, die schlanke Hüfte und ihr üppiger Busen nahmen ihm den Atem. Eine solche

Schönheit hatte er noch nie zu Gesicht bekommen. Die Fee nahm die Gedanken ihres Gegenüber als ein freundliches Kompliment entgegen, obgleich ihr das Äußere dieses Menschen, mit den muskulösen Armen und Beinen, dem kräftig gebauten Brustkorb und den herben Gesichtszügen auch nicht unangenehm war. Es verursachte sogar ein angenehmes Kribbeln in ihrem Bauch.

„Es freut mich, dass ich dir gefalle, Cenotes."

„Woher kennst du meinen Namen?"

Adinofis legte ihren Kopf schief und lächelte vielsagend. Dabei ging sie dicht an ihn heran, und je mehr sich der Abstand zwischen ihnen verringerte, umso heftiger wurde sein Atem.

Mit allem hatte er in dieser tödlichen Umgebung gerechnet, nur nicht damit, dass er sich verlieben würde. Dann stand sie so nahe an seiner Brust, dass er den betörenden Duft ihrer Haare roch und die Wärme ihres Körpers durch seine Tunika drang. Sein Atem flog.

„Beruhige dich, Prinz von Targona", hauchte sie, nur wenige Zentimeter von seinem Hals entfernt. „Wir haben einen Feind, der keine Fehler zulässt. Für sowas haben wir später noch Zeit." Mit Bewunderung stellte sie fest, was für ein gut aussehender Mann aus Terofems Kind geworden war. Sie erinnerte sich an ihre Begegnungen mit der Amme Sidonis, damals vor zwanzig Jahren, und sie fragte sich, ob sie ihm je die Wahrheit über seine Herkunft erzählt hat – ein Kind, gezeugt ohne Vater, gesegnet von einer Fee. Adinofis sah Cenotes fest in die Augen und versuchte, eine Antwort darin zu finden. Doch Cenotes schien nur noch Augen für sie zu haben, was Anja und Thyra leicht zu amüsieren begann.

Adinofis vernahm ihr leises Gekicher und die Worte von Thyra: „Er ist verliebt. Sieh nur Anja! Er wagt es kaum, zu atmen." Selbst ihre hart gesottenen Kriegerfeen sahen etwas verlegen drein. Krygon schien dagegen mehr auf das Zepter zu achten, das Adinofis dem Prinzen in die Hand gelegt hatte und das er nun achtlos drehte und wendete, als hielte er ein Stück Holz in der Hand.

Krygon, der Pedant. Wie sehr musste ihn die würdelose Behandlung der Waffe schmerzen. Adinofis spürte seinen fordernden Blick, endlich einzugreifen und diesem Menschen das Zepter aus der Hand zu nehmen. Doch sie überging seinen Blick ebenso wie das Verhalten ihrer Feen. Sie fühlte sich von Cenotes angenehm berührt. Etwas an ihm war anders als bei anderen Menschen, nicht das Körperliche und auch nicht das Sinnliche. Sie fühlte sich von ihm angezogen, und das auf eine Art, die ihr Herz schneller schlagen ließ. – Lächelnd sah sie kurz hinter sich, auf die einige Meter entfernt stehenden Krieger-feen, und flüsterte so leise, dass es die Umstehenden nicht verstanden: „Deine Pupillen sind geweitet, Cenotes. Der schnelle Atem in deiner Brust und die Wärme, die darin aufsteigt, verraten meinen Feen, was du empfin-dest. Was wollen wir jetzt tun, da hinter uns alle darauf warten, dass mein Zepter wieder zu mir zurückfindet?"

Die warmen Worte der Fee genügten, um Cenotes in die Realität zurückzubringen. Mit hochrotem Kopf reichte er Adinofis die Waffe. Wie zufällig berührte er dabei ihre Hand, die das zuließ und ihm Hoffnung auf etwas zu geben schien, von dem er oft geträumt hatte, aber das er nun fühlte und das ihn schon jetzt zu quälen begann. Er hatte sein Herz verloren, und er wusste das.

Verlegen trat er einen Schritt zur Seite, während Adi-nofis einen langen Blick auf den Sammler warf und ihm anerkennend zunickte. Dann drehte sie sich um und gab ihren Priostinen gebieterisch ein Zeichen.

„Zerstört die Kammern. Ich werde gleich eine Bre-sche in den Fels schlagen, dann bringt die Menschen nach draußen in den Zeitkorridor. Schafft Kleidung und Nah-rung heran und schließt alle Öffnungen des Berges, bis auf den Hauptzugang. Den bewacht, kein Wächter darf rein oder raus." Mit einem nachdenklichen Blick auf Piecock flüsterte sie: „Und der Sammler hier wird euch helfen." Noch einmal sah sie auf die vielen Tausend Menschen, die dicht gedrängt und nahezu reglos und stumm das Geschehen beobachteten, während Cenotes von vier Kriegerfeen neben Adinofis geschoben wurde. Als auch sie ihren Platz um die Fee gefunden hatten, streckte die Hohepriostine ihr Zepter gegen die Felswand und rief: „Astra onimus Sartoria!"

Cenotes spürte indes, wie sich eine warme Hand sanft über die seine schob. Mit einem flüchtigen Blick nach unten hätte er fast das Schauspiel verpasst, was sich ihm kurz darauf bot: Ein langer greller Blitz schoss aus dem Zepter und überzog die Felswand vor ihnen mit einer durchsichtigen Glasur. Es sah aus wie Geleemasse. Sekunden nur haftete sie am Gestein. Dann folgte dem blendenden Strahl ein ohrenbetäubender Donner. Staub wirbelte auf und die Menschen hinter ihnen verfielen in laute Hochrufe. Als sich kurz darauf der graue Vorhang legte, sahen sie Dutzende Wächter mit gezogenen Schwertern. Sie standen abwartend inmitten einer monströs herausgeschlagenen Bresche. Sofort zuckte Cenotes Hand, um an seinen Bogen zu gelangen. Doch Adinofis Griff war fest: „Nicht so eilig, Prinz von Targona. Das Schauspiel ist noch nicht vorbei." Kaum hatte sie das gesagt, vernahm

Cenotes ein seltsames Grummeln neben sich. Er sah A-
dinofis an, die starr auf die Wächter blickte. Er spürte,
dass dieses tiefe Brummen aus ihrer Kehle kam. Es klang
wie der Kirchgesang eines Altmännerchors. Der Schall
erfasste seine Hand, den Arm und den Hals, bis sein Körper im Rhythmus des auf und abschwellenden Tones zu
zucken begann. Erschrocken ließ er Adinofis los, was nur
zu einer geringfügigen Veränderung führte. Inzwischen
schien die Luft selbst zu vibrieren. Immer tiefer und lauter wurde der Ton, während die Wächter mit schmerzverzerrten Fratzen langsam vorrückten. Und als Cenotes
glaubte, das Geräusch nicht mehr ertragen zu können,
öffnete Adinofis ihre Lippen. Ihre chorale Stimme war so
laut und durchdringend, dass er sich ruckartig an die Ohren schlug und sie fest verschloss. Die Menschen lagen
verkrampft auf dem Boden und schützten, so gut es ging,
mit den Händen ihre Ohren, während Bündel gewaltiger
Luftwellen mit rasender Geschwindigkeit aus Adinofis
aufgerissenem Mund strömten. Die Wächter wurden davon erfasst und durch die Bresche aus der Felsenburg geschleudert, wo sie reglos liegen blieben. Doch der chorale
Schall pflanzte sich in den Stollen und Gängen des Berges fort. Er hielt minutenlang an, während der Berg in
seinen Grundfesten erschüttert wurde.

Als der Lärm in Stille umschlug, stürzte Cenotes vor und griff sich das Schwert eines toten Wächters. Adinofis folgte ihm, während die Kriegerfeen ein schützendes Spalier bilden, um jeden Angreifer, den der Schall noch nicht getötet hatte, niederzustrecken.

Cenotes wandte sich um.

Verschmitzt lächelnd zog Adinofis die Augenbrauen hoch und sagte: „Jetzt sind wir dran." Sie nahm seine Hand und war im Begriff zu gehen. Doch Cenotes hielt sie zurück.

„Warte, Adinofis! Hesaret und Ensine sind verschwunden." Er zog die Schultern hoch. „Ich weiß nicht, wo sie sind. Hesaret wollte seinen Vater suchen. Ich fürchte aber, dass sie nicht mehr leben."

„Verzeih", erwiderte Adinofis und strich sanft über seinen Arm, „die Begegnung mit dir hatte mich etwas durcheinandergebracht. Ich hätte dir sagen sollen, dass Sartos sie in seinen Privaträumen gefangen hält."

„Woher weißt du das?"

„Von den Elementen, sie waren in Atragon und haben mir davon berichtet."

„Weiß Ensines Mutter davon?" Er wies mit dem Kopf in die Grotte, wo Anja den Feen beim Abtransport der Menschen behilflich war.

„Nein, sie würde sich nur unnötig sorgen."

„Sicher hast du recht", entgegnete Cenotes. Auf seiner Stirn lagen Falten. Er spürte, wie der Zorn sich seiner bemächtigte. Am liebsten wäre er losgerannt, um alles in Stücke zu schlagen, was ihm begegnete. Doch vor Adinofis wollte er sich gefasst geben. Er wollte kühl und überlegt vorgehen und ihr ein zuverlässiger Kampfgefährte sein. „Also, lass uns gehen!" Er sah Adinofis auffordernd an, die zufrieden nickte.

Aus den Berichten der Elemente wusste die Hohepriostine, wo die Gemächer von Sartos lagen und dass man sie dort erwarten würde. Der Augenblick, da sie ihm und Dalia gegenüberstehen würden, war nahe. Jahrelang hatte sie darüber nachgedacht, ob sie diesem Moment gewachsen sein würde. Und nun fürchtete sie, von Rachegefühlen überwältigt, ihren klaren Kopf zu verlieren.

Letztlich gewinnt der Entschlossenste, erinnerte sie sich an den Leitspruch ihrer Mutter. Ein zaghaftes Lächeln zuckte über ihre Mundwinkel, während ihr nachdenklicher Blick auf Cenotes Rücken lag, der vor ihr ging. Wieder spürte sie jenes angenehme Kribbeln im Bauch, das ihre Mutter in ihrem Tagebuch so trefflich beschrieben hatte, als sie sich in den Torwächter Loke verliebt hatte. *War das Liebe oder nur ein Gefühl von Ge-*

fallen und Sympathie? Sie wusste es nicht, aber sie würde es herausfinden. Und was den Kampf gegen Sartos und Dalia betraf – nun, sie würde ihren scharfen Verstand gebrauchen und ihre magischen Fähigkeiten, die sie einzusetzen wusste wie keine andere Fee. Zum Beispiel, um die Bewegung des Feindes zu verlangsamen. Oder von Ort zu Ort zu springen, unsichtbar jedes Blickes. Oder diese neue Waffe in ihrem Zepter, erfunden von Salina, die sie befähigt, ihre chorale Stimme so sehr zu verstärken, dass Felsen bersten und Leiber zerrissen werden.

Ein Sturz riss Adinofis aus ihren Gedanken. Sie sah Cenotes über tote Wächter fallen, die zu Dutzenden in den Gängen lagen, wirr und regellos ineinander verwoben. Schnell stand er aber wieder auf den Füßen und lief nach einem kurzen verlegenen Blick auf Adinofis weiter. Sie tat, als hätte sie es nicht bemerkt und folgte ihm dicht auf den Fersen. Im Augenwinkel sah sie ab und an, wie einzelne Kriegerfeen hinter Nischen oder in verschütteten Seitengängen verschwanden, um kurz darauf mit blutigen Schwertern neben ihr wieder aufzutauchen.

Nach unzähligen zerstörten Stollen und Durchgängen erreichten sie endlich den noch intakten oberen Teil des Berges, in dem sich Sartos' Privaträume befanden. Man merkte es an der frischen klaren Luft, dem fackellosen

Licht und der makellosen Beschaffenheit der Wände und des Bodens. Schon bald standen sie vor dem Thronsaal, der seltsamerweise einladend offen stand und in seinem Inneren kein anderes Möbelstück aufwies als den schweren goldglänzenden Thron.

Sie traten ein. Fünf Kriegerfeen gingen vor und suchten den Raum nach Wächtern ab.

„Dort hin!", rief Cenotes und wies am Thron vorbei auf eine mit Eisen beschlagene Holztür.

„Geh zur Seite!", forderte Adinofis streng und streckte ihr Zepter gegen die Tür, die kurz darauf in Stücke zersprang. – Wieder standen sie Wächtern gegenüber: hochgerüstet und kampfbereit. Die Kriegerfeen rückten zusammen und stellten sich ihnen in den Weg.

Cenotes, der den Feen zu Hilfe eilen wollte, wurde von Adinofis zurückgehalten: „Spar deine Kräfte. Unser Kampf kommt noch."

Während er sich abwartend zurückhielt, beobachtete Adinofis den Kampf ihrer Garde gegen die Wächter. Zweifelsohne waren sie hier auf Sartos' Schutztruppe gestoßen, die größer und kräftiger waren als die anderen Kampfeinheiten und vor deren Entschlossenheit und exzellenten Kampfkunst Sol im Rat gewarnt hatte. Doch wie es aussah, bedrängten die Kriegerfeen ihre Gegner hart, die ihrerseits den Schlägen geschickt auswichen. Trotz ihrer Größe und der massigen Körper waren die Wächter unglaublich gelenkig. Sie sprangen flink und wendig an Felskanten und über Stufen, um sich gleich darauf mit schnellen Überschlägen in eine bessere Position zu bringen und selbst zuzuschlagen.

Das Klirren der Schwerter dröhnte durch die Grotte, vermischt mit rohem Gebrüll und dem ächzenden Stöhnen der Kriegerfeen, die bald feststellten, dass sie einen ebenbürtigen Gegner vor sich hatten. Deshalb begannen sie nicht mehr paarweise zu kämpfen, sondern stürzten sich geschlossen auf den nächstbesten Angreifer und warteten auf Fehler. Und die ließen nicht lange auf sich warten. – Ein Wächter scherte aus der Gruppe aus und sprang, einem flach geführten Hieb ausweichend, auf den Thron. Die Wucht des Aufpralls war aber so stark, dass das schwere Möbelstück ins Wanken geriet. Davon irritiert zögerte der Wächter einen Moment und stellte sich erst spät zur Verteidigung. Doch der Schlag des Schwertes einer Kriegerfee war bereits geführt. Er traf ihn in Gürtelhöhe und trennte seinen Leib mitten durch. Von der Attacke überrascht, wichen die anderen Wächter zurück, um sich neu zu formieren. Die Taktik der Kriegerfeen war aufgegangen, sie hatten sich einen kleinen Vorteil verschafft und schlugen nun umso heftiger auf ihre Gegner ein.

Der Kampf verlagerte sich mehr und mehr in die Säulengrotte. Cenotes und Adinofis folgten und waren darauf bedacht, den Abstand zu den kämpfenden Parteien möglichst groß zu halten. Schließlich standen sie in der herausgebrochenen Tür und ihr Blick fiel fast gleichzeitig auf die zwischen den Säulen schimmernde Wand, hinter der ein magisches Feld zwei nackte Menschenkörper schweben ließ.

„Hesaret, Ensine!“ Cenotes stürzte mit gezogenem Schwert auf die Säulen zu.

„Nein!“, schrie Adinofis, von Cenotes' Vorstoß überrascht. „Du kannst die Wand nicht ...“ Ihre Stimme erstarb. Cenotes hatte die Säulen längst erreicht und sein Schwert zwischen sie getrieben. Dabei traf ihn ein heftiger Schlag, der seinen Körper mehrere Meter weit durch die Luft schleuderte. Bleich vor Entsetzen rannte Adinofis zu ihm, während der Kampf ihrer Kriegerfeen im hinteren Teil des Raumes weiterging. Noch bevor sie Cenotes erreicht hatte, stand dieser bereits wieder auf den Beinen und streckte ihr beschwichtigend die Hände entgegen: „Alles gut! Alles gut. Ich muss nur wieder zu Atem kommen. Diese Wand ...“

„Konzentriertes Licht", erklärte Adinofis.

„Was ist das für Licht, das einen Mann einfach umhaut, als wäre er ein Spielball?", entgegnete er, während Adinofis ihn zur Tür in den sicheren Teil des Raumes zog, wo er immer noch benommen nach Atem rang.

„Das ist ein magisches Lichtfeld, das nur Magie aufheben kann. Dein Schwert ist machtlos und dein Körper ebenso, wie du festgestellt hast. Also erzwinge nichts." Sie sah ihn mit ihren großen Augen an und fügte flüsternd hinzu: „Ich wäre sehr traurig, würde dir etwas zustoßen. Versprich mir, besser auf dich zu achten."

„Das wird nicht leicht sein, hier in dieser Umgebung. Aber, ja!" Cenotes nickte, während der Lärm der Schwerter zu ihnen herüberdrang und sie zur Aufmerksamkeit zwang. – Zwei der vier verbliebenen Kriegerfeen kämpften in ihrer Nähe gegen einen Wächter, der sich äußerst verbissen und geschickt seiner Haut zu wehren verstand, während der Rest von Sartos' Schutztruppe getötet den Raum in ein Schlachthaus verwandelt hatte. Sie bewegten sich rasch, setzten ihre Hiebe genau und gut aufeinander abgestimmt. Doch es schien, als ahnte ihr Gegner vor jedem Schlag die Trefferstelle und konnte entweder parieren oder durch geschicktes Ausweichen dem Tod in letzter Sekunde entkommen.

Die Feen gerieten in schiere Verzweiflung. Man sah es ihren verbissenen Gesichtern an, dass ihnen der Kampf über die Zeit hinaus immer schwerer fiel. Trotzdem setzten sie all ihr Können und ihre Erfahrung ein und versuchten den letzten Wächter in jeder nur erdenklichen Weise unter Druck zu setzten. Und tatsächlich, ihre Beharrlichkeit sollte von Erfolg gekrönt werden.

In seinem Bemühen, den tödlichen Schlägen auszuweichen, sprang und wirbelte der Wächter um die Kriegerfeen herum, schlug Saltos und versuchte dabei selbst einen Schlag zu setzen. Indes rückte der Kampf in die Nähe der Säulen. Wieder sprang der Wächter mit unglaublicher Leichtigkeit über die Kriegerfeen hinweg und holte zum Schlag aus. Doch er hatte die Nähe zu den Säulen außer Acht gelassen. Die Wucht seiner Armbewegung war so stark, dass sein Schwert in die magische Wand geriet. Wie zuvor Cenotes wurde auch der Wächter durch den Raum geschleudert, wobei sich sein Gesicht zu einer hässlichen schmerzverzerrten Grimasse verzog.

Sofort versuchte er, wieder auf die Beine zu kommen, was ihm aber misslang. Seine Glieder gehorchten ihm nicht und er fiel schwer atmend auf alle viere. Eine der Kriegerfeen stand bereits neben ihm und hielt ihr blutiges Schwert wie zu einer Hinrichtung über seinen Nacken.

„Beweg dich und ich schlag zu", fauchte sie hämisch. „Beweg dich nicht und ich tu es auch."

Der Wächter blickte mit einem boshaften Grinsen auf, während sie zum Schlag ausholte. Cenotes und Adinofis sahen gebannt zu, forderten stumm den Tod des letzten Wächters. Da tauchten Sartos und Dalia hinter den Säulen auf. Ein kurzes Zögern und der Kopf des Wächters rollte über den Boden und vor Sartos' Füße. Adinofis eilte sofort in die Mitte des Raumes und stellte sich den beiden zum Kampf, während Sartos nachdenklich den Kopf betrachtete.

„Das war der Letzte meiner Schutztruppe."

„Tja, nichts ist von Dauer. Deine Busenfreundin sollte das wissen." Adinofis lachte schallend, während sie Cenotes warnend die offene Hand nach hinten streckte, denn im Augenwinkel hatte sie bemerkt, dass er ihr folgen wollte.

„Sprichst du von mir", fragte Dalia zynisch, während sie ihren Arm zwischen die Säulen steckte und nach Ensines Kehle griff, „oder von dieser Schönheit hier?" Sie zerrte an Ensines geschundenem Körper, bis er zur Hälfte aus dem magischen Feld herausragte. Sofort schlug sie die Augen auf und blickte Dalia mit blutunterlaufenen Augen hasserfüllt an.

„Oha, wie viel Hass doch in so einem jungen Menschen steckt. Wollen wir das etwa zulassen?" Ihre Hand schloss sich fester um Ensines Kehle, die bereits nach Luft röchelte.

„Lass sie in Ruhe!", schrie Adinofis. „Was kann sie dir schon bedeuten?"

Dalia sah Adinofis triumphierend an und drückte den Hals von Ensine noch fester zu.

„Komm schon, ich mach dir ein Angebot, das dir gefallen wird. Lass sie gehen."

Dalia grinste arrogant: „Was für ein Angebot kannst du mir schon machen, wo ich doch den Ring der Ewigkeit habe."

„Dieser Ring gehört dir nicht", donnerte plötzlich eine tiefe kräftige Stimme durch das Gewölbe, während zwischen Dalia und Adinofis die rauchigen Umrisse von Aeras sichtbar wurden.

Dalia: „Ach, sind wir nun fast komplett? Wo sind die anderen Elemente?"

Aeras: „Was kümmert's dich? Gib lieber zurück, was du in Moron gestohlen hast, oder du und Sartos seid des Todes."

„Wir?" Dalia runzelte die Stirn. „Das ist lächerlich. Wenn ihr auch nicht vollzählig vor mir steht, wie ich es erwartet hatte, meiner Rache wird es genügen. Atragon wird bald wieder mir gehören."

Adinofis spürte, dass der Zeitpunkt zum Eingreifen gekommen war. Wie ein Pfeil schoss sie auf Dalia zu, die den Angriff mit einem grellen Blitz aus der rechten Hand abwehrte.

„Gut gekontert!", rief die Hohepriostine und kehrte in einem weiten Bogen zur Ausgangsstelle zurück. „Doch nicht gut genug." Wieder erzeugte ihre chorale Stimme dröhnende Luftwellen, die unbeschadet des Elements durch Aeras hindurch auf Sartos und Dalia zurasten. Dalia ließ Ensine augenblicklich los und streckte beide Hände gegen die herannahenden Wellen, während es ihr Sartos gleichtat. Zu zweit lenkten sie den mächtigen Schlag gegen die tragenden Felswände der Grotte, die daraufhin in sich zusammenstürzten.

Cenotes, der das Geschehen verfolgt hatte, kauerte längst in einer tiefen Nische, als Teile der Decke herunterkrachten und große Mengen Felsgestein um seine Ohren flog. Zwischen den Armen lugte er vorsichtig hindurch. Das weitere Kampfgeschehen zu verfolgen, war nun unmöglich. Die Grotte versank in Staub und Geröll. Selbst die magischen Säulen stürzten ein und gaben Hesaret und Ensine frei. Dazwischen zuckten Blitze, begleitet von Donnergrollen. Nichts war schrecklicher als die tobenden Kräfte der Mächtigen und nichts gefährlicher, als ihnen ausgesetzt zu sein. Nie hatte sich Cenotes vor dem Tod so sehr gefürchtet wie jetzt, da er klein und unbedeutend zitternd in einer Nische kauerte.

Noch einmal wagte er einen Blick auf die Umgebung. Aus dem Staub krochen zwei Gestalten auf ihn zu. Und je näher sie kamen, umso deutlicher erkannte er Hesaret und Ensine.

„Kommt hierher!", schrie er aus Leibeskräften. Vom donnernden Getöse fast taub, merkte er gar nicht, wie still es um ihn herum geworden war.

Als die beiden ihn erreicht hatten, entbehrte er so viel Kleidung für sie wie er konnte. Aber es reichte, dass jeder seine Blöße einigermaßen bedecken konnte. Zu dritt starrten sie nun durch den Staub und versuchten herauszufinden, welchen Ausgang der Kampf nehmen würde. Nach einer Weile erblickten sie Dalia, etwas entfernt von ihr Sartos, der sich erschöpft auf seine Schenkel stützte, und ihnen gegenüber standen die Kriegerfeen und Adinofis: allesamt schwer atmend, mit wirrem Haar und blutenden Wunden bedeckt.

Wo ist Aeras, fragte sich Cenotes und suchte mit zusammengekniffenen Augen den Raum ab. Ein dumpfes

Geräusch ließ ihn herumfahren. Sartos kniete am Boden, sein Körper zitterte unter seltsamen Verrenkungen. Plötzlich riss er brüllend seinen Schädel nach hinten, fiel auf den Rücken und aus seiner kräftigen Brust fuhr Aeras rauchige Gestalt heraus.

Kaum hatte Dalia sein Gebrüll vernommen, drehte sie sich um und schrie wie im Wahn: „Steh auf du Lump, du Tölpel, du unfähiges Stück Fleisch. Soll das hier so enden?" Entsetzt starrte sie Sartos an, der sich langsam zur Seite neigte und schließlich seinen letzten Atemzug machte. Wutentbrannt kehrte Dalias Blick zu Adinofis zurück, die gelassen wirkte und ihr Zepter schlagbereit in der Hand hielt.

„Seit wann kämpfen Elemente?", kreischte Dalia hysterisch.

„Gib auf!", sagte Adinofis ruhig. „Du bist nun allein, niemand kann dir mehr helfen. Sammler und Wächter sind vernichtet, Sartos lebt nicht mehr. Gib auf, bevor noch mehr Unheil geschieht."

„Nein!" Dalia schüttelte wie im Wahn den Kopf. „Niemals! So leicht gebe ich nicht auf." Sie streckte Adinofis ihre Hand entgegen. „Hier ist meine Rache. Rache für die Schmach der Amtsenthebung, für all die Erniedrigungen, den Verlust meiner Kräfte und für Moron."

Langsam ging sie rückwärts, während ihre Rechte nach dem Ring am Finger griff und daran herumnestelte.

„Ja, für Moron", flüsterte sie besessen und klappte hysterisch lachend den Ring auf. Ein gespenstiger Schatten kroch daraus hervor, der sich langsam drehend zu einem kegelförmigen Gebilde aufbaute und allmählich die Hälfte des Raumes einnahm. Währenddessen trat Dalia weiter und weiter zurück und vergrößerte die Abstände zu Adinofis, dem Element und den Kriegerfeen. Immer schneller drehte sich der dunkle Kegel und hielt die vor ihm stehende Gruppe fest auf ihrem Platz gefangen.

Verzweifelt sah man Adinofis dagegen ankämpfen. Sie versuchte, ihre Kräfte zu bündeln und auf das Zepter zu leiten, um den Kegel zu schließen. Doch dieser finsteren Macht entkam nichts. Entsetzt starrten sie in das Innere einer Finsternis, die alles verschlang, was in seine Nähe geriet. Gefangen im Schlund der Ewigkeit. Das war Dalias Rache, die sich nun zu erfüllen schien.

Im Raum wurde es immer dunkler. Die Luft war kalt und in rasender Bewegung. Fortwährend zog der Kegel Staub, Geröll und Felsbrocken an, das vom Boden als lange graue Fahne in das Maul des Untiers wanderte. Unfähig sich zu rühren, neigten sich die Körper von Adinofis und den Kriegerfeen dem Schlund entgegen, selbst

Aeras konnte sich dieser gewaltigen Kraft nicht entziehen. Cenotes kauerte mit Hesaret und Ensine eng umschlungen in der Nische und verfolgten ängstlich das scheinbar endgültige Schicksal dieser Gruppe von Helden. Was konnten sie tun, um den Kegel zu schließen und sie alle zu retten? Sie, die sie nur schwache Menschen waren und dieser alles verschlingenden Kraft nichts entgegenzusetzen hatten.

Cenotes spürte, wie sein Verstand sich weigerte, die Dimension dieser Macht zu begreifen. Verschämt sah er in die Gesichter neben sich. Hesaret schien es ähnlich zu gehen, sein Blick war leer und von allem irgendwie entrückt. Nur auf Ensines Gesicht lag der Schatten einer flüchtigen Bewegung. Neugierig näherte sich Cenotes' Gesicht dem ihren.

Auf Ensines Lippen lag ein schwaches Lächeln.

„Was ist mit dir?", fragte er leise. Die Kälte war so durchdringend, dass er kaum die Zähne auseinanderbrachte. Ensine sah ihn kurz an. Erschrocken prallte Cenotes zurück. Ihr Blick schien jedes Leben verloren zu haben. Mit bleichen Augen, die bis zur Grenze des Möglichen geweitet waren, sah sie ihn an. Ihre großen farblosen Pupillen schienen ihn zu durchbohren. Nichts an ihr erinnerte mehr an die Ensine, die er kannte. Mit steifen eckigen Bewegungen stand sie auf und stakste unbeholfen auf den rotierenden Kegel zu, dessen Sog überhaupt keine Wirkung auf sie zu haben schien. Während die Felsbrocken an ihr vorbei in den Schlund stürzten, geriet Ensine nicht einmal ins Wanken. Selbst ihr langes Haar ruhte steif und kraftlos auf ihren Schultern.

Verblüfft sprang Cenotes auf und trat einige Schritte vor. Inzwischen hatte auch Hesaret bemerkt, was vorging und stellte sich neben ihn.

„Was tut sie da?", fragte er entgeistert.

„Wenn ich das nur wüsste."

Ensine trat unter den monströsen Schlund und legte ungeachtet der rasenden Winde ihre Hände gegen ...

Cenotes schüttelte ungläubig den Kopf. Ensines Hände drückten gegen etwas, das nicht körperlich war, das aussah, wie eine Wand aus wirbelnden Schatten. Etwas, das man nach seinem Verständnis gar nicht berühren konnte. Doch Ensines Kräfte schienen stärker zu sein als die des Ringes der Ewigkeit. Sie legte wie in Trance ihre Hände an den Kegel bog ihn langsam gegen jene Person, die seine Kraft entfesselt hatte. Dalia bot dagegen all ihre magischen Kräfte auf, dem unvermeidlichen Schicksal zu entkommen. Doch in ihrem Zorn und ihrer Verbissenheit dachte sie keine Sekunde daran, den Ring zu schließen und ihn vom Finger zu streifen. Sie hätte sich retten können. Ein Gedanke, der Cenotes durch den Kopf schoss, als sich die Öffnung des Kegels gegen Dalia neigte und sie in den dunklen Schlund sah. Ihr stand die Angst ins Gesicht geschrieben und der Schrei aus ihrem Mund erstarb, als der Kegel sie in sich aufnahm und im Nichts verschwand.

Der Kampf war entschieden, in der Grotte war es still.

Wie gut sich das anfühlt, dachte Cenotes. *Kaum verschwindet das Unheil, verschwindet auch die Angst.* Trotzdem störte ihn etwas. Es war ein kaum wahrnehmbares hell klingendes Geräusch, das näher und näher kam. Er drehte den Kopf zur Seite und suchte den Boden ab. „Da!" Sein Blick erfasste den Ring, der auf ihn zurollte und nach einigen schwankenden Drehungen vor seinen Füßen zum Liegen kam. Müde griff er danach, als vor ihm ein rauchiger Fuß auftauchte. Er zog seine Hand zurück und richtete sich auf. Aeras lächelte ihm zu und verschwand grußlos mit dem Ring im Nichts.

„Ist wohl besser so", seufzte Cenotes. Und während er sich vom Schmutz befreite, sah er sich um. Alle schienen wohl auf. Ensine lag in Hesarets Armen und weinte vor Glück. Die Kriegerfeen pflegten ihre Wunden; und Adinofis ...? Sein Blick schweifte zwischen Geröll und

Felsbrocken umher, als hinter ihm eine vertraute Stimme fragte: „Suchst du mich?"

Blitzschnell drehte er sich um und rief: „Bin ich froh, dass du lebst!" Liebevoll nahm er sie in den Arm und sie ließ es geschehen.

„Wie geht es nun weiter?", fragte er.

„Ich denke, dass wir zuerst einmal eine Hochzeit feiern, die erste seit ... na ja, einer Ewigkeit." Adinofis lachte befreit auf, während Cenotes die Erwiderung fast im Halse stecken blieb.

„Wieso Hochzeit? Sollten wir nicht ...?"

„Ach du denkst ... Nein, Prinz von Targona! Du und ich, wir haben noch viel zu tun. Wir müssen die Ordnung des Lebens wieder herstellen. Kinder müssen geboren und Städte und Dörfer wieder aufgebaut werden. Das Pendel der Gegensätze muss wieder im Gleichgewicht schwingen. Wir haben also viel Zeit, uns kennenzulernen." Sie schmiegte sich an ihn. „Ich meine, Ensine und Hesaret werden heiraten, und sobald wir die Flamme des Lebens gefunden und nach Atragon zurückgebracht haben, wird es auch wieder Kinder geben."

„Und dann?"

„Was meinst du?" Adinofis sah ihn fragend an.

„Ich meine die Menschen, was wird aus ihnen?"

Cenotes schlang seinen Arm um Adinofis' Taille und sie schlenderten auf Hesaret und Ensine zu, die ihnen eng umschlungen entgegenkamen.

„In die Häuser wird Frieden einziehen", erwiderte Adinofis, „und die Menschen werden ihren Kindern von dieser Zeit erzählen und diese wieder ihren Kindern und so fort. Das Leben beginnt von vorn und die Geschichte über unseren Kampf gegen das Böse wird fortbestehen, unvergessen, mahnend."

Ein schöner Traum, dachte Cenotes, während sie das zerstörte Gewölbe verließen. Er wusste, wie verlässlich der menschliche Charakter war. Gewiss, ihm gehörte die Zukunft. Die Frage war nur, wie lange?

Bewegt lauschte er Ensines Worten.

„Wohin gehen wir?", stöhnte sie erschöpft und schmiegte sich frierend an Hesarets Leib.

„Nach Hause, Ensi. Wir gehen nach Hause."

„Und, wo ist das?"

Die Priostinen (Priester) im Hohen Rat von Atragon

Unter der Hohepriostine Dalia gab es vier weibliche Priostinen sowie zwei männliche Priostine. Nach Dalias Absetzung wurden nur noch drei Priostinen und ein Priostin in den Rat berufen. Die Verkleinerung des Hohen Rates von Atragon und die damit verbundene Zusammenlegung einzelner Funktionen waren der Tatsache geschuldet, dass das Feenreich im Bündnis mit den Menschen in den Kriegszustand überging.

Die Könige

Argonat: König des Landes Targona und Herrscher über den südwestlichen Erdkreis.

Antill: König von Pragon, Herrscher über den südöstlichen Erdkreis.

Lan: König von Saragon, Herrscher des östlichen Erdkreises.

Toragon: König von Mertona, dem westlichen Erdkreis.

Die Königreiche

Pragon: Eine weite Steppenlandschaft im südöstlichen Erdkreis, mit großen Herden wild lebender Pferde. In der Nähe der Siedlungen und Städte halten die Menschen Rinder und Schafe. Im Innern des Landes liegen weite abgezäunte Grasflächen, auf denen die berühmten Pragoner-Hengste gezüchtet werden. Aus Mittmeer kommende Regenwolken hinterlassen eine wasserreiche Fluss- und Seenlandschaft.

Targona: Das Königreich erstreckt sich entlang des südwestlichen Erdkreises – von den mit Fichten, Buchen und Kiefern bewaldeten Gebieten Pragons bis an das nordwestliche Küstengebiet von Mittmeer, mit einer Größe von ca. 5000 Quadratkilometer. Durch das gemäßigte Klima, den endlos scheinenden Wäldern und dem reichhaltigen Wasser- und Wildbestand fand hier die größte Ansiedlung von Menschen statt. Die Hauptstadt Tauron entwickelte sich über die Jahrhunderte hinweg zum wichtigsten Handelszentrum zwischen den Königreichen.

Saragon: eine reine Gebirgslandschaft, mit tiefen Tälern, Schluchten, dichten Wäldern und einem reichhaltigen Wildbestand. Seine höchste Erhebung ist Gefos – ein 6.000 Meter hoher Berg, dessen Gipfel fast ständig von schweren Regenwolken verhangen ist. In den Wäldern Saragons siedeln sowohl die Faunen als auch das Volk der Seher. Während der Zeit, da Sartos die Erdkreise beherrschte, nahm die Bevölkerungszahl Saragons erheblich zu. Zahlreiche Menschen flohen aus den umliegenden Königreichen vor den Heerscharen der Wächter und Sammler in die Berge, um sich in den Wäldern oder den Höhlen von Gefos zu verstecken. Das Korsaktal, die tiefste und weitläufigste Ebene Saragons, ist das Zentrum für Begegnung und Handel. Im Tal erhebt sich das prunkvolle Schloss von König Lan, das während Sartos' Herrschaft zu einer düsteren Ruine mutierte.

Mertona: Das im westlichen Erdkreis gelegene Königreich ist in seiner landschaftlichen Entwicklung den Einflüssen des Mittmeeres unterworfen. Im Norden von Mertona überwiegen heiße, trockene Wüsten. Südlich des Landes findet man weite Steppen und bewohnte Gebiete mit dichtem Pflanzenbewuchs und großen Obstplantagen. Die hier vorherrschende Hügellandschaft bietet den Menschen die Möglichkeit, ihr Leben dem Weinbau zu widmen, ein für die Königshäuser willkommenes Handelsgut.

Lystien: Ein mit Eis und Schnee bedeckter Erdkreis im Süden, ohne Pflanzenbewuchs und Leben. Das Land ist zu vier gleichen Teilen den Königreichen zugeordnet. Wie im kalten Norden peitschen auch hier Eisstürme das

Land und überziehen es mit Schnee und glitzerndem Frost, der nur vor den heißen Quellen, dem spirituellen Ort des Volkes der Seher, im Landesinnern haltmacht.

Trong: Die von Sartos' Wächtern in ein gigantisches Bergmassiv im eisbedeckten Norden gehauene Burg, mit tiefen Gängen und weitläufigen Grotten, wie der Nahrungsgrotte mit einer Grundfläche von zweihundert Mal zweihundert Metern und einer Höhe von sechzig Metern.

Die Elemente des Lebens
Sol: Licht
Idro: Wasser
Terris: Erde
Ferra: Feuer
Aeras: Luft

Die Sphäre des Lichts: Der Ort, in den Feen eingehen, wenn sie im Kampf ihr Dasein verlieren oder den Zeitpunkt ihrer Rückkehr aus der körperlichen Menschenwelt in die Welt der Magie verpassen. Aus der Sphäre des Lichts gibt es keine Rückkehr, die dort eingegangenen Feen verlieren ihre magischen Kräfte. Ihnen bleibt nur ihr Bewusstsein – also die Möglichkeit, Gedanken mental zu übermitteln – sowie eine durchsichtige leere Körperhülle, geformt aus Raum und Zeit. Beim Eintritt öffnet sich ein von Licht durchflutetes kugelförmiges Portal und nimmt die ihres körperlichen Seins beraubte Fee auf. Im Laufe der Jahrtausende bildete sich in der Sphäre des Lichts aber eine eigenständige Welt einstiger Feen heraus, auf deren geistiges Potenzial der Hohe Rat von Atragon nicht verzichten wollte. Im Jahr 912 der Zeitrechnung kam man in Atragon überein, Krygon und Dagor, die einzigen männlichen Feenwesen als Verbindungsglieder und Gesandte der Sphäre des Lichts in den Hohen Rat zu berufen. Ihre Fähigkeit, die Gedanken der Feen zu lesen, war einzigartig und öffnete dem Hohen Rat zum ersten Mal eine Verbindung in die Sphäre des Lichts.

Die Sphäre der Geborenen: Geburtsort der Feen – ein Übergang in die Welt von Atragon. In der Sphäre herrschen Stille, Wärme, Harmonie und Wohlbefinden. Wie einsetzende Wehen leiten Kontraktionen der Sphärenwand die Geburt einer neuen Fee ein. Das dem Portal der Sphäre am nächsten gelegene Feenwesen wird so in die Welt Atragons entlassen. Umgekehrt können Feen die Sphäre der Geborenen betreten, um Verletzungen zu heilen und neue Kraft zu schöpfen.

<u>Moron, die Sphäre der Verdammten:</u> Ein dunkler unwirklicher Ort des Grauens, der Kälte und des Gestanks, wohin die Feen von Atragon die Seelen der Verbrecher und Mörder bringen. Aber auch abtrünnige Gehilfen und Feen kommen an diesen Ort. Eine Welt, in der jede Macht und magische Kraft verloren ist, in der selbst Wesen wie sie das Gefühl von Hunger und Kälte spüren, und in der die Zeit sie altern lässt.

Schlacht um Tauron
Band 1 der Atragon-Trilogie
Taschenbuch: 296 Seiten
ISBN: 9783754303818
Verlag: BoD, Norderstedt

Seit Jahrtausenden wachen die Feen von Atragon über die Ordnung des Lebens auf der Erde. Eine Ordnung, die durch Verrat und Machtgier eines unheilvollen Paktes plötzlich zerstört wird – in der nun das Böse regiert, die Angst den Mut beherrscht, der Tod über das Leben triumphiert und wo selbst die Nacht zur Ewigkeit wird. Mit Gleichgesinnten deckt Adinofis, die Hüterin der Menschen, das verräterische Komplott auf. Im Strudel der Ereignisse wendet sich das Böse gegen Atragon, um sich allmächtig über das Leben zu erheben. Ein hoher Blutzoll ist die Folge. Vor den Toren Taurons, der letzten Bastion der Menschen, soll es zu einer alles entscheidenden Schlacht kommen, deren Ausgang in den Händen von Adinofis und ihrem Bündnis mit den Menschen liegt.